英国王妃の事件ファイル⑦

貧乏お嬢さま、恐怖の館へ

リース・ボウエン　田辺千幸 訳

Heirs and Graces

by Rhys Bowen

コージーブックス

HEIRS AND GRACES
(A Royal Spyness Mystery #7)
by
Rhys Bowen

本書を素晴らしき三人の女性に捧げる。

昨年、わたしが骨盤を骨折したとき、ひと晩中、緊急治療室で付き添ってくれ、自宅に戻るまで世話をしてくれたキャロリン・ハート、イヴ・サンドストロム、そしてジャン・ジャイルズ。

ひどく困難な時期を乗り越える手助けをしてくれた彼女たちの優しさを、わたしは決して忘れない。

貧乏お嬢さま、恐怖の館へ

主要登場人物

ジョージアナ（ジョージー）……ラノク公爵令嬢
クイーニー……ジョージーのメイド
ダーシー・オマーラ……アイルランド貴族の息子
ベリンダ……ジョージーの学生時代からの親友
メアリ王妃……英国王ジョージ五世の妃。皇太子デイヴィッドの母
エドウィーナ……アインスフォード公爵未亡人
セドリック……アインスフォード公爵。エドウィーナの息子
アイリーン……エドウィーナの娘。旧ロシアのストレルスキ伯爵夫人
エリザベス（シシー）・グレコロヴィッチ……アイリーンの長女
ニコライ（ニコラス）・グレコロヴィッチ……アイリーンの長男
エカテリーナ（キャサリン）・グレコロヴィッチ……アイリーンの次女
カーター……家庭教師
シャーロット……オロフスキー王女。エドウィーナの妹。霊能力者
ヴァージニア……フォン・アイゼンハイム伯爵夫人。エドウィーナの末の妹
エイドリアン……画家。セドリックが後援する芸術家
ジュリアン……俳優。セドリックが後援する芸術家
サイモン……舞台演出家。セドリックが後援する芸術家
マルセル・ルクラーク……セドリックの従者。フランス人
ウィリアム……解雇された従僕
ジャック・オルトリンガム……アインスフォード公爵の相続人

一九三四年三月一五日
チェルシー　チェーン・ウォーク一五番地

わかっているべきだったのだ、母をあてにできないことは。父と二歳のわたしを残して家を出ていき、その後わたしの人生に再び登場するまでに、国籍も様々な男たちのあいだを渡り歩いてきたような人なのだから。そのなかにはアルゼンチンのポロ選手や、フランスのレーシングドライバーや、イギリスの登山家がいた。その登山家は母との結婚を望み、わたしを養女にしたがった。わたしも彼のことが大好きだったけれど、母は彼が自分よりも山を優先することが我慢できなかったらしい。女優である母にとって主役以外の役は存在しない。

母はいろいろな面で猫に似ている。だれかに興味を示すのは、その人になにかを求めているときだけで、そんなときの母は驚くほど魅力的になれる。世界の中心にいるのは自分であって、ほかの人たちは彼女の輝きがそちらに向けられるのをじっと待ちながら、自分のまわりを周回していると考えているのだ。そういうわけだから、ロンドンに家を借りて自伝を書くつもりなので秘書になってほしいと母から言われたときにも、長続きしないだろうことは覚悟していなくてはいけなかった。チェルシーに建つテムズ川を見渡せる心地よい小さな家での暮らしは、始まりは悪くなかった。母はやる気に満ちていて、わたしにアンダーウッド社製の頑丈なタイプライターを買ってくれた。わたしの腕前もそれなりにあがり、キーとキーの隙間に指をはさむことなく一分間に単語を二つ、三つ打てるくらいにまでなった。とはいえ、楽な日々だったわけではない。母が思い出話を始め、わたしが必死になってそれを書き留めようとしていると、母はその完璧に整った顔に面白がっているような、それでいて恐ろしげな表情を浮かべて口をつぐむ。

「ああ、だめだわ。消してちょうだい、ジョージー。あの夜なにがあったのかは、だれにも知られるわけにはいかないの。政府が転覆してしまうわ（新たな世界大戦が始まってしまうわ、と言うこともあれば、ローマ法王が怒り狂うわ、と言うこともあった）」そしてあとに残されるのは、好奇心のかたまりになったわたしというわけだ。

『チャタレイ夫人の恋人』のように小説として発表するのでないかぎり、母の人生について表沙汰にできることはほとんどないかもしれないと思うようになった頃、事態は思いがけない方向に転がり始めた。それは、母が不意に思い立って新しい帽子を買いに出かけたり、凝った肩をほぐすためにマッサージを受けに行ったりする以外は、ひたすら作業に没頭する日々がひと月ほど続いたある朝のことだった。母が一通の手紙をひらひらさせながら、軽やかな足取りで朝食室に現われた。

「マックスからよ」うれしそうに息をはずませている。とんでもなく金持ちのドイツ人実業家マックス・フォン・ストローハイムが、母の現在の恋人だった。

「まだお母さまを恋しがっているの？」

「恋しがっているどころじゃないわ。わたしなしでは、もう一瞬たりとも生きていけないみたいよ」母はドイツ語ができないし、マックスも英語はほんの片言程度なのに、どうしてそんなことがわかるのだろうと不思議に思ったが、母は手紙を振りたてながらさらに言った。「ドイツの三月は言葉にできないくらい陰鬱だから、ルガーノ湖のほとりにかわいらしい小さなヴィラを買ったんですって。わたしがスイスを大好きなことを知っているのよ――安全で、きれいで、それにお金を隠しておくにはこれ以上の場所はないんですもの。そうでしょう？」

「わからないわ」わたしは答えた。「隠すほどのお金を手にしたことはないから」

母は浮き立った気分のまま、わたしの言葉を無視して言った。「ルガーノ湖畔のヴィラは、まさにわたしがいま必要としているものよ。日光とヨーロッパのおいしい料理が恋しくてたまらないんですもの。それにマックスにも会いたいわ。彼とのセックスは文句なしに素晴らしいのよ。あの人、ベッドのなかでは猛々しい種牛みたいなの。あら、でもこんな話を娘とするものじゃないわね」

「この六週間というもの、お母さまの秘め事については散々聞かせてもらったわ。それにわたしはもう二三歳なの」わたしは言った。「それじゃあお母さまは、ルガーノ湖に行くのね？」

「もちろんよ。メイドがそれまでに荷造りを終えられるようなら、明日の臨港列車に乗るわ」

「この家はどうするの？」〝わたしはどうなるの〟と訊きたかったが、さすがにプライドが邪魔をした。

言われるまで気づかなかったかのように、母は肩をすくめた。「今月いっぱいの家賃は払ってあるわ。そうしたければ、それまでここにいてもいいのよ」

望んでいた答えではなかった。母がルガーノ湖にわたしも招待してくれて、湖を見渡せる蔦のからまるテラスで、おいしいコーヒーか、もしくはシャンパンをお供に自伝の執筆を続けられたらいいのにと、ほんの一瞬、淡い期待を抱いたのだ。

「本はどうするの？　完成しなくてもいいの？」

母は声をあげて笑った。「ジョージー、なんともばかげた考えだったわ。そう思わない？わたしがどんなみだらなことをしてきたかをファンに教えたくはないし、あなたにもわかると思うけれど、裁判沙汰になる心配なしに暴露できる事柄なんて、そうないのよ。そもそもどうして自伝なんて書く気になったのか、自分でもわからないわ」

「わたしにはわかるわ」と言いたかった。たったひとりの娘とロンドンで過ごす理由が欲しかったんでしょう？　喉元になにかがこみあげてくるのを感じた。

「さあ、コートを着ていらっしゃい」母は食事途中のわたしを立たせようとした。「そんなもの、全然おいしくないんだから。外でなにか食べましょう」

「そんなに急いでどこに行くの？」

「もちろんショッピングよ。スイスの湖にふさわしい服がないんですもの。ハロッズかバーカーズがいいかしら。どちらも面白味がなくて、いかにもイギリス風よね。パリに寄って、シャネルで買ってもいいわね。でも、もちろんココはいないわ。ニースのヴィラに行っているか、もしくはだれかのヨットに乗っているでしょうからね」

束の間、昨年のことが蘇(よみがえ)った――母のヴィラ、シャネルのドレス、たくさんのわくわくする出来事。シャネルで買い物をしようと当たり前のように言えるのはどんな気分がするものなのだろうと考えた。けれどシャネルのドレスならとりあえず一枚は持っているし、母が買ってくれたおしゃれな服も何着かあるのだから、こんなことを考えてもみじめな気分になるだけだと気づいた。

母のあとについて玄関ホールに向かった。金色のミンクのストールを肩にかけ、釣鐘形(クローシュ)の帽子を頭に乗せる母を見ながら、母をあてにしてはいけないと自分に言い聞かせる。自分の足で歩いていかなければいけないのだ。わたしの望みはそれだけだった。そのためにどれほど努力したことか。けれど世界はまだ大恐慌を脱しておらず、様々な資格を持った人々ですら仕事を見つけられずにいる。上流階級の子女向けのスイスの教養学校で身につけたことと言えば、頭に本を乗せてきれいに歩く方法とどうすれば転ばずに膝を曲げてお辞儀ができるか、そしてふさわしい夫を見つけるための手段くらいだった。

わたしのことを男性から見向きもされない哀れな女だと思っている人のために言っておくと、わたしはダーシー・オマーラという男性と正式ではないが婚約している。彼は素晴らしく魅力的な人だというだけでなく、アイルランド貴族の息子でもある。公爵の娘であるわたしにとって申し分のない相手だ――わたし同様、貧乏だということを除けば。彼は自分の才覚だけで世間を渡っていて、いささかうさんくさい方法でお金を稼いでいるようだ。そういうわけで、ダーシーが突然大金を手に入れたりしないかぎり、わたしたちが近い将来結婚式をあげることはない。最後に会ったとき、彼はアルゼンチンに行くと言っていた。なにか秘密の仕事があったらしい。おそらく武器の売買かなにかだろう。

「ほら、行くわよ。タクシーを拾いましょう。明日発つのなら、することは山ほどあるのよ」母はコートを着ようとしているわたしの腕を再び引っ張った。

「ロンドンでは買い物をしないのかと思ったわ。パリに寄るんじゃないの?」わたしは訊いた。

「細々したものが必要でしょう? 上等のウールの下着とか。アルプスでスキーをするかもしれないもの。ハロッズには時々、悪くないものがあるのよ。ルガーノでは、カシミアはもう必要ないかしら。どう思う?」

母はわたしの返事を待とうともせず、道路に駆け出していくとタクシーを探し始めた。わたしも母を追って玄関を出ようとしたところで、台所から暗い顔のミセス・トゥームスが現われた。「朝食はおすみですか?」人生は耐え難いほど辛いものだと言いたげな声だ。

「ええ、ありがとう」

「お出かけですか？」

彼女にはわかりきったことを尋ねる才能があった。わたしはコートを着て、玄関を出ようとしているのだ。「ええ、そうよ。母が買いたいものがあるんですって」

「奥さまは、いつも買い物をなさっていますね。服ならもう十分お持ちなんじゃないですか？　上の衣装ダンスはどちらもいっぱいですよ」

母が自分の衣装ダンスの中身に満足することは決してないだろうと、わたしはひそかに考えていた。母にとって買い物は大いなる楽しみなのだ。だが使用人の前で母を裏切るようなことを言うつもりはない。「ミス・ダニエルズが買い物をしたいというのなら、わたしたちがとやかく言うことではないと思うわ」正式な苗字ではなく、芸名で母を呼んだ。法律上はいまも、母はホーマー・クレッグというアメリカ人の妻のままだ。結婚するまでそんなものを信じていることすら知らなかった清教徒的な信仰のせいで、彼が離婚してくれないのだという。

「それで、ディナーまでに戻ってこられますか？」

わたしはため息をついた。彼女に対するいらだちが刻々と募っていく。

「ミセス・トゥームス、わたしたちは昼間の食事のことをランチと呼ぶと教えたのを覚えているかしら。ディナーは夜の八時にとるものなの」

彼女はエプロンで手を拭きながら、洟をすすった。「すみません、鼻がつまっていて。ランチでしたね。それでランチはいりますか？」

「わからないわ。とりあえずなにかを用意しておいてちょうだい。軽いものでいいわ。サラダでも」

「角の八百屋にはレタスなんて売っていませんよ。いまの時期、そんなものを置いているのはどこかのお高くとまった店だけです」

「それなら——」わたしは言いかけてやめた。スフレかオムレツはどうだろうと言おうとしたのだが、どちらも彼女の手には余る。

「スモークサーモンを買ってくるわ。薄くスライスしたブラウン・ブレッドを用意しておいてちょうだい」

「わかりました」公爵の娘に対する正しい言葉遣いを彼女に教えることは、とうの昔にあきらめていた。

ミセス・トゥームスはまた洟をすすると、朝食を片付けにいった。まったくそばにいるだけで気が滅入る。彼女はこの家づきの使用人だった。「好都合ね。使用人を探す手間が省けるわ」というのが、それを聞いたときの母の感想だった。

ミセス・トゥームスは料理と家事をすることになっていたが、前者のほうはおおいに疑問だった。料理の能力はほぼゼロで、彼女に任せていたら煮込みすぎた羊肉とくたくたになるまでゆでたキャベツばかりを食べさせられていただろう。幸いなことに母はおいしいものを食べるのが好きだったので、ハロッズやフォートナムからひっきりなしに届けられる食料品でわたしたちはお腹を満たしていた。

　母はすでにタクシーを見つけていた。母の驚くべき才能のひとつだ。必要なときには、どこからともなくタクシーが現われるのだ。わたしは母の隣に乗りこんだ。

「ランチまでに帰ってくるのかって、ミセス・トゥームスに訊かれたの」

「あの人は、生まれたときに溺れさせておくべきだったわね」母は言った。「人間ってふさわしい名前がついているものね。墓（トゥームス）とはよく言ったものだわ。墓掘り人みたいな顔だもの。これまでの賃借人はみんな、彼女の料理のせいで死んだに違いないわ。もう出ていくのでなければ、彼女は本当にひどいってオーナーに手紙を書いていたところよ。彼は気にしないでしょうけれどね。モンテカルロにいるんですもの」

「でも掃除はとても上手よ」わたしは指摘した。「お料理ができないのは、彼女のせいじゃないわ」

「あなたは人が好すぎるわ、ジョージー。いまの世の中、親切だったり寛大だったりしてもなんにもならないのよ。わたしのように攻撃的にならなきゃだめよ。意見の合わない人は頭から呑み込まないと」

「攻撃的になるのは苦手なの。わたしはほかの人を好きでいたいし、好きになってもらいたい」

　母はため息をついた。「あなたはできるだけ早く結婚して、子供に愛情を注いだほうがいいわね」そこで一度言葉を切り、車の窓からハロッズの側壁を眺めた。「それで、愛しのダーシーから連絡は？」

「ないわ」わたしはため息をついた。

「すぐにでもあなたのところに戻ってきたいと思わせるようにしないとだめよ。ベッドの中では妖婦になるの。もうしばらくいっしょにいられるなら、教えてあげるのに」

「お母さま、わたしたちはまだ結婚していないのよ」わたしはぎょっとして答えた。

母はいかにもおかしそうに笑った。「ジョージー、いったいいつからセックスと結婚がセットになったの？　わたしたちのような階級の人間は、立派な地所と肩書と財産を合法的に手に入れるために結婚するのよ」

わたしは笑顔で窓の外を眺めただけで、なにも言わなかった。一階と二階にそれぞれふた部屋ずつしかないロンドンのイーストエンドの家に警察官の娘として生まれた母は、〝わたしたちのような階級の人間〟と言える立場ではない。だが女優としての才能とたぐいまれな美貌のおかげで、父――ヴィクトリア女王の孫であり、国王陛下のいとこであるグレンギャリーおよびラノク公爵――を捕まえることができたのだ。家を出ていくまで母は〝公爵夫人〟だったわけだが、その肩書を失ったことだけは残念がっていて、いまもそれらしく振る舞うのが好きだ。

ハロッズの正面玄関前にタクシーが止まった。母が乗っていることを本能で悟ったかのように、ドアマンが駆け寄ってくる。

「こんにちは、アルバート」母はありったけの笑顔を彼に向けた。「ご機嫌いかが？」

「奥方さまにお会いできて、ますますよくなりました」ドアマンは気前よく差し出されたチップを受け取りながら言った。

「わたしのことを覚えていてくれてうれしいわ」覚えていないだろうと思っていたかのように、母が言った。

母はまず化粧品売り場に寄り、帰るまでにいつものフェイスクリームを用意しておいてと声をかけると、すぐさま手袋売り場へと足を向け、エメラルドグリーンの子ヤギ皮の手袋と同じ色のスカーフが欲しいと告げてから、エレベーターで婦人服売り場に向かった。それから三〇分、少なくとも二〇着の服を試着し、どれも流行遅れだと言って退けた。

手袋とスカーフとフェイスクリームを受け取り、正午までにスモークサーモンを家に届けるように食料品売り場の人間に伝えてほしいと言い置いてから、わたしたちは慌ただしく店を出た。わたしは例によって、母のエネルギーと、手際のよさと、ハロッズの従業員すべてが自分だけのために存在しているかのような態度に圧倒されていた。性格と容姿がもう少し母に似ていれば、どんなによかっただろう。ため息が出た。母は小柄で大きな青い目をしていて、うわべだけはいかにもはかなげで繊細な雰囲気を醸し出している。ひるがえってわたしは長身で痩せていて、スコットランドの祖先の頑健で健康そうな外見を受け継いでいた。

「次はどこに行こうかしら？」母がつぶやいたところで、別のタクシーが目の前にとまった。

「バーカーはだめね。気が滅入るわ。セルフリッジ？　ありふれている。リバティ？　田舎くさい。フェンウィック？　そうだわ」母は窓ガラスを軽くたたいた。「ボンド・ストリートに行ってちょうだい。あそこならなにかあるはずよ」

そういうわけで、わたしたちは再びタクシーに乗り込んだ。

「髪をセットしている時間はあるかしら？」母が訊いた。「バーリントン・アーケードの角の店の魅力的なあの若い男の子なら、なんとかしてくれるはず。ジョージー、わたしがシャンプーして髪をセットしてもらっているあいだ、しばらくあのあたりをうろうろしていてもらえる？」

本音を言えば、なにかを買うだけのお金もないのにボンド・ストリートを歩くほど気分の滅入ることはないと思っていたけれど、言ってもどうしようもないことだし、散歩にうってつけの日であることは確かだった。わたしたちは足早にフェンウィックをまわり、スキーに行くことになったときに備えてフェアアイル編みのスキーセーターを、泳ごうと思いたったときのために水着を、さらにはアルプスを歩き回れるように実用的なツイードのズボンを買った。母が最後に手に取ったのが様々な下着だった。

「下着のことをわかっているのは、もちろんフランス人だけよ」母は神さまにも届きそうな、舞台で鍛えたよく通る声で言った。「イギリス人は、下着が誘惑やセックスに関係あるとは思っていないみたいですもの。こんな巨大なイギリス風のパンティをはぎとりたいなんて思う男の人がいるかしら？」母はそう言いながら、とりわけ大きなパンティを振りまわした。郊外からやってきたと思しき数人の女性が、ぎょっとしたように振り返った。手袋で自分の顔をあおいでいる女性もいる。「でも暖かいことが一番だと思うときがあるし、そのためには上等のイギリスのウールにかなうものはないわ」

店を出ると、母は急ぎ足で美容院に向かった。その美容師はカーラーを巻いている途中の気の毒な客を放り出してあとは助手に任せると、一番上等の椅子に母を座らせた。これから一時間なにをしようかと考えながら、わたしは美容院をあとにした。お小遣いがほしいと母にねだることもできたけれど、その点に関してはわたしも祖父と同じだった。母のお金はマックスからもらったものだし、そんなことを口に出すのはプライドが許さない。

そういうわけで、ふらりとお店に入って「そのエメラルドのネックレスを見せてもらえるかしら」と言うのはどんな気分だろうと考えつつ、見るともなしにショーウィンドウを眺めながらボンド・ストリートをぶらぶら歩いていると、不意に背後から腕をつかまれた。

ボンド・ストリート

悲鳴をあげることも、この場にふさわしい行動をとることもできないうちにぐるりと向きを変えられたかと思うと、耳元で声がした。

「ジョージーじゃないの！　素敵な偶然だわ」

そこにいたのは、最後に会ったときよりさらに美しく、さらにあでやかになった親友のベリンダ・ウォーバートン＝ストークだった。赤い革で縁取りをした注文仕立てのツーピースの黒のスーツに、なまめかしいベールのついた小ぶりの赤い帽子という装いだ。黒い髪をおしゃれなボブスタイルにし、真っ赤な口紅を塗っている。すべてがいかにもパリ風だった。

「それも、ボンド・ストリートで買い物をしているなんて。運が向いてきているのね」

「そうだったらいいんだけれど」わたしは、ベリンダが突き出した頬にキスをした。「会えてうれしいわ、ベリンダ。会いたかったのよ。いったいどこにいたの？　何度かあなたの馬屋コテージに行ってみたけれど、ずっと閉め切ったままになっていたわ」

「もちろんパリよ。ほかのどこだっていうの？」

「今度のお相手はフランスの侯爵？」去年フランスで会ったとき、彼女はいかした侯爵にぞっこんだった。

「全然違うわ。知りたいのなら教えてあげるけれど、シャネルのところで働いていたのよ。わたしのデザインは見込みがあるって彼女が言ったことを覚えている？　だからお師匠さまから直接学ばせてもらおうと思ったわけ――彼女の場合は女王さまっていうべきかしらね」ベリンダは笑って答えた。

「休暇かなにかで帰ってきているの？」

かすかないらだちが彼女の顔をよぎった。「残念ながらシャネルとわたしは別々の道を進むことになったの。あるフランス人男性がわたしに興味を示したのよ。よくあることだけれど」（ベリンダの場合はそのとおりだった）。「なかなか魅力的な人だったから、口説かれても断らなかったんだけれど、彼がココの愛人のひとりだなんてわたしが知っているはずがないでしょう？　ココは愛人を共有するのはいやだったらしくて、わたしはお払い箱になったの。そういうわけでロンドンに戻ってきたのよ。今度はわたし自身のブランドを立ちあげたくてうずうずしているところなの」

「すごいじゃないの」わたしは言った。

ベリンダはあたりを見回した。「なにか買わなければならないものがあるの？　コーヒーを飲んでいる時間はある？　ゆっくり話がしたいのだけれど、ハイヒールが痛くてたまらないのよ」

「このあたりだったらかまわないわ。母がいっしょなのよ。いまは、そこの角を曲がったところで髪をセットしてもらっているんだけれど」

「ああ、あなたがボンド・ストリートにいるのはそういうわけね。行きましょう。アルバマール・ストリートに、そこそこ飲めるコーヒーを出すお店があるのよ」とんでもなく高いウエッジヒールの靴を履いたベリンダは、わずかによろめきながらでこぼこした歩道を歩き始めた。わたしたちはかわいらしいカフェを見つけて座り、ウェイトレスがデミタスカップに入った芳醇なコーヒーを運んでくると、笑みを交わし合った。

「あなたのブランドですって！　素敵だわ。有能な個人秘書は必要じゃない？」

「心当たりがあるの？」

「わたしよ。この一カ月ほど、母の秘書をしていたの。タイプライターを打てるようになったのよ」

「すごいわね。ぜひ雇いたいわ。でもざっくばらんな話をすると、先立つものがなければ仕事は始められない。いまのわたしは、あなたと同じくらい貧乏なのよ。義理の母――とんでもなくいやな女だって話したのを覚えている？――が、わたしにはもうお小遣いは必要ないって父を言いくるめたの。ひどい話でしょう？　結婚していないのはわたしの責任なんだし、もう二四歳なんだから自活するべきだって言うのよ」

「わたしと同じ境遇になったというわけね。わたしは母が自伝を書く手伝いをすることになっていたの」

ベリンダはコーヒーにむせそうになった。「なにもかも暴露するわけじゃないわよね。どれほどのスキャンダルになることか」

「そうなの。結局、母もそういう結論に達したのよ。そのうえマックスがルガーノ湖にヴィラを買ったので、さっさと彼のところに行くことに決めたわけ。自伝の計画とひとり娘を置き去りにして」

「この時期のルガーノ湖に行けるなら、わたしでもひとり娘を置き去りにするわ」窓の外で三月の強風が新聞紙をさらっていくのを眺めながら、ベリンダが言った。「それであなたはどうするの？　どこに行くの？　ラノクハウスに戻るの？」（ラノクハウスというのは、ベルグレーブ・スクエアにあるラノク家のロンドンの別宅だ）

わたしは首を振った。「あそこは使えないの。ビンキーとフィグは今年の冬はロンドンに来ないことに決めたのよ。使用人を連れてくるのはお金がかかりすぎるんですって。みんなラノク城にいるわ」

兄のビンキーは現グレンギャリーおよびラノク公爵で、いまいましいフィグはその妻であり、公爵夫人だ。財産を使い果たした父とその後支払わなければならなかった相続税のせいで、城とロンドンの別宅がありながら、兄夫妻もわたしと同じくらい貧乏だった。

「でも、あの家でひとりで暮らしていたことがあったじゃないの」ベリンダが言った。

「もう使わせてもらえないのよ。ひとり分のわずかな炭や電気すらもったいないんですって。

今月いっぱいは母が借りている家にいられるけれど、そのあとはなんのあてもないの。スコットランドの家には帰れない。本当に退屈だし、フィグが邪魔者扱いするんですもの」

「あそこはあなたの先祖代々の家よ。フィグは結婚してラノク家の一員になっただけ。あなたのように王族の血を引いてはいないわ。もっと堂々としていなきゃだめよ、ジョージー」

わたしはカップのなかの濃く黒い液体を勢いよくかきまぜた。「残念だけれど、あそこはもう彼女の家なのよ。わたしのものじゃない。公爵は兄で、フィグが公爵夫人。わたしはただのかわいそうな親戚にすぎないの」

「ジョージーったら、ずいぶん落ち込んでいるのね」ベリンダが言った。「わたしは落ち込んだりしないわ。いつだってなにかいいことがあると思っているし、かならずそうなるんですもの」

「あなたには能力も技術もあるもの。わたしにはなにもないのよ」

「タイピングはどうなの？」

「本物の秘書になるほどうまくはないわ。それにどちらにしろ、住むところがないんですもの」

「わたしの馬屋コテージにいらっしゃいと言いたいところだけれど、あそこは寝室がひとつしかないのよ。それに、たまにだれかを家に連れてこようと思ったときに、具合の悪いことになるし」彼女は触れなかったが、そのだれかというのが男性を指していることは明らかだった。

「ええ、わかるわ」

「それにあなたにはわたしにない切り札があるじゃないの。王家の親戚に援助を頼めばいいのよ」ヴィクトリア女王はわたしの曾祖母で、ジョージ国王は親戚にあたる。

「ベリンダ、陛下たちには頼めない――」わたしは言いかけたが、ベリンダに遮られた。

「あなたはこれまで何度もあの人たちを助けたじゃないの。あの王女さまや嗅ぎ煙草入れのことを覚えているでしょう？　陛下たちはあなたに借りがあるわ」

「そうね。でもわたしにはふたつの選択肢があるというのが、陛下たちのお考えよ。半分頭のいかれたヨーロッパのどこかの王子と結婚するか、王家の老いた伯母づきの女官になるか」

「それほど悪くないヨーロッパの王子さまがひとりかふたりいたんじゃなかった？　アントン王子とか？」

「ええ。でもわたしは義務だからと言って結婚するのはいやなの。愛している人がいるのよ」

「愛しのダーシーはどうしているの？」

わたしはカップに視線を落とした。「また遠くに行っているわ。たぶんアルゼンチンだと思うの。愛しているのよ。でも彼はいつもいないの」

ベリンダは気の毒そうにうなずいた。「とりあえずはそのふたつ目の選択肢でも、ビンキーとフィグといっしょに暮らすよりはましなんじゃないかしら？　郊外の立派な邸宅で暮らすのは我慢できない？　おいしい食事があるし、狩りにも行けるかもしれない。それに魅力的な人たちが訪ねてくるかもしれないわよ」

「あなたは本当に楽天家ね、ベリンダ。でもその邸宅は田舎のすごく奥まったところにあるだろうし、毛糸を巻いて玉にしたり、足首に嚙みついてくる子犬を散歩させたりしなければならないのよ。わたしはだれかのお荷物になるんじゃなくて、自分の人生が欲しいの」わたしは顔をあげた。「あなたは、自分のブランドを立ちあげるだけの資金をどうやって手に入れるつもりなの？」

「パリから帰ってきたばかりなのよ。でも始めてはいるわ。毎晩、クロックフォーズに行っているの」

「ギャンブルでそれだけのお金を稼ぐつもりなの？」

「そういうわけではないの」ベリンダはあだっぽく笑ってみせた。「あの店には、ギャンブルをしに来ているお金持ちの男の人がまだたくさんいるのよ――アメリカ人や植民地の人や外国人。わたしは頼りなくてかわいらしい女の子のような顔をして、ルーレットのやり方を教えてほしいって頼むの。みんな、わたしの代わりに賭けてくれるわ。でもわたしの本当の目的は、いわゆる〝パパ〟を探すことなの」

「ベリンダ！　本気なの？　お金のために、年寄りの男の人の愛人になるつもりなの？」

ベリンダは肩をすくめた。「ほかにお金持ちになる方法がないもの。近頃は、お金を持っていて結婚相手になるような若い人があまりいないでしょう？　結婚できる人は、ダーシーみたいに貧乏だし、お金持ちは結婚しているか、年を取っているか、ぶくぶく太っているかなんですもの。九〇歳の大金持ちを見つけて、結婚するのがいいかもしれないわね」

笑うほかはなかった。「ベリンダ、あなたって救いようがないわ」

「現実的なだけよ。わたしはあなたのお母さまと同じで、たくましく生き延びるタイプなの」

わたしは腕時計に目をやった。「そろそろ行かないと。母は待たされるのが嫌いなの」

「こうしてふたりそろってロンドンにいるんだもの、時々は会いましょうね。懐は寂しいけれど、ナイトクラブや演劇にたまに顔を出すくらいはまだできるの……パーティーの招待は喜んで受けるってあちらこちらで言っておくわ。楽しい時間が過ごせるわよ」

コーヒーハウスを出たときには、わたしもそれが本当になるかもしれないと本気で信じていた。

母は翌日、床まで届く黒いミンクのコートとシャネルの五番に身を包んで出発していった。「楽しい時間をね、ジョージー」化粧が崩れないように、わたしの頬から五センチのところにキスをしながら母は言った。「落ち着いた頃に、遊びにいらっしゃい」

自分以外の人間——それがたとえひとり娘であっても——のことをここまで気にかけずに人生を送っている女性がほかにいるだろうかと考えながら、わたしは母を見送った。タクシーのドアが閉まり、母は手を振って去っていった。

わたしのうしろで玄関ホールに立っていたミセス・トゥームスが、エプロンで手を拭きながら言った。

「リウマチがひどく痛むんですよ。ディナーには残り物のシチューでもいいですか？」

わたしは暗い気持ちで階段をあがった。月末まで我慢できる自信がなかった。寝室のドアを開けると、恐ろしい光景が目に入った。だれかが化粧台の前に座っている――真っ赤な唇に赤い頬、目のまわりを黒く縁取り、髪を高く結いあげている。カーニバルで売っている安っぽいセルロイドの人形のようだった。

「いったいなにごと？」

メイドが気まずそうに体をすくませた。「すいません、お嬢さん」

「クイーニー、ここでなにをしているの？」

クイーニーは恥ずかしそうに顔を伏せた。「お嬢さんのお母さんが化粧品をいくつか置いていったんです。っていうか、捨てていったんです。もったいないって思ったんで、ごみ箱から拾っておきました。ちょっとばかりおめかししたら、お嬢さんも見栄えがするんじゃないかと思ったんで」

「自分も見栄えがするかもしれないと思ったわけね」わたしは笑うべきか、顔をしかめるべきか決めかねていた。

「いままでおめかしする機会なんてなかったんです。ひょっとしたらあたしも妖婦みたいに見えるかもしれないじゃないですか」

「クイーニー、そんなに濃いお化粧をするのは夜の女性だけよ」わたしは言った。「使用人ね」
「わかってますよ、お嬢さん。ちょっと笑わせようと思っただけなんです。牛乳が腐っちまうような顔のあの人が台所にいるかぎり、ここじゃあ、あんまり笑うこともないですから
はお化粧なんてしないものなの。さあ、顔を洗っていらっしゃい」

わたしは首を振った。「クイーニー、どうしてあなたをくびにしないのか、自分でもわからないわ」

「あたしはわかってますよ。ちゃんとした口の利き方ができて、振る舞い方もわかっている高級なメイドを雇うお金がないからですよね」

「そのとおりよ。でもあなたが高級なメイドのような振る舞いを学んでくれればいいと思っていたの」

「最近はアイロンをかけるときでも、あんまり焦がしていませんよ」クイーニーは言い訳がましく言った。

「でもあなたはまだわたしをお嬢さんと呼んでいるわよ。公爵の娘のことは〝お嬢さま〟と呼ぶのが正しいって、もう千回も教えたのに」

「そうですね、すいません。いつも忘れちまうんですよ。きっとお嬢さんがお嬢さまらしく見えないからですね。いたって普通に見えますからね」クイーニーは部屋を出ていこうとしたが、ドアのところで振り返った。「あたしたちはここに残るんですか?」

「月末まではね」わたしは答えた。

ざりですよ」クイーニーは大げさに溜息をついた。「下にいるあの不愉快な牝牛には、いいかげんうん

「クイーニー、あなたは批判できる立場ではないのよ」

「お嬢さんはあの人と食事をしていないじゃないですか。あの人のいいようにさせていたら、あたしは飢え死にしちまいますよ――っていうか、あの人の作るものを食べるくらいなら、飢え死にしたほうがいいって思いますね」

「その点は否定しないわ」わたしは言った。「でもいまはほかに行くところがないの。あなただってスコットランドに戻りたくはないでしょう？　わたしの義理の姉はあなたをくびにしろって、ずっと言い続けているもの」

「彼女も不愉快な牝牛ですよ」

「クイーニー、前にも言ったはずよ。公爵夫人のことをそんなふうに言ってはいけないわ」

「でもそのとおりなんですから。お嬢さんに対する態度なんてひどいじゃないですか。お嬢さんはお金も住むところもないのに、あの人は大きなお城で威張り散らしているなんて不公平ですよ。お嬢さんもお友だちがしているみたいに、ロンドンで家を借りればいいんですよ」

「そんなお金がどこにあるの？」

「タイプライターがあるじゃないですか。ちょっと練習すれば、ちゃんとした秘書になれますよ。そうすればそこそこ稼げます」

小さな希望がわたしの心に生まれた。「一生懸命練習すれば、なれるかもしれない」「もちろんなれますって」クイーニーの励ますような笑顔を見て、彼女をくびにしない理由がわかった気がした。「さあ、それなら練習しないと」

それから数日、わたしはタイプの練習に励んだ。

The queick brown fox jumps over the lazy dog

Thtqujivk brown box jumpsd over the lacy dobn.

Rats.

Ttj quick briwnficjunbpsobnerthf lax……

上達が速いとは言えなかった。

ゆっくり丁寧に打っているときは問題ないのだが、速くしようと思うとあわててしまう。月末が近づいてきていた。仕事さえ見つかれば、最初のお給金をもらうまでしばらく祖父の家にいさせてもらい、それから自分の部屋を探せばいい。わたしがタイピストとして働くことや、庭に石像のある小さな二軒長屋で、引退したロンドンの警察官と過ごすことを王家の親戚が認めるかどうかはわからなかったけれど、彼らがわたしの生活費を払ってくれるわけではない。少なくとも、以前に試みた家政婦やエスコート・サービスよりはましだ。

時間がなかったので、とりあえず職業紹介所を訪ねることにした。まずは、ラノク家の紋章の入った便箋を使って、自分の推薦状を作った。〝秘書として雇っていたフィオナ・キンケイドを推薦いたします。彼女は大変有能で意欲もあり、あらゆる点において申し分ありません。わたくしはヨーロッパに帰りますが、彼女の幸運を願っています〟。母の丸みを帯びた子供っぽい字を真似てサインをした。マスコミに嗅ぎつけられて家族に文句を言われることのないように、本名ではなく、昔持っていた人形の名前を使った。準備ができたところで、一番近い職業紹介所に向かった。カーゾン・ストリートを入ったところにある建物の二階だ。階段を半分あがったところで、すさまじいスピードで打つタイプライターの音が聞こえてきた。やがて突然ドアが開いたかと思うと、ひとりの娘が足音も荒く階段をおりてきた。

「なによ、あのおばさん」わたしに向かって言う。「一カ所間違えただけなのに、わたしは基準に達していないですって。人間じゃなくて自動人形が欲しいみたいよ」

わたしは向きを変え、彼女について階段をおりた。現実を見なさい、ジョージアナ。ほんの数週間タイプライターを叩いたくらいで秘書になれると思うなんて、なんてばかでおめでたかったんだろう。わたしはなにもできない。無職だ。しっぽを巻いてすごすごとラノク城に帰るしか、できることはなくなった。ただし……ベリンダの言葉を思い出した。王家の老いた親戚の女官になるほうが、フィグよりはましだ。なんであれ、フィグよりひどいものなどない。

わたしは再び便箋を取り出すと、メアリ王妃陛下に宛てて手紙を書き始めた。書き出しを〝親戚のメアリへ〟にすべきか、〝王妃陛下〟にすべきか散々迷ったあげく、後者を選んだ。王妃陛下は形式を重んじる方だ。手紙には、スコットランドには戻りたくないこと、なにか世の中の役に立つことをしたいけれど、残念なことに兄がロンドンの別宅を閉めてしまったので、ロンドンには住む場所がないこと、なにか仕事を紹介していただければとても助かることを書いた。

締めくくりはこうだ。〝王妃陛下の忠実な使用人であり、愛すべき親戚であるジョージアナより〟

手紙を投函し、息をつめるようにして返事を待った。

チェルシー
チェーン・ウォークとバッキンガム宮殿

月末まで残すところ二日となり、次の滞在客に備えて掃除をしたいので早く出て行ってほしいとミセス・トゥームスが思っていることは、はっきりわかった。希望を失いかけたところに、ようやくバッキンガム宮殿から返事が届いた。

〝愛しのジョージアナ〟王妃陛下からの手書きの手紙は、そう始まっていた。〝あなたの手紙はとてもいいときに届きました。明日のお茶の時間に訪ねてくれれば、あなたの希望に添えるようなちょっとした仕事をお願いしたいと思っています〟

差出人は〝愛すべき親戚であるメアリ・R〟になっていた（Rはもちろん王妃を意味するレジナ（regina）という意味だ）。親愛さを表わすときでさえ、王妃陛下は正確さを重んじる。

わたしはその場に立ったまま手紙に目を通し、喜ぶべきか、不安になるべきか決めかねていた。これまで王妃陛下からは、海外からいらした王女をもてなしたり、盗まれた嗅ぎ煙草入れを盗み返したりと、様々なことを頼まれてきた。今度はなんだろう。だがなんであれ、スコットランドの寒々しくて陰鬱なお城よりはましなはずだ。二階にあがり、宮殿を訪れるのにふさわしい服があるかどうかを確かめた。クリスマスに母からもらったローズ色のカシミアのカーディガンとスカートに決めた。昼間着られる服のなかでは一番あか抜けている。ほかの服といっしょに荷造りしないようにとクイーニーに命じた。

「結局、あたしたちはどこへ行くんです？」クイーニーが訊いた。

「わからないわ。でもどこかには行くのよ」

「また外国だといいですね。下にいるあの人の作るものに比べれば、フランスの食事だっておいしいと思えますよ。それに、いい加減お日様が恋しいですしね」

ニースの豪華なヴィラのイメージが脳裏に浮かんだ――崖の下で青くきらめく地中海、漂うミモザの香り。だがいくらなんでも、高望みしすぎだろう。あのときは危険な目に遭ったのを思い出した。今度の依頼には危険なことがなければいいのだけれど。わくわくするのはいいが、また命が危険にさらされるのはごめんだ。

「それで、今度はどこにお出かけですか？」ミセス・トゥームスが言った。わたしが玄関ホールに足を踏み入れるたびに、どういうわけか彼女は必ず感づいて姿を現わすのだ。「またショッピングですか？」

「いいえ、王妃陛下とお茶をごいっしょするのよ」わたしは答えた。

「なにを言いだすのやら。冗談はやめてくださいよ」彼女はくすくす笑いながら言った。

「冗談じゃないわ」

「どうして王妃陛下があなたとお茶を飲むんです?」彼女はいかにもいやみっぽい調子で尋ねた。

「わたしが王妃陛下の親戚だから。わたしはレディ・ジョージアナ・ラノクよ。宮殿にはよくお邪魔するわ」

「まあ」ミセス・トゥームスは片手で顔を押さえた。「王家の方がこの家に滞在していたって、隣の奥さんに話さなくちゃ」

残り物のシチューを食べさせたこともね、と言いたくなるのをこらえ、わたしは笑顔で家をあとにした。

四時の時報と同時にバッキンガム宮殿に着いた。あの背の高い金ぴかのゲートに歩み寄り、信じられないくらい長身の衛兵にお茶に招待されていることを告げるには、毎回ありったけの勇気を必要とする。その後は、居合わせた観光客の視線を集めながら永遠にも思える時間をかけて前庭を横切り、アーチをくぐり、中庭を抜け、ようやくあの恐ろしい正面玄関にたどり着くのだ。

「お待ちしておりました、お嬢さま」従僕が迎えてくれた。「王妃陛下はチャイニーズ・チッペンデールの部屋でお待ちです。ご案内いたします」

よりによってチャイニーズ・チッペンデールの部屋ですって? どうしてほかの部屋を選んでくださらなかったんだろう。宮殿中のほかのどの部屋でもよかったのに。けれど、チャイニーズ・チッペンデールの部屋は王妃陛下のお気に入りだ。こぢんまりとしていて、くつろげて、値段がつけられないくらい高価な陶器の花瓶や磁器の像や翡翠のコレクションがこれでもかというほど飾られている。実は、わたしについて知っておいてもらわなければならないことがひとつある。緊張するとひどく不器用になってしまうのだ。こちらですと言ってお辞儀をした従僕の足につまずいて、勢いよく部屋に飛び込み、危うく王妃陛下のお腹にぶつかりそうになったこともあった。向きを変えた拍子に、貴重な明の花瓶を宙に飛ばしてしまうというのは、おおいにありうることだ。

だがわたしは勇敢な表情を浮かべて、堂々とした階段をあがり、王家の方々が実際に暮らしている主階へと向かった。高価な絨毯が敷かれた果てしなく続いているかのような廊下には大理石の像が並び、険しい顔でわたしを見おろしている。やがて従僕はあるドアを軽くノックすると、部屋のなかに向かって言った。

「王妃陛下、レディ・ジョージアナがお越しです」

わたしはドアを押し開くと、彼の足につまずかないように気をつけながらその脇を通り抜け、見えないテーブルがあるのではないか、敷物に足をひっかけるのではないかと思いながら前に進んだ。ある光景が目に入り、驚いて足を止めた。王妃陛下がふたりいるのかと思った。暖炉の横に置かれた錦織のソファに、薄紫色の午後のお茶用のドレスに身を包み、まったく同じようなウェーブをつけた灰色の髪の年配の女性がふたり、しゃんと背筋を伸ばして座っている。まず頭に浮かんだのが、カシミアのカーディガンは場違いで、わたしも午後のお茶用のドレスを着てくるべきだったということだ。ふたりの王妃のひとりがわたしに向かって手を差し出した。

「ジョージアナ。会えてうれしいですよ。さあこちらに来て、わたくしの大切な友人に会ってくださいな」

わたしは改めてふたりの顔を眺め、もうひとりの女性は王妃陛下と同じくらい尊大な顔つきをしているものの、胸はもっとふくよかであることに気づいた。次に考えたのが、彼女づきの女官にはなりたくないということだった。

「お茶の用意をするようにとメイドに言ってちょうだい」王妃陛下は待機していた従僕に告げると、差し出された手を取り、頬にキスをしながら膝を曲げてお辞儀をしようとしているわたし――鼻をぶつけることなくやりおおせた試しがなかった――に向かって微笑んだ。

「エドウィーナ、わたくしたちの親戚のジョージアナと会ったことはありませんでしたよね？」

「会っていないと思いますね」手ごわそうなその女性は、柄つき眼鏡（ローネット）をつまんでわたしをしげしげと眺めた。「ですがもちろん、彼女のお祖母さまとは知り合いでした」

金曜日の夜に角の店でフィッシュ・アンド・チップスを買ってくれたであろう祖母ではなく、ヴィクトリア女王の娘の話だ。

「残念ながら、わたしは一度も祖母と会ったことはありません。わたしが生まれる前に亡くなったので」彼女に対してどういう口のきき方をすればいいのだろうと思いながら、わたしは言った。

「残念なことです。惜しい方でした」

「ジョージアナ、彼女はわたくしの古くからの友人のひとりエドウィーナ、アインスフォード公爵夫人です」

「正しくは公爵未亡人です、陛下。チャールズはもういませんから」

「お座りなさい、ジョージアナ」王妃陛下はソファの脇に置かれた、金メッキの低い椅子を示した。「すぐにお茶が来ますからね」

わたしは慎重に腰をおろした。椅子の横には漆塗りの小さなテーブルがあって、その上には翡翠の像がいくつか置かれている。公爵未亡人はローネットをたたんだ。「そうですね、彼女ならうってつけでしょう」王妃陛下に向かって言う。

恐れていたことが現実になったようだ。わたしはどこかの公爵未亡人の若き同行者として、どこかに送られることになるのだ。

そのときドアをノックする音がして、あらゆる種類のサンドイッチと、考えられるすべてのケーキを載せたカートが運ばれてきた。

「あなたがお腹をすかせていることを願いますよ」王妃陛下が言った。「料理人は存分に腕をふるったようですからね」

その皮肉に思わず苦笑しそうになった。これまで何度もいっしょにお茶をしたことがあったから、王妃陛下が食べたものしか食べてはいけないという慣習があることはわかっている。

そして王妃陛下はほんの少ししか召しあがらない。なんの変哲もないただのブラウン・ブレッドをかじりながら、手をつけないままのエクレアやビクトリア・スポンジやプティフールをただ眺めているという苦痛は、これまで幾度となく味わっていた。けれど、いまわたしが心配しているのは食べ物のことではなかった。もっと気がかりなことがある。ひょっとしたら公爵未亡人には、結婚相手を探している息子がいるのではないかしら？　だからひと目見て、わたしをふさわしいと考えたの？

メイドは紅茶を注ぐと、王妃陛下たちの前の低いテーブルにカップを置いた。彼女からカップを手渡されて、わたしの近くにはそれを置くテーブルがないことに気づいた。膝の上でこぼさないようにしていなければならない。ああ、どうしよう。

「召しあがってくださいな」王妃陛下はそう言うと、麦芽パンをつまんだ。驚いたことに、そしてなにより安堵したことに、公爵未亡人は身を乗り出すと、大きなケーキを二切れ、自分のお皿に載せた。「サンドイッチは遠慮して、最初から甘いものをいただきます。サボイで食事をすることになっているんですよ。あそこには食べ物がふんだんにありますから」

どうすれば紅茶をこぼすことなく、食べ物に手を伸ばせるだろうかとわたしは考えていた。紅茶は熱かったが、カップの縁から五センチほど急いで飲むと、クレソンのサンドイッチにかろうじて手が届いた。

「ジョージアナ」王妃陛下が切り出した。「わたくしたちのような年配の女性があなたになんの用事があるのだろうと、疑問に思っていることでしょうね。実は微妙な問題が持ちあがって、あなたにそれを解決する手助けをしてもらいたいのですよ。ジョージアナに事情を説明してもらえますか、エドウィーナ？」

「もちろんです、陛下」アインスフォード公爵夫人は口の端についたクリームをナプキンで拭った。「こういうことなのですよ、ジョージアナ——下の名前で呼ばせてくださいね。二年前、わたしの夫であるアインスフォード公爵が亡くなりました。肩書と財産は息子のセドリックが受け継ぎました。セドリックはもう若くはありません。若いどころか、五〇歳になろうとしています」

心臓が喉元までせりあがってきた。わたしを五〇歳の男の人と結婚させるつもりなんだわ！

「息子は五〇になろうとしているというのに、跡取りを作るという義務を果たすことを拒否しています。時代遅れの肩書を絶やさないという目的のためだけに、なんの魅力もない馬面の女性とベッドを共にしなければならない理由がわからないと、夫とわたしの前で言い放ったのです」

「いまの人たちはそうなのです」王妃陛下はそう言って、公爵未亡人と目と目を見交わした。「義務の概念がない。わたくしたちはなによりも義務を優先するように育てられました。国王陛下の兄であるクラレンス公と結婚するように言われたとき、彼のことは好みではありませんでしたが、わたくしは同意しました。ここだけの話ですが、結婚式を挙げる前にインフルエンザで彼が命を落としたときには、心の底から安堵したものです。その後、代わりに彼の弟と結婚することになったのです。国王陛下とわたくしはこの結婚にとても満足していますから、こういった義務が常にいやなものだとは限らないということです」

「わたしたちは同じような落胆を味わっていますね、陛下。わたしたちの息子はどちらも、よりよきもののために自らの義務を果たそうとしないのです。皇太子はまだ、結婚して跡継ぎを作ることができるくらい、お若いですけれど」

王妃陛下は上品に鼻を鳴らした。「あの子ももう四〇ですよ、エドウィーナ。あのいまいましいシンプソンという女がいるかぎり、ほかの女性に目を向けようとはしないでしょう。実のところ、いまが暗黒時代だったらいいのにと思うことがあります。そうすれば、暗殺者を差し向けて、闇夜に彼女を始末することができるのに。それでもあの子は、やっぱり好ましくないほかの女性を見つけるのかもしれませんけれどね」

「少なくとも陛下にはほかにも息子さんがいらっしゃるじゃありませんか。もうお孫さんがおありなんですから」

「かわいらしい子たちですよ」王妃陛下はにこやかに笑った。「エリザベスが義務を怠る心配はないでしょうね。あの子には正しいことを行う資質があります。先日もウィンザーでフェンスを飛び越えようとして、ポニーから落ちたのですよ。そのときあの子がなにを心配したと思いますか？　ポニーがけがをしたのではないかということばかり気にかけていたのです」王妃陛下は笑顔で首を振った。「マーガレット・ローズ――あの子はどうでしょうね。愉快な子ですけれど、いたずら好きなところがあるのです。このあいだここに来たときには、夫の眼鏡を隠しましたからね。夫は面白がっていましたが。話が逸れてしまいましたね」

王妃陛下は公爵未亡人に向き直った。「ごめんなさいね、エドウィーナ。話を続けてくださいな」

ふたりが会話を続けているあいだ、あなたこそ五〇歳の女嫌いと結婚して跡継ぎを産むのにふさわしい女性だと言われたら、なんと答えようかと考えながら、わたしは凍りついたように座っていた。

「お子さんは現公爵おひとりだけですか?」わたしは尋ねた。

「アイリーンという娘がいます。外国人と結婚しました。とんでもない卑劣漢でしたよ。ロシアの伯爵で、娘とはパリで知り合ったんです。その男は娘の財産をすっかり奪い取ると、娘と三人の子供を残して、アルゼンチンの踊り子といっしょに南アフリカに逃げてしまいました。子供たちをきちんと育てるだけのお金も残っていませんでした。娘たちは、いまはキングスダウン・プレイスでわたしたちといっしょに暮らしています」

王妃陛下はわたしのほうに身を乗り出した。「下の息子さんはソンムの戦いで戦死したのです。とても勇敢な若者でした。傷を負った部下たちを敵の砲火から救い出した功績で、ヴィクトリア十字章を与えられています」

笑みの浮かんだ公爵未亡人の顔は驚くほど印象が違って見えた。

「息子のジョン。手に負えない子でしたけれど、人を引きつけるところがありました。夫があの子をイートン校に行かせるまで、いったい何人の家庭教師をつけたことか。シーツに隠れて煙草を吸って、寮が火事になってしまったせいで、あやうく放校になるところだったんですよ。オックスフォードでも、面倒なことに巻き込まれました。テストで不正行為を働いたとかで。ジョンは危険なことが好きだったんです。そこで、一人前の男に育てるために、夫があの子を植民地に行かせました。オーストラリアの田舎の牧羊場や牧場で、数年ほどありとあらゆる肉体労働をしたようです。そういう生活が合っていたんでしょうね。戦争が始まらなければ、戻ってこなかったかもしれません。けれど宣戦布告されると、最初の船でイギリスに戻ってきて、父親の連帯に入隊したのです。戦死したのは、その数カ月後でした」

公爵未亡人は言葉を切り、真顔に戻ろうとした。このあとはなにが待っているのだろうと考えながら、わたしは辛抱強く待った。

「それでは、いまの公爵が亡くなったら、称号は途絶えてしまうんですか？　ほかに跡継ぎはいらっしゃらないんですか？」クレソンのサンドイッチを食べ終えたわたしは、クリームケーキをほおばっている公爵未亡人の姿に勇気づけられて、再び手を伸ばしてエクレアを取った。羽根のように軽くて、なかからクリームがあふれそうだ。

「わたしたちが恐れているのはそのことなのです」公爵未亡人が言葉を継いだ。「遠い親戚のなかにも、男性の跡継ぎはいないようでした。このままでは、息子とともに称号は失われ、地所は国王に返還することになります。ですが一年半ほど前、驚くべき手紙を受け取ったのです。オーストラリアの田舎で働くお医者さまからの手紙でした。夫の死亡記事が載ったイギリスの新聞が、その頃になってようやく届いたようなのです。その方は、夫の苗字がオルトリンガムであることに気づきました――チャールズ・フォーサイス・オルトリンガム、アインスフォード公爵というのが正式な名前です。牧羊場で働く、夫に瓜ふたつの若者がいるとその方がおっしゃるのです。貴族の血を引いているという噂で、彼の苗字もオルトリンガムと言うのだそうです。ジャック・オルトリンガム」

公爵未亡人は言葉を切り、わたしの顔に理解の色が浮かぶのを待った。「ジョンをジャックというあだ名で呼ぶのは、ご存じのとおりよくあることです」

彼女はケーキをもうひと口かじってから、言葉を継いだ。「わたしたちはオーストラリアで人を雇って、調べさせました。ジョンはオーストラリアに二年滞在していました。あの子がそこで子供を作ったというのは、考えられる話です。ですが、それが嫡子であるかどうかは……」公爵未亡人は豊かな胸の上に落ちたケーキのかけらをはらった。「けれど、そのとおりだったことがわかりました。ジョンは、田舎の学校で教える若い女性と恋に落ちたようなのです。彼女が――」公爵未亡人は声を潜め、気まずそうに咳払いをした。「――身ごもったことがわかると責任を取って結婚しました。郡の庁舎にアイダ・ビンスとジョン・ジェスティン・オルトリンガムの結婚証明書が残っていたのです。なんの肩書もつけていませんでした。ジョンらしいと思いましたよ。貴族のなかでももっとも位の高い家に生まれたのだから、好むと好まざるとにかかわらずその事実を受け入れなければいけないと父親から言い聞かされていたのですが、あの子はいつも普通でありたがったのです」公爵未亡人はそう言って、指を振って見せた。王妃陛下の前で指を振るとは、なかなか大胆だ。

「素晴らしいことじゃありませんか」わたしは言った。「跡継ぎがおありだったわけですから」

「ええ、まあ」公爵未亡人は歯切れ悪く応じた。「ミス・アイダ・ビンスの子供――オーストラリアの牧羊場で働く若者――を跡継ぎと認めなければならないのなら、そうするほかはないのでしょうね。称号を途絶えさせるわけにはいきませんから」

「そこであなたの出番というわけなのですよ、ジョージアナ」王妃陛下が告げた。

そう言われるまで、この件に自分が関わっていることをわたしはすっかり忘れていた。ふたりは、わたしにいったいなにをしろというのだろう？　若き農夫と結婚しろとでも？

「そのジャック・オルトリンガムという人は何歳なんですか？」わたしは尋ねた。

「二〇歳だと聞いています。辻褄も合うのですよ。ジョンは戦争が始まった一九一四年に戻ってきました。子供が生まれる前に、オーストラリアをあとにしたのでしょうね」

二〇歳。面倒なことになる前に、さっさと彼を結婚させてしまおうというのかしら？

「それで、わたしはなにをすればいいんでしょうか？」

わたしはそう尋ねてから、慎重にエクレアを口に運んだ。にもかかわらず、いきなりクリームが飛び出して、わたしの服の胸の部分に落ちた。王妃陛下も公爵未亡人も育ちがいいので、気づいていたとしてもなにもおっしゃらなかった。わたしにできるのは、見事な錦織のソファや、もっと悪いことに王妃陛下に向かって飛んでいかなかったことを神に感謝することだけだった。クリームをぬぐいたかったけれど、ふたりに見つめられているあいだはそれもできない。そもそも片手にティーカップを、もう一方の手にエクレアを持っているのだ。ナプキンをつかむことすら無理だ。顔が赤くなるのがわかった。

「その若者は完全な田舎者です。わたしたちの社会に慣れていません」公爵未亡人が言った。「キングスダウン・プレイスのような屋敷や、わたしたちの生活様式に圧倒されてしまうでしょう。そこで上流社会で育てられた同世代のだれかに、彼が新しい立場に慣れる手助けをしてもらうのがいいのではないかと考えたのです。わたしのような老いて怖ろしげな人間よりは、あなたのほうが彼は親しみを感じるでしょう」

クリームが白いブラウスの上を滑り落ちていくのがわかった。ふたりとも気づいていないのだろうか？　わたしは上流社会の人間らしく振る舞っているとはとても言えない。やっぱり気が変わった、跡継ぎの教育はクリームをこぼしたりしないだれかほかの人間に任せると、公爵未亡人が切り出すことを半分覚悟した。

「どうですか、ジョージアナ？」王妃陛下が尋ねた。「できますか？」

「はい、もちろんです」わたしは食べかけのエクレアをソーサーに載せ、カップといっしょにソファの脇の低いテーブルに置いた。

「そう言ってもらえて安心しましたよ」公爵夫人が答えた。「肩の荷がおりた気分です。わたしは今夜、サボイで友人と食事をしたあと、イートン・プレイスにある別宅に泊まり、明日の朝、キングスダウンに戻る予定です。あなたがすぐに出発できるようでしたら、わたしといっしょにケントまでベントレーでまいりましょう」

ケント。イギリスの庭と呼ばれているところだ。なんて素敵。ようやく運が向いてきたようだ。わたしは膝のナプキンをそっと手に取ると、ブラウスを拭いた。肘をあげた拍子に、脇のテーブルに当たったらしい。視界の隅で、竜の置物がぐらりと揺れるのが見えた。とっさに手を伸ばし、落ちる前にかろうじてつかんだ。それからふたりに視線を戻した。

「ありがとうございます。明日の朝、出発できるようにしておきます」わたしは自信に満ちているように見えることを祈りながら、笑顔を作った。

「よかったこと。お願いしますよ」公爵夫人が言った。

「ええ、本当によかった」王妃陛下が繰り返したが、その顔は少し青ざめているように見えた。

チェルシーとケントまでの道のり

その夜わたしは、荷造りするクイーニーを見守っていた。翌朝までにすべてを終わらせておきたかった。クイーニーに荷造りを任せるととんでもないことになるのは、身をもって経験している。泥だらけの乗馬用ブーツを、そのまま上等のイブニング・ドレスでくるんでいたこともあった。そのうえ、いつだってなにかしら忘れてしまうのだ。そういうわけでわたしは彼女のあとをついて家じゅうをまわり、引き出しを開けては、残っている品物があると指摘しなければならなかった。そのたびに彼女はトランクを再び開き、「すいません、お嬢さん」と言いながら、なにがしわだらけになろうと気にすることなく、残っていた品物を突っ込んだ。わたしは次第にいらいらし始めた。

「いいかしら、クイーニー。これはわたしの一番上等のシルクのストッキングなの。充分に気をつけてちょうだい。ティッシュ・ペーパーはどこなの？」

「もうなくなっちまいました。大丈夫ですよ。靴のなかに押し込んでおきますから」

わたしは言いたい台詞を呑み込んで、大きく深呼吸をした。「宝石箱は持ったの？　わたしが持って、車に乗ったほうがよさそうね」

「そのほうがいいです。だいたい、これだけの荷物をどうすればいいのかも、まったくわからないんですよ」

「教えたでしょう。ポーターを頼んで、列車に載せてもらうの。スワンリー・ジャンクション駅で降りるのよ。覚えていられるわね？」

「はい、お嬢さん。たぶん」

「寝てはだめよ。ドーバーで目を覚ますことになるわ」

「どうしようもないんです。列車に乗ると、いつだって眠たくなっちまうんですよ」クイーニーはなにかを思い出したかのように、口を開けたまま言葉を切った。「えーと、タイプライターはどうしますか？　あたしに持って行けなんて言わないでくださいよ。あれはものすごく重いんですから」

「そうだったわ」下の書斎に鎮座しているタイプライターのことを、わたしはすっかり忘れていた。「処分したくはないわ。公爵未亡人のトランクに入れてもらえるかもしれないわね」

タイプライターを見に行こうとしたちょうどそのとき、玄関を激しくノックする音がした。ドアを開けてみると、羽根飾りのついた黒い帽子を片目が隠れるようにかぶり、床まで届く見事な黒いケープをまとって手には長い煙草ホルダーを持った華やかな装いのベリンダが立っていた。

「さあ、行くわよ、ジョージー。さっさと着替えて」彼女が言った。「町に繰り出すんだから」

「ベリンダ、たったいま荷造りをしたばかりなのよ。明日、ここを出るの」

「また荷造りすればいいことでしょう？　ぐずぐず言わないの。楽しい夜になるわ。アメリカ人実業家が、サボイに食事とダンスに連れていってくれるのよ。友人がいっしょだから、わたしも友だちを連れてくるようにって言われたの。もちろんあなたのことを思い出したわ。とってもお金持ちなのよ。素晴らしい時間が過ごせるわ」

「ぜひ行きたいわ。この一週間、ろくなものを食べていないんですもの。でもクイーニーに荷造りを任せるわけにはいかないの」

「任せればいいのよ。いつ出発するの？」

「明日の朝よ。公爵未亡人が車で迎えに来てくれるの。遅れるわけにはいかないわ」

「公爵未亡人？　まさか、同行者になるわけじゃないでしょうね？」

「そういうわけではないの」

ベリンダは玄関ホールに入ってくると、わたしの腕をつかんだ。「ほら、上に行きましょう。着替えをしながら、話してちょうだい」

「ベリンダ」わたしはためらいがちに訊いた。「今夜は——食事とダンスだけなのよね？　そのアメリカ人実業家の人たちは、それ以上のことを求めてはいないわよね？」

「ジョージー、ふたりともきちんとした人たちよ。それに、あなたは国王の親戚だと話したから、ごく丁重に扱ってくれるし、とびきりのごちそうを食べさせてくれるわ。もしかしたらふたりのうちのどちらかが、わたしが探していたパパになるかもしれないし」

「ベリンダ、あなたってどうしようもない人ね」わたしは笑って言った。

「それじゃあ、行くわね？」

「もちろんよ」

わたしはお気に入りのイブニング・ドレスと靴をトランクから取り出した。クイーニーはぶつぶつと文句を言った。「せっかくきれいに荷造りしたのに、お嬢さんときたらまた台無しにしちまうんですからね」

「あなたのメイドはちょっとでしゃばりすぎね」タクシーに乗り込んだところでベリンダが言った。「慣れすぎると生意気になる。あの子はくびにしたほうがいいわ」

「問題は、代わりのメイドを雇えないということなの。彼女は食べるものと寝る場所があるだけで満足してくれている。そんな人はほかにはいないわ」

ベリンダはわたしの腕に自分の腕をからませた。「メイドのことは忘れましょう。楽しい時間を過ごすのよ」

そのとおりになった。おいしい食事、上手なバンド、ダンスのときにはわたしが磁器ででできているかのように扱ってくれ、〝殿下〟と呼んでくれる男性。その夜、わたしがベッドに入ったのは夜中の二時だった。そういうわけで、翌朝クイーニーに起こされたときには、目がしょぼしょぼしていた。

「お嬢さんのドレスと靴はあの大きなトランクに入れておきました。でもあたしがあれを運んでいても、あのばばあときたら手伝おうともしないんですよ」

わたしは起き出し、顔を洗い、旅行用のツイードに着替え、クイーニーとふたりでトランクを階下まで運んだ。彼女に任せれば、どすどすとひきずることはわかっている。チップがもらえると思えば、ミセス・トゥームスも手を貸す気になっていたかもしれないけれど。クイーニーを乗せたタクシーが走り去ったその一分後、公爵未亡人が到着した。ふたりが顔を合わせなかったことに、わたしはおおいに安堵した。公爵未亡人がクイーニーを認めるとは思えなかった。

「それじゃあ、出発するんですね？」台所から出てきたミセス・トゥームスが言った。「よかったこと。あなたの部屋はきれいに掃除しなくてはならないでしょうね」

彼女はそこでようやく、ベントレーと玄関の脇に立つ深緑色の制服姿の運転手に気づいたらしかった。「まあ」

「さあ、行きますよ」公爵未亡人が後部座席から明るく手を振った。「ウィルキンスが荷物を運びますから、あなたは乗りなさい」

ウィルキンスはベントレーと同じくらい年を取っていて、わずかな風にも飛んでいってしまいそうなくらい弱々しく見えた。わたしのタイプライターをよろめきながら運ぶ彼を見ていると、申し訳ない気持ちになった。

「あの大きなものはなんなのです？」公爵未亡人が尋ねた。

「タイプライターです。練習しているところなんです」

「まあ。いったいなんのために？　あなたのような立場の女性は、仕事を見つける必要などないでしょうに」彼女はわたしの膝を叩いた。「タイプライターなどというものは、下の階級の人たちに任せておけばいいのですよ」

タイプライターを置いていくように言われるのかと思ったが、ウィルキンスはすでに車に載せてしまっていたので、さすがの彼女もまたそれを降ろすようにとは言わなかった。

ケントまでのドライブは、楽しくもあり、恐ろしくもあった。ウィルキンスの視力はあまりよくないらしく、公爵未亡人がひっきりなしに道筋を指示していたが、そのせいで運転はますます危なっかしいものになっていた。

「あのばかな警察官が手をあげて車を止めようとしているのはわかっていますけれどね」彼女は後部座席から、伝声管を通じて言った。「わたしたちには関係のないことです。わたしたちを待たせたりしてはいけないことを、あの警察官はわかっているべきなのです。そのままますぐ進みなさい、ウィルキンス」

わたしは目を閉じた。猛スピードで突っ込んでいったわたしたちの車を、トラックは衝突寸前でかわした。わたしたちはそのまま走り去り、その後に生じたであろう大混乱を公爵未亡人は気にかけようともしなかった。警察官は笛を吹き鳴らしたはずだが、わたしたちはすでにその場から遠ざかっていた。踏切までやってくると、そこは閉まっていた。踏切番に開けさせなさいという公爵未亡人の命令を、ウィルキンスは賢明にも拒絶したのでほっとした。

その数秒後には、ドーバーからの急行列車が轟音(ごうおん)とともに通り過ぎていったからだ。実を言えば、クイーニーや荷物といっしょに列車で行けばよかったと思い始めていた。彼女はわたしを質問攻めにするだけでなく、わたしが知らない人のことをあれこれと語り続けた。

「あなたは学校に通ったの？　それとも家庭教師についたのかしら？　女性に余計な教育はいらないとわたしは昔から言っていたのですよ。教育を受けた女性ほど危険な存在はありませんからね。わたしの時代の女性に求められていたのは、フランス語が話せて、馬に乗れて、ピアノが弾けることだけでしたよ。それで、あなたは社交界にデビューしているのですよね？　ふさわしい人からの求婚はありましたか？　最近、デボンシャー家の人とは会いました？　自宅のチャッツワース・ハウスについてあの人たちが考えていることは、本当なのかしら？」

ローネットを通すとさらに大きく見える彼女の鷹のような目に射すくめられながら、わたしはかろうじて答えを口にした。

「デボンシャー一族と会ったことがない？　あの人たちのことはだれでも知っているのだと思っていましたよ。ウェストミンスター家の人たちのことも。あなたはいったいどこに身を隠していたんです？　ふさわしい相手を見つけたいと思うのなら、もっと社交界に顔を出さなければいけませんよ」

公爵未亡人は、ローネット越しにまじまじとわたしを見つめた。「それにあなたはおしゃべりが上手ではありませんね。社交界で人気を得るには、上手なおしゃべりが欠かせないのですよ。どうでもいい噂話には感心しませんが、いまなにが起きているかは知っておかなければなりません。そういえば、皇太子の物語の最終章について、なにか知っていることはありますか？」

わたしはようやく口を挟めることにほっとして、シンプソン夫人について知っていることを話した。

「実際に会ったことがあるのですね？」

シンプソン夫妻がわたしたちのスコットランドのお城に滞在した話をすると、彼女のなかでわたしの株があがったことがわかった。「そうすれば、バルモラルにいる皇太子の近くにいられるわけですからね」彼女はいわくありげにうなずいた。「あの女の厚かましさには驚くばかりですよ。そのうえ、べつの男性と結婚しているというのですから。彼女には、恥という概念がないのですか？」

ないと思うと答えた。

「父親が亡くなる前に、皇太子が目を覚ましてくれることを願いますよ。わたしの息子がいくら反抗したところで、称号を失うだけですみますが、皇太子の場合は君主制の未来を危うくすることになるのですからね。どうしてこれまでずっと先祖がやってきたことができないんでしょう――結婚はふさわしい相手として、ほかに愛人を作ればいいじゃありませんか」

彼女はローネットを持ちあげて、わたしを見つめた。「あなたと結婚することだってできたんです。それほど近い親戚というわけではないんですから」

「デイヴィッドのことは好きですが、わたしは愛する人と結婚するつもりです」

公爵未亡人は鼻を鳴らした。「おもしろい考えですね。心に決めている人がいるのですか？」

「はい」

「馬丁かなにかではないでしょうね」

「お父さまは貴族です」

「それならいいでしょう。近頃は平等などという妙な考えを持っている若い人が大勢いますからね。下劣な新聞にそういった記事がよく載っているじゃありませんか。わたしたちの階級の若者が、タイピストや騎手や女優と結婚したというような話が。帝国の未来は、安定した貴族社会にかかっているということがわからないのでしょうかね？」

わたしの父が女優と結婚したことには触れないほうがいいだろうと思った。彼女は知っているはずだ。当時、散々噂されたことは間違いない——その後、母が逃げ出したという事実も含めて。ダーシーにお金がないことや、今後手にする見込みがないことも黙っていた。気がつけばわたしはダーシーのことを考えていた。彼はいまどこにいて、今度いつ会えるのだろう？　どうすれば連絡が取れる？　わたしがケントの田舎にいることを、彼が知るすべはあるだろうか？　ダーシーがもっとまめに手紙を書く人ならよかったのにと思ったけれど、彼の旅のほとんどは秘密にしておかなければならないもので、いまどこにいて、なにをしているのかはおそらくわたしにも話せないのだと気づいた。ため息が漏れた。ロマンスはどうしてこんなに複雑なのかしら？

窓の外に目を向けて、ロンドンの薄汚れた通りが郊外の街並みに変わっていくのを眺めた。シドカップの町を過ぎると、不意に田舎の景色になった。両側に果樹園が広がり、ところどころ早咲きの花をつけている。長い丘をくだり、ファーニンガムの村で幹線道路からはずれると、プリムローズがあちらこちらに顔を見せ始めた。車は緑に覆われた谷を進み、やがてアインスフォードの村にたどりついた。川にかかる荷揚げ橋の脇に位置する、パブと売店のある典型的なイギリスの村だ。橋の一方には、村の名前の由来となった古くからの浅い川が流れている。オタマジャクシが入っているらしい瓶を持った幼いふたりの少年が、川の縁に立っているのが見えた。村を抜けると、谷は狭まった。頭上では、古いブナとオークの木が若葉をつけ始めていた。

「もうすぐですよ」車が道路を曲がり、丘をのぼりだしたところで公爵未亡人が言った。「キングスダウンをきっと気に入ると思いますよ。美しい古い邸宅です。ありがたいことに、ヴィクトリア朝時代のぜいたくさや趣のなさに台無しにされることがありませんでしたから」

木立を抜けてより開けた農地に出ると、そこには高いレンガの塀と、石造りの大きなライオンが数頭載った巨大なアーチ形の見事な門があった。車が近づいてくるのを見た男性が番小屋から飛び出してきて、錬鉄製の門を開けた。そこから優に八〇〇メートルは農地を走ったところで、ようやく屋敷が視界に入ってきた。木々の合間に、鹿の群れの角らしいものが見えた。

「クノールは、自分のところの鹿の楽園はここよりも上だと思っているんですよ」近くの大邸宅の話だ。「でもあの人たちのところには、ダマジカもチトラルジカもいないんです。キングスダウンにいるのは主人が副総督だったとき、インドからここに送らせたんです」

やがて車が角を曲がり、わたしは文字通り息を呑んだ。落ち着いた灰色の石造りの優美な大邸宅がそこにあった。見事に均整の取れた四階建ての建物で、きれいに刈り込まれた芝生と幾何学的配置庭園がまわりを囲んでいる。支柱のある正面玄関の前には、白鳥の浮かぶ装飾的な池が造られ、屋敷が建つ丘の斜面には水仙が咲き乱れていた。車が木立を抜けたところで雲の合間から太陽が顔を出し、屋敷がくっきりと池に映し出された。気分が高まるのがわかった。これからしばらく、この美しい場所で過ごすのだ。与えられた任務といえば、若いオーストラリア人の若者にどのフォークを使えばいいのかを教える程度の簡単なものだ。わたしを待つ楽しいひとときを思い、期待がふくらんだ。

前庭の砂利を踏みしめながら車が進んでいくなか、公爵未亡人が不意に口を開いた。

「あなたがここに来た本当の理由を、ほかの人たちには知らせないほうがいいと思いませんか？　彼らは、まったく知らない人間が自分たちの一員になるという事実をまだ受け入れたわけではありませんから。自分たちが知っている世界の終わりを意味することになりかねないわけですからね」

「わたしのことをどう説明するんですか？」わたしは訊いた。

「曖昧にしておけるといいのですけれどね。お祖母さまはわたしの古い友人で、あなたをしばらくここに滞在するように招待した、あなたは病気のあと静養しているところで、新鮮な田舎の空気が必要だということにするのはどうかしら。そうね、そういうことにしましょう」

どうしてわたしを招待する理由が必要なのだろうといぶかったが、ここはもはや彼女の家ではないことに思い至った。客を招待するかどうかは、現公爵である彼女の息子が判断しているのだろう。その息子は女性嫌いを公言している。わたしが来たことを知ってなんと言うだろうかと不安になった。

キングスダウン・プレイス　アインスフォード　ケント
ようやくわたしにも運が向いてきたようだ。ここは素晴らしいところだ。

正面の階段の下でベントレーが止まると、従僕たちが車のドアを開けようとしていっせいに駆け寄ってきた。

「キングスダウン・プレイスにようこそ、お嬢さま」後部座席から降りようとするわたしに手を貸しながら、ひとりが言った。金ボタンのついた品のいい黒いお仕着せ姿だ。バッキンガム宮殿に戻ったような気分だった。べつの従僕が、公爵未亡人に手を差し出している。

「わたしはまだぴんぴんしていますよ、フレデリック。炭の袋を運ぶみたいに、持ちあげてくれなくてもけっこう」

「申し訳ありません、奥さま」若者は真っ赤になった。

「さあ、いらっしゃい、ジョージアナ」公爵未亡人は杖を使いながら、先に立って階段をあがっていく。その先は見事な玄関ホールだった。中央にある大きな階段は、踊り場の先で二手に分かれている。壁と天井には、ギリシャの神と女神をイタリア風にしたルネサンス様式の壁画が描かれていた。うっとりと見とれてしまいそうになるのをこらえていると、公爵未亡人が言った。「荷物とメイドはまだ着いていないでしょうから、昼食に着替えはできませんね。ですがフレデリックに部屋まで案内させますから、旅の汚れを落としてさっぱりするといいですよ」

ぞっとした。まさかここでは、昼食のときも着替えをするの？　それってつまり朝食と午後のお茶とディナーと昼食に、それぞれ違うドレスを着なくてはならないということ？

公爵未亡人の次の言葉を聞いて、わたしは安堵した。「旅のあとは着ているものがしわだらけになりますからね。わたしはできるだけ早くアイロンをかけるようにしているのですよ」

わたしは弱々しく微笑んだ。

「用意ができたら長広間におりてきてくださいね。サンドイッチとコーヒーを運ばせます。長旅のあとで、お腹がすいているでしょうから」

ほんの一時間程度のドライブにすぎなかったが、ミセス・トゥームスと顔を合わせたくなかったわたしはほとんど朝食をとっていなかったから、確かに空腹だった。フレデリックがわたしの旅行鞄と宝石ケースを持ち、大階段をあがっていく。そのあとをついていきながら、壁や天井に描かれた官能的な半裸の男女やキューピッドの絵を見ないようにするのは、なかなかに難しかった。最初の踊り場で左に折れ、永遠に続いているかのような長い廊下を進んでいく。壁にはオルトリンガムの祖先たちの肖像画がずらりと飾られていて、この家系の特徴らしい淡い色の突き出た目でわたしをにらんでいた。なかには狂気も受け継いでいるに違いないと思える顔もあって、オーストラリアの新鮮な血と息吹を取り入れるのはいいことかもしれないという気がした。

ようやくのことでフレデリックがあるドアを開けると、そこは広々とした優雅な部屋だった。ヴィクトリア朝の凝った装飾や骨とう品などはなく、家具はどれもジョージア王朝様式のすっきりしたものだ。四柱式ベッドには青と白のシルクのベッドカバーがかけられ、大理石の暖炉のまわりには、インド更紗で覆った椅子が並んでいる。ひとつの出窓の前には、かわいらしい書き物机（クイーン・アン・ライティング・デスク）が置かれていた。こんなに魅力的な寝室を見たのは初めてだ——ひと月でもふた月でも泊まっていたくなるような部屋だった。

フレデリックは長椅子にわたしの鞄を置いた。「よりふさわしいお部屋にご案内することになるかもしれません。お嬢さまがいらっしゃることを聞かされたのがゆうべだったので、客室しかご用意できなかったのです」

ここがふさわしくないのなら、いったいどんな部屋がふさわしいのかしら？　わたしがちゃんとしたお屋敷に泊まったことがないと思っている人のために言っておくと、毎年八月には国王陛下と王妃陛下といっしょにバルモラル城に滞在している。王家の親戚に課せられた義務のひとつだ。だがここに比べれば、バルモラル城は質素だ——そのうえあそこでは、タータンチェックの絨毯に耐えなければならない。それ以外にも様々な大邸宅や貴族の屋敷に滞在したことがあるが、豪華さや優雅さにおいてここに勝るところはなかった。いまでも、称号にふさわしい財産を持つ一族がいることに感動した。窓の外に目を向けたちょうどそのとき、砂利を踏むタイヤの音が聞こえて、クイーニーが着いたのだろうかと思った。だがやってきたのは、最新のロールス・ロイスだった。緑色のしゃれた制服姿の運転手が降り立ち、ぐるりとまわって後部座席のドアを開けた。降り立ったのは、恰幅のいい中年男性だ。黒いベルベットのジャケットにゆったりしたズボンといういでたちだった。彼があたりを見回すとそれが合図だったかのように、横手の幾何学的配置庭園のなかにある高い生垣の向こうから、三人の若者が仔馬のようなはずむ足取りで姿を現わした。三人とも体にぴったりした黒い服を身につけていて、その身のこなしはまるでバレエを見ているようだ。彼らは中年男性を抱きしめ、グレイハウンドのようにまとわりつきながら出迎えた。

彼がこの家の主（あるじ）なのだろうと思った。いまの光景を見れば、結婚したがらない理由を理解するのは難しくない。温室育ちのわたしだが、いまではショックを受けることもなかった。母の親しい友人のひとりがノエル・カワードで、彼の仲間たちとパーティーに行ったこともある。生涯結婚することはないだろう若者も大勢知っているが、彼らの気の利いた会話や洗練された雰囲気は嫌いではなかった――ラノク城の重苦しい空気とはまったく違う。わたしはそこで、信心深い長老派の厳格な乳母に育てられたのだ。

公爵未亡人が階下で待っていることを思い出した。部屋の隅にはお湯と水が出る洗面台があって、わたしは帽子を脱いで顔と手を洗い、髪を梳（す）いた。だがそれよりもトイレに行きたい。ベッドの脇に錦織の紐のついた呼び鈴があるのはわかっていた。それを引けば、すぐにだれかが駆けつけてくるだろうけれど、一番近いトイレくらい自分で見つけられるだろうと思った。部屋を出たちょうどそのとき、糊(のり)のきいたスカートのこすれる音が聞こえ、シーツを山ほどかかえたメイドがこちらに近づいてきた。

「なにかご用がおありですか？」彼女が訊いた。

〝トイレ〟などという言葉は口にしてはならないと乳母に教えられて育ったから、洗面所を探しているのだと答えた。

「こちらです。それほど遠くありません。一番いい客室にご案内していますけれど、気に入っていただけるといいのですが」

「いいお部屋ね。ありがとう……」わたしは問いかけるような表情を作った。

「エルシーです、お嬢さま。エルシー・ホブスと申します。家政婦長です。なにかご用がありましたら、わたしにお申しつけください」

正直そうな好感の持てる顔立ちで、わたしに向けた笑みは本物だった。

「実はお願いがあるの。もうすぐわたしのメイドが来るのだけれど、残念なことに彼女はまだ……未熟なの。ここのような大きなお屋敷では、どう振る舞えばいいのかを教えてやらなくてはならないと思うの」

「ご心配なく、お嬢さま。わたしが面倒を見ますから。初めてここに来たときには、だれだって恐ろしい思いをするものです」

「あなたはもう長いのかしら？」

「一五年になります。学校を出てすぐ、一四歳でこちらに来ました。父が戦死したので、母を助けるために働かなくてはならなかったんです」

「大変だったのね」

「そんなことはありません。ここでちゃんとやっていけていますから。奥さまは厳しいですし、わたしたちに求める水準も低くはありませんが、公平な方なんです」

「いまの公爵はどうなの？」

「旦那さまは家のことには、あまり興味を示されません――わたしたちがなにか間違ったことをしないかぎり。その場合は、それなりの仕打ちを受けますけれど。先週も、旦那さまの机のほこりを払おうとして書類を片付けたウィリアムが気の毒にくびになったんです。書類の順番を変えてしまったらしくて。そんなこと、わかるはずないじゃありませんか？」

わたしは同情してうなずいた。

「ウィリアムはわたしより長く働いていたんです。ソンムの戦いで怪我をして帰ってきてからすぐに、ここに来たんです」

エルシーが足を止めてドアを開くと、そこは泳げそうなほど大きなバスタブの置かれたバスルームだった。隣のドアはトイレだ。わたしは用を足してから、主階段に戻った。玄関ホールに立ち、長広間はどこだろうと考えていると、黒いフロックコートに身を包んだ貫禄たっぷりの男性が現われた。自分の屋敷を含め、これまで数多くの大邸宅を訪れた経験から、執事がその家の主人より堂々として見えることが珍しくないのはわかっていた。

「キングスダウンにようこそいらっしゃいました、お嬢さま」彼は小さくお辞儀をしながら言った。「旦那さまの執事を務めておりますハクステップです。お着きになったとき、お出迎えしませんで申し訳ありませんでした。ワインセラーにいたもので、車の音が聞こえなかったのです。ここのところ、耳も衰えておりますし。長広間にご案内するようにと、奥さまから申しつかっております」

彼のあとをついてアーチをくぐり、右に進んだ先は、長広間という名がいかにもふさわしい場所だった。長く延びたその部屋にはいくつもの大きなアーチ形の窓が並んでいて、太陽の光が一定の間隔を置いて射しこんでいる。羽目板には美しい金メッキが、天井には彫刻が施されている。元々は、ここが大広間だったのだろうと思った。長い壁の中央には、牛をローストできそうなほど大きな天井まで届く大理石の暖炉があって、薪がパチパチと燃えていた。ソファや椅子があちらこちらに置かれていて、暖炉に近いそのうちのひとつに公爵未亡人が腰をおろし、サンドイッチとビスケットをつまんでいるのが見えた。彼女はわたしを手招きした。

「お部屋は気に入りましたか？　急に決まったことだったので、どこが一番くつろいでもらえるのか、わからなかったのですよ」

「ありがとうございます。素敵なお部屋ですね。快適に過ごせると思います」

「建物の反対側のほうが眺めはいいんですよ。でもそちらは男性たちが使っていて――息子の友人たちなんです」

「いましがた、お見かけしました。ロールス・ロイスが着くと、走り寄ってきていました」

「そうですか」公爵未亡人は不服そうに唇を引き結んだ。「息子が町から戻ってきたのでしょう。ウエスト・エンドで観劇するために、ロンドンに行っていたのです。いろいろと後援をしているのですよ。自分のことを、メディチ家の人間のような芸術のパトロンだと思いたいのでしょう」見下したように鼻を鳴らした。「息子自身には才能のかけらもありませんが、それでもくだらない音楽を作曲したり、下手な絵を描いたり、不愉快な若者たちをそばに置いたりすることをやめようとはしないのです」公爵未亡人は手にしていたサンドイッチから視線をあげた。「彼らは自分たちのことをムクドリ(スターリング)と呼んでいます。それが芸術の世界でいずれスターになるという意味なのか、それとも単に黒い服を着てさえずっているだけなのかはわかりませんけれどね」

思わず頬が緩んだ。

「ミルクは入れますか？」コーヒーを注ぐようにとメイドに身振りで示しながら、公爵未亡人が尋ねた。

「お願いします。こんな時間ですから」

ミルクを入れたコーヒーが目の前に置かれ、わたしはハム・サンドイッチに手を伸ばした。ひとつだけはっきりしていることがある——ここで空腹を感じることはないだろう。フィグに強いられた耐乏生活とミセス・トゥームスの料理のあとだったから、それだけでも天国のようだ。

重々しい足音が聞こえてきて、彼女は顔をあげた。「息子でしょう。あなたが来た理由は言わないでくださいね。あまり扱いやすい人間ではありませんし、わたしが余計な手出しをするのを嫌うのです」

アインスフォード公爵が近づいてきた。かつてはそれなりに器量のいい男性だったのだろうが、いまは見る影もない。二重顎の顔は丸々して、でっぷりしたお腹の上で、黒いベルベットのジャケットのボタンを無理に留めている。髪はすでに薄くなり始めていて、地肌の透けているあたりは髪を撫でつけて隠してはいるものの、四九という年齢よりは老けて見えた。

「ただいま、母さん」彼は言った。「初日は大成功でしたよ。批評家たちも気に入ったようだ。新進気鋭の素晴らしい脚本家を世に送り出しただけでなく、投資に見合う報酬が得られそうだ」彼はわたしに気づいて、不意に言葉を切った。「これはこれは。お客さんがいらしているようですね」

「おひとりだけですけれどね」公爵未亡人が言った。「セドリック、こちらはジョージアナ・ラノク。わたしが女王陛下づきの女官だったとき、ヴィクトリア女王の娘である彼女のお祖母さまがとてもよくしてくださったと話したことがあるでしょう？」

「ああ。そうでした」彼はまったく興味のなさそうな顔で応じた。わたしのことを、どうにかしてふさわしい相手と結婚させるために、最後の望みの綱として母親が連れてきた相手だと考えているのかもしれなかった。こちらに近づいてくると、力のない手を差し出した。

「はじめまして。セドリックだ。母から聞いているだろうが。きみのお兄さんはたしか、現ラノク公爵だね？　貴族院では一度も見かけていない気がする」

「ビンキーはめったにスコットランドから出てこないんです。都会は居心地が悪いらしくて」

「どうにも理解できないね」セドリックは手を伸ばしてサンドイッチをつまむと、口に放りこんだ。「あらゆる活動は都会で行われる――国が脈動する場所なのだ。芸術。文化。劇場。そういったものが、国を活気づかせるのだよ」彼は値踏みするようにわたしを見た。「それで、きみはどうしてここに？　母に挨拶するために立ち寄ったのかね？」

わたしが答えるより先に、公爵未亡人が口を開いた。「彼女はしばらく滞在するのですよ、セドリック。かわいそうに、ここしばらく体調を崩しているのです。健康を取り戻すには、おいしい食事と田舎の空気が必要だと思ったものですからね」

「そうか、それは気の毒に」体調を崩したことを気の毒だと思っているのか、あるいはわたしがここに滞在することを残念がっているのか、判断がつきかねた。おそらく後者だろう。「あなたの甥が来たときに、ほかにも若い人がいたほうがいいでしょうしね」たったいま思いついたかのように、彼女はさらりと言った。「彼にはまったく未知の世界ですし、怯えてしまうかもしれませんからね」

「わたしの甥ね」セドリックはばかにしたように鼻を鳴らした。「本当に甥ならば、の話ですがね。まだ信用してはいませんよ。オーストラリア人というのは、わずかな金のために自分の祖母を売り渡すような人種ですからね」

「彼が来ればわかりますよ。祖先によく似ているということですからね。そもそもあなたが跡取りを作るという義務を……」

「その話はもう蒸し返さないでくださいよ。わたしの考えはわかっているはずだ。だいたい、自分の財産を好きなように使えない理由がわからない。役にも立たない公爵の位を遺すよりは、新しいコンサートホールか劇場を造るほうがよっぽどましだ」

「その件に関して、あなたに選択の余地はありません」公爵未亡人はきっぱりと告げた。その場の雰囲気が悪くなり始めたところで、窓の外に目を向けたセドリックが言った。「なんとまあ。いったいあれはなんだ?」

エステート・カーが止まり、クイーニーが降り立った。ひっくり返した植木鉢のような赤い帽子と、なんの動物の毛皮なのか見当もつかない——ハイエナかもしれない——つんつんにけば立った古いオーバーという格好だ。公爵未亡人は窓を振り返り、驚いてローネットを持ちあげた。

「わたしのメイドが荷物を持ってきたようです」

「あなたのメイド? あなたはメイドを、頭に植木鉢を乗せた特大のハリネズミのような格好で外に出しているのですか?」

「あの下には制服を着ていますけれど、まだ新しいオーバーを買ってやっていないんです」わたしは答えた。買うだけのお金がないとは言いたくなかった。

「まだ来たばかりなのですね？」

「ええ、まあ」

「それなら、できるだけ早く、きちんと訓練するのですね。使用人に毛皮のコートを着させたりしてはいけません。雇い主の真似をするようなことは許されません。だいたいあんなコートは……あなたが非難されることになりますよ。今度彼女が外出するときには、使用人用の戸棚に不要になった黒いオーバーがないかどうか、家政婦に訊いてみましょう」

運転手が車の後部からわたしのトランクをおろしているあいだ、クイーニーはあんぐりと口を開けて、見事なファサードを見あげていた。わたしは立ちあがった。「荷物をどこに運べばいいのか、メイドに教えてきますね」

「きちんとした格好をさせるのですよ」公爵未亡人がわたしに向かって言った。「使用人に自由を与えるのはいいことではありません。でないとあなたのメイドのように、好き勝手をすることになるのです」指を振り立てながら、さらに言葉を継いだ。「使用人は、目立ってはいけませんし、常に皆と同じように仕事ができなくてはなりません」

わたしはあわてて外に出ると、公爵未亡人の非難めいたまなざしから逃れるように急いでクイーニーを上の階に連れていった。

「なんとまあ」わたしの寝室に入ったところで、クイーニーが言った。「今度はずいぶんと運がいいみたいじゃないですか。これこそ、本物の貴族の生活ですよ。お嬢さんの義理の姉さんみたいに、ひとりにトースト一枚しか食べさせないような暮らしじゃなくて」

「クイーニー、わたしが言ったことを覚えている？　自分より立場が上の人間に対してきちんとした言葉遣いができないのなら、あなたをくびにしなくてはならないかもしれないのよ」

「なに言っているんですか」クイーニーはわたしのあばらをつつきながら言った。「お嬢さんにちゃんとしたメイドを雇うだけのお金がないことはわかっているんです」

「あなたよりもましなメイドは雇えるでしょうね」わたしはしかめ面で応じた。「さあ、荷物を片付けてちょうだい。アイロン台とアイロンのあるところを使用人に訊いて、全部きちんとアイロンをかけておくのよ。ああ、それからクイーニー、ベルベットの表にアイロンをかけてはだめよ。それから白いブラウスを焦がしたりしないで」

「了解です」

部屋を出ようとしたところで、わたしはあることを思い出し、振り返った。

「それからもうひとつ——ここはとても地位の高い人たちが暮らすお屋敷なの。使用人も品がいいし、よく訓練されているわ。お願いだから本物のレディーズ・メイドのように振る舞ってちょうだいね。わたしをがっかりさせないで」

「心配いりませんよ、お嬢さま。あたしだってその気になれば上品ぶった話し方もできるし、つんとすまして歩くことだってできますからね」

「言葉遣いにも気をつけてちょうだい」

わたしはクイーニーを部屋に残し、再び階段をおりた。長広間の近くまで行くと、セドリックの早口の声が聞こえてきた。「彼女がここに来た本当の理由はなんなんです？　母さんのいつもの計画の一端じゃないといいんですがね」

キングスダウン・プレイス

長広間に戻るのはやめてその場できびすを返して階段をおり、外に出た。強い風が吹き始めていて、いまにも雨が落ちてきそうな雲の陰に太陽は隠れてしまっている。家を飛び出したのは愚かな行為だったかもしれないとも思ったが、長広間の不愉快な現場に居合わせたくはなかった。わたしがいることで家庭内にいざこざが起きると知っていたなら、最初から来なかったものを。そう思ったところで考え直した。陰鬱なスコットランドにフィグといっしょにいるくらいなら、やはりここに来ていただろう。

黒い水の上をすべるように進んでいく白鳥たちを眺めながら湖沿いを歩いていくと、やがて湖に流れこんでいる小さな川に行き当たった。激しい水音が聞こえたので流れをたどり、いくつもの小さな滝がある岩の峡谷に出た。故郷のスコットランドを彷彿とさせる光景だが、ケントにこのような峡谷はないはずだから、すべては人工的に造られたものだと気づいた。

黒っぽいイチイの木立に半分隠れるようにして、滝の上に丸みを帯びた白い礼拝所が建っている。ドラマチックなことを好む公爵が、歴史のどこかにいたらしい。滝のある峡谷を出ようとしたところで、遠くから正午を知らせる時計の音が聞こえてきた。昼食には着替えをすると言っていた公爵未亡人の言葉を思い出し、急いで戻ったほうがよさそうだと気づいた。芝生を横切っていると、背後から声がした。子供の声だ。振り返る間もなく、ひとりが叫んだ。「そこのおまえ！」

足を止めて、振り返った。子供がふたり——男の子と女の子——、屋敷に向かって斜面を駆けあがっている。そのうしろを、ジャケットを着た不安げな顔の男性が追いかけていた。子供たちは一〇歳か一一歳、どちらも淡い金色の髪の持ち主で、どちらかというと愛想のない顔立ちだ。

「おまえだよ」わたしに向かって言っているのは、男の子のほうだった。「大きなオークの木の下のベンチに歴史の本を忘れたんだ。取りに行ってこい」

不安げな顔の男性がふたりに追いついて言った。「ニコラス、自分で取りに行くんだ。自分のすべきことを人にやらせてはいけない」

「いいんだよ。彼女はほかにすることなんてないじゃないか。それに自分で取りに行っていたら、昼食に遅れるよ。お祖母さまに怒られる」

最初のうち、わたしはあっけに取られているばかりだったが、ようやく腹を立てるべきか面白がるべきか考える余裕が出てきた。「あなたはいつもお祖母さまのお客さまに、そうやって命令するの？」

「だって——あなたはお客さまじゃないよね?」少年は狼狽したような顔になった。「お祖母さまの新しい付添人だって思ったんだ。新しい付添人を探すっていう話を町に行く前にしていたから、戻ってきたのを見てぼくたちはてっきり……」

「当て推量はよくないわね。わたしはレディ・ジョージアナ・ラノク。あなたのお祖母さまがわたしを招待してくださったのよ」

「今回は完全にしくじったみたいね、ニック」少女は彼をつつき、赤く染まったその顔を見てうれしそうに言った。

「ごめんなさい」少年はあっさりと謝った。「でもぼくの父さんはロシアの伯爵なんだ。革命のときは、命を守るために逃げなきゃならなかったんだよ。それにお祖父さまは公爵だから、ぼくは人に命令することに慣れなきゃいけないんだ」

「わたしのお祖母さまは王女だったわ。ひいお祖母さまはヴィクトリア女王だから、そういう意味ではわたしのほうが上ね。それに親戚にあたる国王陛下と王妃陛下は、使用人に話しかけるときもいつもとても丁寧よ」

少年の顔は真っ赤になった。「そうなんだ。じゃあ、あなたは王家の人なんだね。殿下って呼ばなきゃいけない？」

もちろんそうだし、わたしと会うたびにお辞儀をしなければいけないと言いたくなったけれど、少年が恥ずかしさのあまりもじもじしているのを見て、こう言った。

「わたしは殿下じゃないわ。ただのレディよ。それに社会的には同じ立場だから、ファーストネームで呼んでくれていいのよ」

「ああ、よかった」少年は手を差し出した。「ぼくはニコライ・グレコロヴィッチ。旧ロシアのストレルスキ伯爵の息子だよ」

「わたしはエカテリーナ」少女も手を出した。「でもセドリック伯父さまは、そんな名前は仰々しいから、イギリスの学校に通うのなら、そのほうがいいかもしれないわね」わたしは応じた。

「イギリスの学校に通うのなら、ニコラスって名乗るべきだって言うの」

「でもそれじゃあ、普通すぎるよ」ニコラスが言った。「お父さまは、全然普通じゃなかったんだから」

「とてもハンサムだったのよ」キャサリンが言い添えた。

「あなたたちはアイリーンの子供なのね。もうひとり、きょうだいがいたんじゃなかったかしら？」

「姉さんのシシーだよ」ニコラスが答えた。「本当はエリザベスっていうんだけど、みんなシシーって呼んでいる。今日はシシーが外に出るには寒すぎるんだ。それにみんな忙しくて、車椅子を押す使用人がいなかった」

「車椅子？」

「シシーは馬から落ちて背骨を折ったの」キャサリンが答えた。「歩けないのよ。すごく退屈みたい」

「かわいそうに。さぞ退屈でしょうね。ここにいるあいだは、わたしが話し相手になれるかもしれない」

「お母さまはシシーをいいお医者さまのいるスイスに連れていきたがっているんだけれど、時間もお金も無駄だってセドリック伯父さまは言うの」キャサリンが教えてくれた。「伯父さまはわたしたちのことが好きじゃないんだと思う。ここにいるのも本当はいやなのよ」

「ぼくもお金の無駄だと思うよ。シシーが二度と歩けないのは、みんなわかっていることなんだから。そんなお金があるなら、ぼくをちゃんとした学校に行かせるべきなんだ」

「わたしはどうなるの？　わたしだって学校に行きたい」

「女の子には教育なんて無駄さ。セドリック伯父さんがそう言っていた。女の子は結婚するだけで、なにも役に立つようなことはしないんだから」

「わたしはニコラスと同じくらい賢いわ！　ううん、わたしのほうが賢い。セドリック伯父さまはばかよ」

「ふたりともくだらない話はやめて、さっさと行きなさい」男性が言った。「またぼくがきみたちのお祖母さまに怒られるんだから。デザートも食べさせてもらえなくなるよ」

それを聞いて、ふたりは急いで駆け出していった。男性は恥ずかしそうな笑みを浮かべ、わたしに手を差し出した。

「カーターです。あの子たちの家庭教師をしています。ぼくが来るまで、ふたりはずっと自由気ままに過ごしていたんですよ。規律も礼儀もまったく身についていなかったし、教養もなかった。一家のことはご存じでしょう？　母親はふたりを溺愛しているし、父親は甘やかしたり無視したりしたあげくに、あっさりと子供たちを捨ててしまった。ニックが混乱するのも無理ないんですよ。伯父の公爵にしても、男性としてのよき手本とは言えませんからね。そういうわけで、ぼくはできるかぎりのことをしているんですが、なかなか大変ですよ」

「そうでしょうね」わたしは言った。「ここにいるあいだは、わたしもできるかぎりのことをします」

「ご親切にありがとうございます」カーターは気持ちのいい笑顔で礼を言った。

家に着いてみると、廊下ではハクステップが届いたばかりの手紙の仕分けをしているところだった。

「気持ちのいい散歩ができましたか、お嬢さま？　今朝は冷え込みましたね。オーバーもなしに出かけられて、寒くはありませんでしたか？」

「わたしはスコットランドで育ったの。これくらいでもあそこでは、さわやかだと言うのよ」

ハクステップは口元に礼儀正しい微笑を浮かべながら、手紙を載せたトレイを書斎へと運んでいった。わたしは自分の部屋に戻り、キルトと白いブラウスに着替えた。おしゃれとは言えないが、少なくとも清潔だし、見苦しくもない。着替えを終えたちょうどそのとき、銅鑼の音が聞こえた。昼食の時間だ。最後に髪を梳かしてから廊下に出た。階段に向かって歩いていると、年配の女性がふたり、腕を組みながらこちらに歩いてくるのが見えた。驚いた顔でわたしを見ている。

「お客さまがいらしていたのね。うれしいこと」ひとりが言った。よく母が口にしていた〝若作りの年増女〟という言葉が頭に浮かんだ。その格好は、一〇年前ならみだらだと言われていただろう。丈のかなり短いフラッパー・ドレスにじゃらじゃらしたビーズのネックレスをして、お化粧もかなりの厚塗りだ。「エドウィーナといっしょに町からいらしたの？」

「はい、そうです」わたしは答えた。

「ほらね、言ったでしょう？　霊は嘘をつかないのですよ」もうひとりの女性が言った。こちらは、古き良き時代の装いだ。ウエストは信じられないほど細く、わたしの祖母が着ていたような襟の高い黒いロングドレスに、上等の真珠のネックレスを何連にも首に巻いている。豊かな白い髪を渦を巻くように頭上高く結いあげ、べっこうの櫛で留めていた。興味深そうな顔でわたしを眺めている。「よそ者がやってくると言っていたでしょう？」

「それって、オーストラリアの若者のことを言っているんじゃなかったの？」厚化粧の女性が言った。「危険な人物だと言っていたでしょう？」

「ああ、そうでしたね。そこにいるべきではない存在だと。心配だこと」彼女はまじまじとわたしを眺めた。「でもこちらのお嬢さんは、少しも危険には見えませんね。それどころか、とても魅力的だわ。お名前はなんておっしゃるの？」

「ジョージアナ・ラノクです」

「ああ、やっぱり。古い友人と再会するようなことを、霊が言っていたでしょう？　わたくしは、彼女のお祖父さまの公爵と知り合いだったの。それはそれは恐ろしい人だったのですよ。わたくしと結婚してはどうかという話もあったのですけれど、女王陛下がご自分の娘と結婚させたんです。実際、ほっとしましたよ。オロフスキーと結婚して、とても幸せでしたから」彼女はそう言って手を差し出した。しなびてしわだらけのその手には、びっしりと指輪がはめられていた。「はじめまして。エドウィーナの妹のオロフスキー王女です」

「はじめまして」膝を曲げてお辞儀をすべきだろうかと考えながら、わたしは挨拶を返した。

「わたしはフォン・アイゼンハイム伯爵夫人。末の妹よ」厚化粧の女性が言った。「姉たちとはかなり年が離れているの。予定外の子供だったみたい。あなたが来てくれて、本当にうれしいわ。ウィーンやパリの社交界に慣れた身には、ここでの暮らしはおそろしく退屈なんですもの。姉の夫ときたら、年とともにすっかり面白味のない人になってしまったの。息子のほうはもっとひどいわ。彼がここに招待するのは、芸術家や作家だという粗野な若者ばかりなのよ。もう何年もちゃんとした舞踏会を開いていないわ。そうでしょう、シャーロット？」

「そのとおりね」シャーロットはため息をついた。

わたしたちは言葉を交わしながら、主階段をゆっくりと進んだ。姉妹たちは腕を組み、一段ずつ慎重におりていく。一番下までおり切ったところにハクステップが現われ、再び銅鑼が鳴った。

「二度目の銅鑼よ、シャーロット。急がないと」厚化粧のほうが言い、ふたりは足を速めたので、わたしは転びはしないかと心配になった。だが無事に食堂にたどり着き、わたしもふたりに続いた。公爵未亡人はすでに五〇人は座れそうな巨大なテーブルの向こうの端に座っていた。

「ジョージアナ、こちらにお座りなさい。わたしの隣に。妹たちと会ったのですね。革命が起きたとき、シャーロットはロシアからかろうじて逃げ出してきたのです。夫のプリンスはそれほど運がよくありませんでした」

「わたくしの目の前で、八つ裂きにされたのです」シャーロットが説明した。「そのときの光景が脳裏から消えることはないでしょう。決して。次はわたくしの番だったのですけれど、忠実な家臣が助け出してくれて、馬車で逃げ出したのです。そのとき身に着けていた服が持っていたすべてでした」

わたしは同情をこめてうなずいた。

「ヴァージニアは戦争が終わったあと、いっしょに暮らすようになったのです。彼女の亡くなった夫はドイツの銀行にお金を預けていたので、ただの紙屑になってしまいました」公爵未亡人は訳知り顔でわたしを見た。「それまでは陽気な未亡人（メリー・ウィドウ）だったのですけれどね。そうよね、ヴァージニア？」

「いい時代もあったわ」ヴァージニアが答えた。「ええ、楽しいときもあった」

「そのことについては、孫たちにはあまりくわしく話さないでもらいたいですね」エドウィーナが言った。「このあいだキャサリンが口にしたことを聞いて、心底仰天しましたからね」

ヴァージニアは声をたてて笑った。「ユサールの連隊とのあのちょっとした出来事の話ね。

確かにキャサリンはとても感心していたわね」

公爵未亡人は気まずそうに咳払いをした。「そういえば、あの子たちはまた遅れているようですね。母親も」

「いいえ、遅れていませんわ、お母さま。いま一時ちょうどですもの」ふたりの子供を従えた女性が食堂に入ってきた。細いというよりはやつれたという言葉のほうがふさわしいくらい痩せていて、鎖骨がドレスの上に浮き出ている。うろたえた様子で、心配そうにしわを額に寄せていた。「さあ、あなたたちはお座りなさい」子供たちに向かって言う。

ふたりはあわてて席についた。

「エリザベスはどこです?」エドウィーナは尋ねた。

「今日はあまり具合がよくないんです、お母さま。乳母が部屋に食事を運んでいます」

「あの子はもっと外に出なければいけませんよ、アイリーン。そんなふうに甘やかしてはいけません。毎日、新鮮な空気を吸わせないと」

執事のハクステップが公爵未亡人の背後に立った。「スープをお出ししてもよろしいでしょうか、奥さま? 旦那さまとご友人は食事をごいっしょになさいますか?」

「わたしにはわかりませんよ、ハクステップ。息子は自分の予定をわたしには話しませんからね。ですから、始めてくれてかまいません。これから来ても、スープを飲み損ねるだけのことですからね」

ふたりの従僕がスープ・チュリーンを運んできて、ロイヤルドルトンのスープ皿に澄んだコンソメスープをよそった。アイリーンが興味深そうにこちらを見ていることに気づき、わたしは笑顔で声をかけた。

「はじめまして」名乗ろうとしたが、公爵未亡人のほうが早かった。「アイリーン、ニコラス、キャサリン、まだお客さまを紹介していませんでしたね。こちらはジョージアナ・ラノク。わたしが以前、女王陛下づきの女官だった頃、彼女のお祖母さまがとても親切にしてくださったのです。彼女には、しばらくここに滞在してもらいます」

「ぼくたちはもう会ったよ」ニコラスが、祖母の鼻を明かしたかのような口調で言った。

「お母さま、時間の無駄だということはわかっているはずですけれど」アイリーンが言った。

「いったいどういう意味です?」

「彼女をセドリックの花嫁候補として考えているのなら、無駄だと言っているんです」

「わたしはアインスフォード公爵夫人になりたいとは思っていません」わたしは言った。

「わたしの男性の好みはだいぶ違っていますから」

「本当にそのとおりね」ヴァージニアが言った「世界にはハンサムな人が大勢いるのに、どうしてなんの魅力もない男性を選ばなくてはならないのかしら?」

「わたしが若い頃は、結婚は果たすべき義務でした」エドウィーナが言った。「結婚する相手を決められ、言われるままに結婚しました」

「わたくしはオロフスキーが好きだから結婚したのです」シャーロットが反論した。

「嘘ばっかり。プリンセスになりたかったからじゃないの」ヴァージニアがくすくす笑った。

「ロシアのプリンスとどこで知り合ったのですか？」わたしは訊いた。

「わたしたちの父が、ハプスブルク帝国の大使だったのです」エドウィーナが代わりに答えた。「そこへプリンスが訪れて、妹に夢中になったのですよ」

「その頃のわたくしは、美しいと評判だったのです」シャーロットが言った。

「お父さまがわたしたちひとりひとりに用意してくれたたっぷりの持参金も、邪魔にはならなかったし」ヴァージニアが言い添えた。

「背筋を伸ばしなさい、ニコラス。音をたててスープを飲んではいけません」エドウィーナが鋭い声で注意した。「あなたの子供たちは、まだ食事の作法がなっていませんね」

「お母さまの前では、緊張するんです」アイリーンが反論した。「あれくらいの年の子供たちのほとんどは、まだ子供部屋で食事をするものです」

「社会に出る前に、子供たちがきちんとしたマナーや会話術を身につけておくのは大切なことです。ここに来るまで、あなたの子供たちはなにひとつ学んでいなかったのですから、いまわたしが教えているのです」

「そういう言い方はないでしょう、お母さま」アイリーンの顔が赤くなった。「この子たちは、幼くしてとてもつらい目に遭ってきたんです。つらい思いばかりを」

「ばかばかしい。管財人のビリングズの話を聞いてくるのですね。彼の息子は戦争神経症を病んで帰ってきて、いまも毎晩赤ん坊のように泣くそうです。猟場番人の息子は両脚を失いました。村のある一家は、一日のうちに息子を三人とも亡くしています。つらい目というのはそういうことを言うのですよ、アイリーン。毎年新しい帽子を買えないことではありません」

公爵未亡人は言葉を切り、食堂に入ってきたセドリックに目を向けた。

「また遅れましたね、セドリック」

「いまこの家の食事の時間を決めるのはわたしなんだから、あなたが早いんですよ、母さん。だが、ゆうべの成功の興奮がいまだに冷めないので、いっしょに食事をするのは遠慮しておきます。サンドイッチとシャンパンを書斎に持ってくるようにミセス・ブロードに頼んだので」彼は食卓を見回した。「だいたい、あのガキどもはここでなにをしているんです？　妹の子供たちの顔を見るのは一日一度で充分だと言ってあったはずですが。子供は子供部屋にいればいいいんだ」

「この子たちはマナーを学んでいるのです。残念ながら、あなたを育てるときには失敗したようですけれどね」

セドリックは鼻で笑いながら、食堂を出ていこうとしたが、くるりと振り返って言った。「弁護士から電話があったことを言いに来たんですよ。明日、サザンプトンに船が着くそうです。まずは彼をロンドンに連れていって状況を説明し、週末にここに連れてくる予定だということでした」

「セドリック！」エドウィーナがぞっとしたように叫んだ。「あなたのそのアメリカかぶれは嘆かわしいと何度言ったらわかるのです。わたしたちの階級の人間に〝週末〟などありません。毎日の仕事を二日も休む必要などないからです。ニコラスとキャサリンまでそんな言葉を使うようになったら、どうするんですか」

「ふたりは自分で生計を立てなくてはならないでしょうから、慣れておいたほうがいいんですよ」セドリックが言った。

「彼ってだれのことなんでしょう？」アイリーンが尋ねた。

「みんな噂は耳にしているのだとばかり思っていたよ。わが愛しの母上殿はスパイを送り込んで、わたしの代わりになる跡取りを探し出すことに成功したのだ。オーストラリアの若者で、ジョンの正式な子供らしい。もちろんわたしも彼のことを徹底的に調べるために人を雇ったが、いまも言ったとおり彼は——週の終わりまでに——オーストラリアからやってきて、この家に滞在するわけだ」

「あなたたち皆が、温かく迎えてくれることを願っていますよ」エドウィーナが言った。

「セドリックはああ言いましたが、彼が間違いなくジョンの息子であり、正式な跡継ぎであることを認めなければなりません。オーストラリアの荒野の牧羊場からやってくるのですから、この屋敷の壮大さに圧倒されるでしょう。いつか彼が公爵の称号を引き継ぐ日のために、わたしたちがしっかりと教え込まなくてはいけないのです」

「ずっと先の話だろうとわたしは思いますね」セドリックが応じた。「わたしはまだ、ぽっくり逝くつもりはありませんよ、母さん。それに今後四〇年のあいだになにが起きるのかは、だれにもわからない」

そう言い残し、セドリックは芝居がかった態度で食堂を出ていった。

キングスダウン・プレイス

「わたくしが言ったとおりだったでしょう？」セドリックの背中に向かって、シャーロットが指を振りながら言った。「霊は決して嘘をつかないのです。危険をもたらすよそ者。霊はそう言っていましたし、まさに同じ夜、わたくしはカッコウの夢を見たのです。屋根に止まって、狂ったように鳴いていた。家のなかでだれかが〝頼むから、あれをやめさせてちょうだい。頭がおかしくなりそうよ。なんとかしてくれたら、お礼をするわ〟と叫んでいた夢でした」

「霊のお告げやあなたの夢が絶対的な真実だとは思っていませんからね、シャーロット」公爵未亡人が言った。「去年あなたがダービーの優勝馬の夢を見たというので、その馬に全額をかけたら、最下位になったことを忘れてはいませんよ」

「霊は、金銭的な利益を得るために利用されることを嫌いますから」シャーロットが答えた。

アイリーンの顔が蒼白になっていることにわたしは気づいた。「それじゃあ、彼が来るというのは本当なんですね。いつか彼がすべてを手に入れるんだわ。わたしたちの歴史や伝統をなにひとつ知らないオーストラリアの平民が……わたしの子供たちは正統な貴族の血を受け継いでいるというのに」最後は小さくしゃくりあげた。

「不公平だよ」ニコラスが大声をあげた。「それにばかげている。どうして女性の子供はなにも相続できないの？」

「そういうことになっているからですよ、ニコラス」エドウィーナが答えた。「その地位にふさわしくない、品位もない人間にキングスダウン・プレイスを相続させることを喜んでいる人間は、だれもいません。ですがそれ以外に方法はないのですから、わたしたちはできるかぎり彼を温かく迎えなければいけないのです」

「ぼくは温かくなんて迎えないからね」祖母がそちらを見ていない隙に、ニコラスが小声でキャサリンに言った。

そんな話をしているあいだにスープ皿がさげられ、パセリソースをかけたヒラメが運ばれてきた。わたしは食事をしながら、アイリーンと子供たちを眺めていた。その若者が来ることは、彼女たちにとって大きな意味を持つ——生と死。今後の暮らし。セドリックが死んで、ジャック・オルトリンガムが公爵になれば、ここの地所と財産はすべて彼のものになる。そうなれば彼は、気に入らない親戚を一文無しで放り出すことができるのだ。ニコラスに分別があって、新しい従兄弟を極力温かく迎えてくれればいいと思った。

ヒラメのあとはステーキ・アンド・キドニー・パイが運ばれてきた。デザートはカスタードクリームを添えたジンジャー・プディング、締めくくりは上等のスティルトンチーズとビスケットだった。ややこしいことに巻き込まれてしまったようだが、とりあえず食事だけは満足できそうだ。食事のあいだじゅう、わたしはどうして呼ばれたのだろうとずっと考えていた。オーストラリアの若者をここに連れてきたがっているのは公爵未亡人だけで、ほかの人たちは彼が出ていきたくなるように仕向けるつもりだろうという気がした。

食後のコーヒーを飲み終えると、年配の人たちは午睡を取りに部屋に戻り、子供たちは家庭教師と共に子供部屋に向かった。わたしはすることもなく、ひとり残された。怪我をしたという少女に会いに行きたかった。いい医者にみせるのはお金の無駄だと弟があっさり言い放ったことが、気にかかっていた。けれどまずはこの家の間取りを把握しておかなくてはいけない。この手の古いお屋敷はひどく複雑な造りになっていることが多い。ジャック・オルトリンガムを案内するのがわたしの役目だとしたら、わたし自身がこの家をよく知っている必要があった。

まずは応接間をのぞき、それから家の正面と横手に向いた窓がある角のモーニング・ルームに入った。次が立派な図書室、そして黒いグランドピアノとハープが置かれた美しい音楽室。窓からは、幾何学的配置庭園の向こうに渓谷を見下ろす素晴らしい景色が見えた。わたしもなにか楽器が弾ければよかったのにと思った。

だれもいない長広間に戻り、古代ローマ時代の陶器、磁器の像、エナメルの箱といった様々なものが飾ってあるだけのこれといった用途のない部屋と小さめの広間をいくつか通り過ぎた。きっと、代々の公爵たちが集めていたものなのだろう。黒っぽい羽目板張りの小さな四角い部屋には、蝶でいっぱいのガラス張りの展示ケースがあった。わたしはうっとりとそれを眺めながらも、心が痛むのを感じていた。これほど美しくて繊細な生き物を、人間の楽しみのために標本にするのは、残酷な気がした。

廊下に出てその先の角を曲がると、細くて暗い通路に出た。普段わたしたちが使う廊下ではない。ずらりと並ぶ、閉じられたままの羽目板張りのドアを見ると不安になった。前方からは食器同士が当たるカチャカチャという音がかすかに聞こえてくる。使用人の区画をうろついているところを人に見られたくはなかったから、きびすを返し、来た道を引き返そうとした。けれどどうやってここまで来たのか、わからなくなっていた。あるドアを開けようとしたが、そこは鍵がかかっていた。別のドアを開けてみると、その小さな部屋に置かれた家具にはほこりよけの布がかけられていた。不安が募った。だれかに見られているような感覚に襲われて、わたしは足を速めた。

左手にあるアルコーブにドアがあった。そこから、さっき歩いていた主廊下に戻れるような気がした。ドアを開けようとしたとき、背後から声がした。「ぼくならそこには入らないね。その部屋に入った人間は、二度と戻ってこないんだ」

心臓が大きく跳ねた。振り返るとそこには、黒い服に身を包んだ若者が立っていた。

「セドリックの秘密の趣味だ——写真用の暗室だよ。そこになにがあるのかだれも知らないんだ。セドリックはだれも入れようとしないんだよ。きみがそこの戸口に立っているのを見たら、かんかんに怒るだろうね」彼は共犯者のような笑みを浮かべた。その口調にはまだ北バーミンガムのなまりがわずかに残っている。「彼は自分のことを、彼に芸術家の目はないね。セシル・ビートンのような優れた写真家だと思っているんだ。だがはっきり言って、彼に芸術家の目はないね。もちろん、だれもそんなことを口に出したりはしないけれどね」彼は興味深そうにわたしを見た。「ふむ、そんな格好をしているところを見ると、きみは使用人ではないね。その時代遅れの服は、貴族以外の何ものでもない。つまりきみは、この一家を訪ねてきた親戚というわけだ。だが例のオーストラリアの跡継ぎではない――異性の服装をするのが趣味だというなら、話は別だが。もしそうなら、放ってはおかないんだけれどね」

思わず笑いがこぼれた。「異性の服装をする趣味はないし、親戚でもないわ」わたしは言った。「公爵未亡人に招待されたの。彼女はわたしの祖母の友人だったのよ。ジョージアナ・ラノクよ」

「それはそれは――雑誌の社交界欄できみを見たことがあったんだな。車から降りてきたとき、見覚えがあると思ったんだ」

「お披露目の舞踏会に出ていたの？」

「とんでもない。ぼくはそんなものに出られるような身分ではないよ。背中の開いた白いドレスとティアラをつけたら、ぼくはさぞ美しいだろうけれどね」彼はわたしに手を差し出した。「ぼくはエイドリアン。セドリックの援助を受けている。画家のようなものだ。たいしてうまいわけではないが、炭鉱で働くよりはましだからね」握手をする彼の手は力強かった。

「ほかの仲間たちを紹介しよう。新しい顔を見れば気持ちも浮き立つから、喜ぶよ。行方の知れなかった甥が来ることがわかってから、セディはずっと機嫌が悪くてね。どうしてなのか、ぼくにはわからないよ。セディが埋葬されるまでは、財産がその男のものになることはないんだろう？　それに彼が加わってくれれば、ますます楽しくなるだろうしね――日に焼けてごつごつした粗野な若者だろうから」彼はそう言って、虎のように吠えた。

エイドリアンはわたしを連れて、ずらりと武器が並んだ廊下を足早に進みながら言った。

「怖がらなくても大丈夫だ。いまはもう使われていないからね」

「あら、懐かしいくらいよ」わたしは言った。「わたしが暮らしていたスコットランドのお城にも、武器の見事なコレクションがあるの」

「ああ、そうだった。きみが王家の一員だということをつい忘れてしまうんだ。きみはとても素敵で、ごく普通の人みたいに見えるから」彼は足を止め、狩りに出かけたときのスパニエルのように首を傾げた。「あいつら、舞踏場に移動したみたいだな。きみがショックを受けないといいんだが。あそこでなにをしているのか、わかったもんじゃない。調子に乗りやすいところがあるんでね」

廊下の突き当たりを曲がり、エイドリアンは左手にある最初のドアを開けた。そこは素晴らしく壮麗な部屋だった。青いベルベットのカーテンがかかったフランス窓の外には芝生が広がっていて、その向こうにある緑地庭園と草を食む小さな点のような羊が見える遠くの丘が見渡せる。よく手入れされた寄木細工の床はつややかな光を放ち、天井には目を見張るようなシャンデリアがいくつも吊るされていた。部屋の奥はオーケストラのための演台になっていて、いまそこでは黒い服に身を包んだもうひとりのすらりとした若者が蓄音機を操作していた。もう一度かけようとしているようだ。

「もう一回やってくれ、ジュリアン」彼が言った。「今度はフレッド・アステアになったつもりで」

「そいつは無理だ、サイモン。アステアになりきるにはジュリアンには髪が多すぎる」エイドリアンが声をかけた。

「それなら彼の相手役のジンジャー・ロジャースのふりをしてくれ」サイモンと呼ばれた色の黒い若者が応じた。

話題になっている若者は、レオタードとタイツという姿で部屋の中央に立っていた。確かに美しい髪だ――耳の上でカールしている蜂蜜色の髪。少し妬ましくなった。

「無駄だよ、サイモン。そういう気分になれない」彼が言った。「音楽がよくないんだと思う」

「いったいここでなにをしているんだ？　セディは、許可なく勝手に家のなかをうろつかれるのはいやがるぞ」エイドリアンが言った。

「新しい演し物を考えているのさ」サイモンが答えた。「今年の秋の音楽祭に、サイモン・ウェザリントンのオリジナル作品を上演したいと思うなら、それなりの準備がいる。それなのにジュリアンは、ぼくが彼にやってほしいことを理解できないみたいなんだ」

「ウェールズの踊る炭鉱夫になる意味がわからないだけさ」ジュリアンが応じた。

「これは夢のシーンなんだ。きみは俳優だろう？　役になり切ってくれよ。協力してくれ」

ふたりは戸口に立つわたしにようやく気づいたらしかった。「まだ観客を迎える準備はできていないぞ」サイモンが言った。

「彼女はジョージアナ・ラノク。社交界欄でよく見かけるレディ・ジョージアナ・ラノクだよ。王家の親戚だ」

いささか誇張がある。社交界にデビューした年、何度か社交界欄に載ったのは確かだが、それっきりだ。けれど二人は興奮ぎみに近づいてきた。

「彼女はしばらくここに滞在するんだ」エイドリアンが告げた。

「素晴らしい。ダンスはできる？　ひとりで踊るのが大嫌いなジュリアンのジンジャー・ロジャースになってもらえるかい？」

「申し訳ないけれど、わたしのダンスはひどいものなの」

「そいつは残念だ。きみの髪の色は役にぴったりなのに」サイモンが言った。

「ミュージカル・コメディを作っているの？」わたしは尋ねた。

「それよりはもう少し重いものだよ——民族的なオペラというところかな。シェークスピア風のドラマとミュージカル・レビューをひとつにしたような感じだ」

「すごく革新的なんだ」エイドリアンが言った。「サイモンは本当に素晴らしいよ。彼のエジンバラの公演を観て、セディがすぐにここに呼んだのさ」

「間に合うように完成させることができたら、音楽祭で大々的に披露するとセディが約束してくれたんだ」ジュリアンが言い添えた。

「音楽祭って？」

「聞いていないのかい？」彼らが興奮したように口々にわめくのを聞いて、〝ムクドリたち〟というあだ名はぴったりだと納得した。

「セディは滝の下に屋外円形劇場を造るつもりなんだ」サイモンが言った。「ここで音楽祭を開きたがっているんだよ。グラインドボーン（サセックス州のグラインドボーン・ハウスで行われる、世界的な音楽祭）みたいに。キングスダウンを芸術の聖地にしたがっているんだ」

「まあ。野心的なのね」わたしは言った。

「そうさ。セドリックは歴史に名を残したがっている。ケントのメディチとしてね」エイドリアンが言った。

あとのふたりは心配そうにあたりを見回した。「そんなことを言ってはだめだ、エイドリアン。ぼくたちみんな、放り出されてしまうぞ」サイモンが言った。

「ばかばかしい。ぼくはセディのお気に入りなんだ。きみたちだって知っているじゃないか。ぼくがなにをしたって、彼は怒ったりしないよ」

「今週のセディはひどくきまぐれだってこと、きみもよくわかっているはずだ」ジュリアンが言った。

「そんなことはないさ。ぼくの絵はピカソにはとても及ばないと認めたから、セディはぼくをますます気に入ったはずだよ」
「彼が気に入っている人間がいるとしたら、それはマルセルだ」ジュリアンが冷ややかに告げた。
「マルセルって？」わたしは訊ねずにはいられなかった。
「彼の従者さ。フランス人なんだ。すごく暗くて、陰気でいかにもヨーロッパの人間ってい
う感じさ」エイドリアンが天を仰いだ。「気に入るのは難しいね。あのフランス語なまりを
聞くたびに、ぼくは体から力が抜けてしまうんだ」
「くだらない話はこのへんにしよう」サイモンが言った。「やることをやらないと、いつま
でたっても完成しない。レディ・ジョージアナ、ジンジャー・ロジャースになってもらえな
いだろうか？　頼むよ。デュエットの振り付けをするのに、踊る人間がひとりでは無理だ。
エイドリアンは不器用だしね」
「いいわ、やってみる。でもダンスの腕前は期待しないで」
「素敵な人だろう？」エイドリアンが訊き、ふたりはうなずいた。
それから一時間、わたしは熱心なジュリアンに舞踏場を引きずりまわされた。なかなか楽
しかったのだが、それもセドリックの大きな体が戸口に現われるまでのことだった。
「なにごとだね？　わたしの舞踏場で一体なにをしているのだ？」生徒のいたずらを見つけ
た教師のような口調だった。
「芝居の練習だよ、セドリック」サイモンが言った。「ウェールズの炭鉱夫との夢のシーン

はほぼできあがったよ」

「彼女はここでなにをしているんだ?」セドリックはわたしをにらみつけた。

「ジンジャー・ロジャースの代わりをしてもらっている」サイモンが答えた。「彼女は素晴らしいよ」

「そのへんにしておきたまえ。いっしょに来て、見てもらいたいものがある。いま確認してきたが、やはりそのとおりだった。あのコテージは壊さなくてはだめだ」

「でもあれは絵になるのに。壊すなんてとんでもないよ」サイモンが言った。

「自分の地所のなかのものは、わたしがすべてしたいようにする。円形劇場には楽屋が必要だが、あのコテージが邪魔なんだ。見てみるといい」彼はフレンチ窓のひとつを開け、若者たちを従えて外に出た。わたしはひとり、舞踏場に残された。

8

キングスダウン・プレイス

廊下に出て主階段に向かって歩いていると、ティーポットとカップが載ったトレイを手にした家政婦のエルシーがやってきた。

「ストレルスキ伯爵夫人が、また片頭痛がするとおっしゃるんです。カモミール・ティーが効くと信じていらっしゃるので」

わたしは彼女と並んで、階段をあがり始めた。

「伯爵夫人の娘のエリザベスに会いたいのだけれど、かまわないかしら？　ずっと部屋に閉じこもっているのは、さぞ寂しいと思うの」

「そうなんです。おかわいそうに。とても気立てのいいお嬢さんなんですよ。これを伯爵夫人のところに運んだら、子供部屋にご案内します」

「勉強の邪魔にならない？」

「大丈夫です。ミス・シシーは昼食のあとは休憩なさることになっていますから」

エルシーはアイリーンにトレイを届けると、わたしをつれてもうひとつ階段をあがり、廊下を奥まで進んだ。重要な部屋がある階ではないので、飾りつけもシンプルだ。壁は白い漆喰塗りで、ところどころニッチに花瓶が置かれている程度だった。エルシーは、一番奥のドアをノックしてから開いた。

「ミス・シシー？　お休み中ですか？」

「どうして体を休める必要があるの？　疲れるようなことはなにもしていないのに」澄んだ声が返ってきた。

「お客さまをおつれしました」

「お客さまと会えるほど元気ではないわ」彼女はあわてて言った。

「長居はしないし、あなたを疲れさせたりしないと約束するわ」わたしはそう言いながら、部屋に足を踏み入れた。「あなたに挨拶がしたいだけなの。わたしはジョージアナ・ラノク。しばらくここに滞在することになったから、あなたとお友だちになれたらと思ったの」

窓の近くに置かれた幌（ほろ）つきの車椅子に少女が座っていた。膝掛けをし、肩にはショールを巻いている。弟妹たちとよく似た顔立ちだが、そこに不機嫌そうな表情は浮かんでおらず、ずっとかわいらしい。思っていたよりも年かさだった——一五歳くらいだろう。白に近い金色の髪を肩に垂らし、わたしを見るとうれしそうに微笑んだ。

「まあ、うれしい。どうぞ入ってくださいな。てっきりお祖母さまか大叔母さまたちのどちらかだと思ったの。あの人たちといると、ひどく疲れるんですもの。でも若い人なら、話は別だわ」

そこは角部屋で、二面にある窓からは地所の素晴らしい景色を見ることができた。いまシシーが座っている正面に面した窓の外には前庭と湖、私道と芝生が広がっている。横手の窓からは滝と木立の上からのぞく礼拝所が見え、幾何学的配置庭園の先は谷までずっと深い森になっていた。どこかにあるらしい煙突から出た煙が、冷たい空気のなかを渦を描くようにしてのぼっていく。

「素敵な眺めね」わたしは言った。

「そうなの。少なくとも、なにが起きているのかはわかるわ。ついさっき、セドリック伯父さまと取り巻きの若い人たちが滝の向こう側に歩いていくのが見えた。きっと村に行くのね」

「村？」

「峡谷の向こう側に小道があるって、弟が言っていたわ。村までの近道で、だれにも見られずに行くには最適なんですって。さあ、どうぞ座ってちょうだい」

わたしはライティング・デスクの椅子を引き出し、彼女と向かい合うようにして窓の前に腰をおろした。

「それで、あなたはここでなにをしているの？」シシーが尋ねた。

「来客があることを知らされると、みんなが驚くのね。ここはお客さまは少ないの？」

シシーはうなずいた。「お祖父さまたちの時代はいつもお客さまを盛大にもてなしていたって聞いている。でもお祖父さまは病気になって死んでしまった。いまこの家はセドリック伯父さまのもので、伯父さまは自分の好みの人しか呼ばないの。面白そうな人たちだって思うんだけれど、わたしは会わせてもらえない」

「どうして？」

シシーは顔をしかめた。「ふさわしくないって、お母さまは言っている。平民だっていうこともあるけれど、わたしたちとは道徳水準が違うんですって。それがどういう意味なのかよくわからないし、あの人たちの道徳水準をお母さまがどうして知っているのかも不思議だけれど」

説明しないほうがいいだろうと思った。

「あなたのお祖母さまに招待されたの。それに、この土曜日以降はもうひとり若い人がこの家にいることになるわ。あなたの従兄弟がオーストラリアから来るのよ」

「跡継ぎの？　本当に来るの？」

「ええ」

「どんな人かしら」期待と警戒の入り混じったような顔で彼女は言った。「若いって聞いているけれど」

「二〇歳ですって」

「ハンサムかしら。写真で見るジョン伯父さまはとてもハンサムなのよ」

「あなたは毎日なにをしているの？」わたしは尋ねた。

「授業のないときは、本を読んでいるの」膝の上の本を持ちあげて見せた。「シャーロック・ホームズよ。ミスター・カーターが貸してくれたの。すごく面白い。ミスター・カーターは親切だし、本当にいい先生だわ。とても頭がいいのよ。本物の科学者なの。オックスフォードを出ているの。教授になるつもりだったんだけれど、戦争でひどい神経症になって、大きな音や興奮状態に耐えられなくなってしまったんですって。そういうわけで、わたしたちを教えるという退屈な仕事をする羽目になったの。ニックとキャットはひどく不真面目で、あの子たちがそばにいると勉強なんてできないのよ。行儀悪くしていれば、学校に行かされるってニックは思っているの。でもセドリック伯父さまはそんなお金を払うつもりはないし、わたしたちにはお金がないんだもの」シシーはわたしの顔を見た。「もちろん、わたしたちの悲惨な話は聞いているでしょう？」

うなずいた。

「お母さまにとってはつらいことだったたわ。誇り高く育てられたから、お父さまがすべてを持って逃げ出して、自分たちが無一文になってしまったことをすごく恥ずかしく思っているの。セドリック伯父さまの世話になっているのがいやでたまらないのよ。でもどうしようもないんだもの」

「わたしもお金がないから、お母さまの気持ちはよくわかるわ」

「そうなの？」シシーはしばらく無言でわたしを見つめていた。「少なくともあなたは若くて、きれいで、健康だわ。いずれだれかと結婚する。わたしと結婚したい人なんてだれもい

「足の不自由な貧乏な娘とだれが結婚したいと思う?」

ないもの」

「あら――そんなふうに考えてはいけないわ」

シシーは頭をそびやかした。「足の不自由な貧乏な娘とだれが結婚したいと思う?」


「また歩けるようになるかもしれないでしょう」

「お母さまが言っていたけれど、わたしのように足の不自由な人間に奇跡を起こせるお医者さまがスイスにいるらしいの。でもものすごくお金がかかるし、セドリック伯父さまは出してはくれない」シシーは窓の外に目を向けた。「だから、どうしようもないのよ」

なにか勇気づけるようなことを言いたかったけれど、説得力のある言葉を思いつかなかった。わたし自身も絶望的な状況にいることは同じだ。ただわたしは歩くことができるし、ダーシーもいる。

ひとりの男が屋敷に向かって丘を駆けあがってくるのが見えて、シシーは不意に身を乗り出した。コーデュロイの古いズボンに肘に当て布をしたジャケット、型崩れした布の帽子に大きなブーツという格好の若者だ。執事が家から出てきた。屋敷に近づいたところで彼は足を止め、顔をしかめてこちらを見あげた。腕を振り回しながらなにかを言っていて、執事がなだめるように彼の肩に手を乗せた。若者はそれを振り払い、荒々しい足取りで私道を去っていった。声は聞こえなかったが、若者はひどくいらだっているようだ。

「いったいどうしたのかしら」わたしはつぶやいた。

シシーは首を振った。「わからない。はっきり見えなかったけれど、ウィリアムだったと思う。前にここにいた従僕よ。すごく怒っていたわよね」

わたしたちはそれからしばらく話をした。シシーは馬と狩りが好きなことや、事故のあとどうやって毎日を過ごしているのかを教えてくれた。「ミスター・カーターはわたしたちに科学を教えようとしているの。ニックとキャットはぞっとするような化学の実験がとても好きなんだけれど、わたしはまったくだめ」

シシーが好きなのは文学や言語や絵画だった。彼女の描いた水彩画を何枚か見せてもらったが、なかなかの出来栄えだった。

「伯父さんに見せるべきよ」わたしは言った。「芸術の後援者のつもりでいるんだから」

シシーは声をあげて笑った。

「残念ながら、わたしのつまらない作品では伯父さまのお眼鏡にかなわないわ。伯父さまは色を大胆に使った現代アートが好きなの。子供が食べ散らかしたあとみたいな。あとは人間の小鼻やつま先を写した変な写真とか」

戻ってきたセドリックと取り巻きたちを眺めていると、ドアをノックする音がして、好感の持てる顔立ちのふっくらした乳母が部屋に入ってきた。

「お茶にしますか、ミス・シシー？」そう訊ねたところで、わたしに気づいて足を止めた。

「あら、お客さまなんですね。よかったこと」

「レディ・ジョージアナよ。しばらくここに滞在するんですって」

「よかったですね」乳母はわたしに向かって言った。「ミス・シシーはここに閉じ込められて、ひとりぼっちなんです」

「下におりるエレベーターはないの？」

「ないの。だれかに抱えていってもらわなきゃならない。それなのにお母さまは、庭師や馬丁みたいな粗野な人がわたしに触るのをいやがるの。だからなかなか難しくて。でも、双子たちやミスター・カーターと子供部屋で楽しくお茶を飲んでいるわ。そうでしょう？」

「そうですとも」乳母が応じた。

階下で銅鑼が鳴るのが聞こえた。

「お茶の時間ね」シシーがわたしに向かって言った。「あなたは下に戻らないと」諦めきれない様子だった。「それとももしよければ、わたしたちといっしょにどうぞ。ここにもおいしいものが運ばれてくるのよ」

「喜んで」階下で堅苦しい時間を過ごすよりは、ここでお茶をいただくほうがずっといい。ケーキのかけらを落としたり、クリームをこぼしたりするおそれがあることを思えば、なおさらだった。車椅子を押す乳母のあとについて、隣の部屋に入った。大きな本棚に複数の机、前方のテーブルには地球儀と並んで試験管とバーナーといった実験道具が置かれている。まるで教室のようだ。けれどよく見れば、かつては子供部屋だったことがわかった。部屋の隅にはかわいらしい古いドールハウスが置かれ、古いベビーカーにはボロボロになったぬいぐるみが載っている。窓のそばには見事な揺り木馬が誇らしげに鎮座していた。サンドイッチとスコーンとビクトリア・スポンジの載ったトレイが置かれた低いテーブルの前に、ニックとキャサリンが座っていた。

「さあ、お茶の時間ですよ。ミス・シシーとお客さまをお連れしましたよ」乳母はテーブルの脇に車椅子を止めると、ティーポットを手に取った。「どうぞ召し上がってください、お嬢さま。あなたたちはほどほどにね。ケーキに手を出す前に、サンドイッチを食べてくださいね」

「でも、ケーキがすごくおいしそうなんだもの」キャサリンが言った。「それまで待てるかどうかわからない」

「あなたは我慢することを覚えなければいけませんよ。それにお客さまにはいいところを見せておかないと、お母さまたちの耳に入ってしまいますよ」

「あなたは話さないよね、お嬢さま？」ニックが尋ねた。

「この家を吹き飛ばしたりしない限りはね」わたしは答えた。「わたしのことはジョージーと呼んでいいのよ」

「やった」ニックはいかにも一一歳の少年らしく、元気にサンドイッチに手を伸ばした。

「家庭教師はどこに行ったの？」わたしは訊いた。

「今日の授業は終わったんだ。先生はいつも、終わるとさっさと帰っていくんだ」ニックはにやりと笑って答えた。「自分の部屋に戻るんだよ――ぼくたちと午前中を過ごしたあとは、体を休める必要があるんだと思うな」

「今日の授業は面白かったのよ」キャサリンが言った。「魔法科学の実験をしたの。バーナーを使わせてくれて、カリウムとの反応を起こすやり方を見せてくれた」

「昨日は火山を作ったんだ。でも授業を楽しんでいることを、先生には見せないようにしている。ぼくたちはどうしようもないから学校に行かせるほかはないって、思ってもらわなきゃいけないからね」

「学校に行きたいの？」わたしは尋ねた。

「もちろん。ここには友だちがだれもいなくて退屈なんだもの。いるのは退屈なニックだけ」キャサリンが答えた。

「ぼくは退屈じゃないぞ。おまえのほうが退屈じゃないか」ニックが怒って反論した。

「どちらも退屈よ。それなのにわたしは、あなたたちといるほかはないの」シシーが言った。

「少なくともあなたたちはいつかここを出ていける」

「お姉さまだっていつか出ていけるよ」キャサリンが優しく応じた。「あのお医者さんに診てもらえるかもしれない」

「かもしれないわね」シシーは窓の外に目をやった。

彼女たちとのお茶の時間は楽しいものだったので、わたしはまた来ると約束した。

「子供部屋に閉じ込められるのってつらいわよね。わたしも子供の頃、そうだった。でも、あなたたちにはお互いがいるからいいわね」

「それにどうすればだれにも見られないかが、わかったし」キャサリンはいたずらっぽく笑った。「わたしたちの純真な耳に入れるべきじゃないことも、いろいろと盗み聞きしたの。

なかにはあなたが驚くようなこともあるんだから」

「しゃべっちゃだめだよ、キャット」ニックは彼女のあばらを突いた。

わたしは階段をおり、ハクステップとほぼ同時に長広間に入った。

「ああ、ここにいたのですね」公爵未亡人が言った。いらだっているようなその言葉はてっきりわたしに向けられたものだと思ったが、彼女はさらに言葉を継いだ。「なにか騒ぎがあったようですね、ハクステップ。あなたは、大声でわめいているだれかといっしょにいましたね。いったい何事です?」

「あれはウィリアムです、奥さま。旦那さまが最近くびにした従僕です」

「その彼がなんの用だったのです? 仕事に戻りたいとか?」

「実は、奥さまと話をしたがっていました。新しい円形劇場を造るために、ウィリアムの両親のコテージが取り壊されることがわかったそうです。彼らは生まれてからずっとあそこで暮らしていたのです。ウィリアムはひどく動揺していました」

「息子は、あの一連のコテージを壊すつもりなのですか?」公爵未亡人は信じられないというように訊き返した。「とても承服できることではありません。あのコテージは一六世紀からずっと、地所の一部だったのです。それで息子は、いま住んでいる人たちをどうするつもりなのです?」

「どうにもしませんせん、奥さま。旦那さまは彼らに、ずっとここに厚意で住まわせてやってきたが、いまは二〇世紀なのだからそういう慣習は時代遅れだとおっしゃったそうです」

いかにも本当の貴族らしく、彼女は落ち着いた表情を崩さなかった。「なんとかしましょう」冷ややかに言った。

キングスダウン・プレイス

家族間で激しい口論が始まりそうで、その夜の夕食は憂鬱だった。着替えを始めてからも、気が重くなる一方だった。

「一番いいドレスを用意しておきました、お嬢さま」クイーニーが控えめな口調で言った。

「ありがとう、クイーニー」わたしはベッドの上にきちんと並べられたドレスとストールと手袋とストッキングを眺めた。クイーニーが別人になったようだ。キングスダウンがすでにいい影響を与えているらしい。

「靴はどこなの？」わたしは何気なしに尋ねた。

「片方はここです」クイーニーはサテンの華奢(きゃしゃ)な室内履きを差し出した。

「もう片方は？」むくむくと不安が頭をもたげた。

「えーと、ミス・ベリンダと遊びに行くというので、ぎりぎりになって荷物をまた全部出したじゃないですか？　翌朝、それを詰め直しましたよね？」

「そうだったわね……」不安で喉がつまりそうだ。

「そのとき、気がつかないうちに靴の片方がベッドの下に転がったんだと思うんです」

わたしは茫然として彼女を見つめた。「靴が片方しかないっていうこと？」

「そういうことです」

「クイーニー、片方の靴でどうしろっていうの？」

「長いドレスだから、だれも気づきませんよ」

「片足にハイヒールを履いて、もう片方ははだしで歩いていたら気づくに決まっているでしょう。ドレスに合わせるハイヒールの靴はこれしかないのよ。絶望的だわ」

「寝室用の室内履きを履いたらどうですかね」

「あれは、まわりにひらひらした羽根がついているのよ」

「はだしよりいいですよ。それともあたしがだれかの部屋に忍び込んで、靴をかっぱらってきましょうか？」

「とんでもないわ。黒のタウンシューズを履いて、だれも足元を見ないことを祈るほかはないわね。靴を送ってくれるように、明日の朝、ミセス・トゥームスに手紙を書くわ。彼女のことだから、もうごみといっしょに捨ててしまっているかもしれないけれど」

「すいません、お嬢さん。でももう一度開けろってお嬢さんに言われるまでは、全部きちんと詰めていたんです」

溜息が漏れた。

シェリーが振る舞われる時間に合わせて控えの間に着くようにしたので、シャーロットとヴァージニアといっしょになった。だれかといるほうがまだ安心だ。靴がドレスに隠れるように軽く膝を曲げていたが、長い金縁の鏡に映るわたしの姿はひどく妙だった。よたよたと歩くアヒルのようだ。だが姉妹はなにも気づいていない様子で、シェリーのデカンターが置かれているところへとわたしを案内した。わたしは勇気をかき集めるために、二杯ほど飲んだ。

「アイリーンは来ません」公爵未亡人が近づいてきて、従僕がシェリーを注いだばかりのグラスを手に取った。「また片頭痛だそうです。かわいそうに、つらいでしょうね」

「アイリーンの片頭痛はずいぶんと都合がいいのね」ヴァージニアはひとりごとのようにつぶやいたが、公爵未亡人の耳にはしっかりと届いていた。

「それはずいぶんと冷たい台詞ですね、ヴァージニア。あなたは牛のように健康かもしれませんが、より繊細な体質の人間に対してもう少し思いやりを持ってもいいのではありませんか」

「適度なセックス。あの子に必要なものはそれよ」ヴァージニアがもう一杯、シェリーのグラスをぐっとあおった。「確かに、あの子は夫に捨てられた。それがどうしたというの？海に魚はいっぱいいるのよ。夫がウィーンのバレリーナのもとに走ったとき、わたしは嘆き悲しんだ？とんでもない。もっといいものを見つけたわ。いろいろな意味でね」

「ヴァージニア、そのくらいになさい」シャーロットがいさめた。「ここには無邪気な若い人がいるのですよ」

「ばかばかしい。人生がどういうものなのか、彼女も知っておいたほうがいいのよ。パリに行ったときのアイリーンが感傷的なヴァージンでなければ、ストレルスキに夢中になったりはしなかったでしょうね」

幸いにも、そこで食事の開始を知らせる銅鑼が鳴った。食堂にやってきたのは、三人の奇妙な姉妹とわたしの四人だけだった。

「セドリックは姿を見せないようですね」エドウィーナが言った。「あなたがここで過ごす最初の夜だというのに、なんて失礼なんでしょう。でもかまいません。わたしたちだけで楽しい夜を過ごしましょうね」

「食事が終わったら、交霊会をしたらどうかしら」シャーロットが提案した。「今後彼女の身に起きることを、霊が教えてくれるかもしれない」

「シャーロット。交霊会などというばかばかしいことはやめなくてはいけません」エドウィーナが言った。「夢中になりすぎていますよ。ジョンの息子がやってきたときに、あなたたちふたりがそんなふうだったら、ここは精神病院かと思われてしまいます」

〝ムクドリ〟の若者ふたりが食卓に加わった。なんとも奇妙な食事だった。エドウィーナは彼らがここにいないかのように振る舞い、姉妹たちはひたすらわたしに注目して、あれこれと尋ねてくる。シャーロットはこれからわたしに起きることを霊に尋ねてみようと言い、ヴァージニアは気ままな情事の相手だった、母の自伝が女学生の日記に思えるほどたくさんの国のたくさんの男たちの名前をずらずらと並べ立てた。

翌朝わたしたちは、セドリックがまた町のクラブに出かけたことを聞かされた。母親の怒りが収まるのを待とうというのだろう。賢い男だ。彼がいないあいだに、若きオーストラリア人を迎える準備が進められた。湖に面した一番いい部屋が彼のために用意された。使用人たちはあれこれと彼の噂をしている。公爵未亡人は平然とした表情を崩さなかったが、興奮していることははたから見ても明らかだった。彼女にとっては、愛した息子に再会するようなものなのかもしれない。やがてセドリックは戻ってきたが、母親には近づかないようにしているようだ。ふたりが言い争いをしたのかどうかはわからないが、彼が大声で叫んだのは聞こえた。「いまここはわたしの家なんだ。そのことを忘れないようにしてもらいたいですね」

あまり好感の持てる男ではない。若者たちが彼といっしょにいてくれてよかったと思った。ジャックの到着時刻が迫ってきた。昼食を終えると、姉妹たちは昼寝をするために部屋に引き取り、わたしはエドウィーナとともに長広間に座って、『ホース・アンド・ハウンド』にぼんやりと目を通していた。やがて、砂利を踏むタイヤの音が聞こえてきた。

「着いたみたいですね」わたしは立ちあがった。

見事なロールス・ロイスが私道を近づいてきた。「弁護士の車です。遺言状を書くのは、ずいぶんとお金になるようですね」エドウィーナが言った。

ロールス・ロイスが止まった。死んだカブトムシに群がる蟻のように、従僕たちが駆け寄る。降り立った運転手が急いで後部座席にまわった。非の打ちどころのないオーダーメイドのスーツをまとった威厳たっぷりの銀髪の男性が、一方のドアから姿を現わした。次に若者が降りてきて、こちらに背を向けて立った。長身でたくましく、ダーシーによく似た黒い癖のある髪をしている。

「ジョンのような金髪かと思っていました」エドウィーナが言った。「二〇歳にしては、ずいぶんがっしりとしていますね」

彼がこちらに向き直り、わたしは思わず息を呑んだ。そこにいたのはオーストラリアの若者ではなく、ダーシーだったのだ。

「あら」エドウィーナがつぶやくのが聞こえた。「彼ではなかったのですね。同行者でしょう。ああ、あれがそうね。ジョンに瓜二つだわ。どこにいても見分けがつきます。さあ、彼らを出迎えなくては」

エドウィーナは駆けるようにして彼らのもとに向かった。わたしは息が苦しくなって、その場から動けずにいた。ダーシーがここでなにをしているの？　クリスマスのあと彼は南アメリカに行かなければならないと思う、と言っていたのに。オーストラリアの若者といったいどこで関わることになったの？　エドウィーナは彼らに近づくと、弁護士と握手を交わし、ダーシーに向かってうなずいた。そして最後に、格子縞のシャツとカーキ色のズボン、オーストラリアの兵士がかぶるブッシュハットという装いの手足の長い若者に手を差し出した。

彼はその手を握り返しながら、あたかも火星からやってきた異星人のようにきょろきょろしている。

「初めて見るキングスダウンはどうですか?」階段をあがりながら、エドウィーナが尋ねているのが聞こえた。「想像していたとおりかしら?」

「びっくりしてます。おれたちが泊まっていたホテルより大きい。いったい何人が暮らしているんですか?」

「わたしたちだけです。家族だけ」

「家族だけ? なんてもったいない。部屋を貸せばいいのに。お金が稼げますよ」

「わたしたちはお金を稼ぐ必要などないのです」エドウィーナは硬い声で応じた。「慣れ親しんだ生活様式で、生きていくのに必要なものはすべて手に入りますから」

声が近づいてきた。「こいつは驚いた!」ジャックの声が聞こえた。「天井が剝き出しだ。おれたちの国じゃ、とても考えられない」

「一八世紀の有名な画家のフレスコ画です」エドウィーナが応じた。「古典派の時代には、裸体の絵が描かれることがしばしばありました」

「びっくりだ」彼は言った。「あんな卑猥な絵を見ているところを見つかったら、ばあちゃんにひっぱたかれるところだ」

エドウィーナが長広間に入ってきた。仮面をつけたように無表情だ。

「ここに来る途中で、小さな変わった牛を見ましたよ」若者の姿が見えた。「イギリスでは牛はあんなに小さいんですか？」

「牛？」

「木立のなかにいた、すごく痩せた、茶色い小さなやつです」

「あれは鹿ですよ。ここキングスダウンには、有名な鹿の群れがいるのです」

「そうなんだ。おいしいんですか？」

「おいしい？」

「おれたちはカンガルーを狩るんです。普段は犬の餌にするんですけど、尻尾はおいしいんですよ」

「鹿は観賞用です。食べるためではありません」

「干ばつがきたらわかりますよ。食べるものがあってよかったと思いますからね」若者は玄関ホールの暗がりから明るいところへと出てきた。鮮やかな青い瞳と日に焼けた肌の持ち主で、帽子の下からは日光にさらされた赤っぽい色の髪がはみ出ている。まるで千鳥足の船乗りのような足取りで、履いているのは乗馬靴だった。

「ああ、ここにいたのですね、ジョージアナ」エドウィーナはわたしを見て、ほっとしたような顔になった。「ジョン、お客さまのレディ・ジョージアナを紹介しましょう。彼女は大変名高い家柄の方です。しばらくこの家に滞在することになっています」

「よろしく」オーストラリアの若者は帽子を軽く持ちあげて挨拶をした。「あ、おれの名前はジャックです。ジョンじゃなくて」

「ジャックというのは、ジョンの呼び名にすぎません。ジョンはあなたのお父さまの名前で、未来の公爵にふさわしいものです」エドウィーナはそう言うと、ほかの面々が部屋にいることを確かめるように、あたりを見回した。「こちらは我が家の弁護士のミスター・ヘンリー・キャムデン＝スミス」

「はじめまして」落ち着いた声になっていることを祈りながら、わたしは手を差し出した。

エドウィーナは次にダーシーに視線を向けた。「申し訳ないけれど、あなたの名前はうかがっていません。こちらはレディ・ジョージアナです」

「ダーシー・オマーラと言います」ダーシーが応じた。「レディ・ジョージアナとぼくは知り合いですよ」

「オマーラ？ キレニー卿の息子の？」彼はわたしの手を取り、微笑みかけた。

「昔の話です。残念ながら」ダーシーが応じた。

エドウィーナはため息をついた。「聞いています。わたしの夫もアスコットが大好きでした。昔と同じものは、もうなにひとつ残っていませんね」

オーストラリアの若者以上に、ダーシーはエドウィーナに認められたようだ。

「お座りなさい」エドウィーナが言った。「すぐにお茶にします。お腹がすいているでしょう？」

「ぺこぺこです」ジャックが答えた。「家を出てから、まともに食べていないんです」

彼は豪華な部屋にたじろぐこともなく、肘掛け椅子のひとつに座った。わたしがソファに腰をおろすと、ダーシーが隣に座った。ちらりとそちらを見ると、彼はウィンクをしてきた。わたしほどにはここで会ったことを驚いていないようだ。

「雨が降ると思っているのですか、ジョン？」公爵未亡人が尋ねた。

「雨？　いいえ。いいお天気じゃないですか」

「あなたが家のなかでも帽子をかぶったままなので、雨漏りに備えるつもりなのかと思ったのです」

「まさか。雨漏りなんてしないでしょう」彼はあっさりと答えた。

エドウィーナがベルを鳴らすと、執事が現われた。「ハクステップ、お客さまが到着したと旦那さまに伝えてちょうだい。ここに来て挨拶するようにと」彼女は、まだ帽子をかぶったままのジャックに向き直った。「それではあなたはオーストラリアの田舎からいらしたのですね。ここはずいぶんと違うのでしょうね」

「そのとおりです。おれが住んでいたところでは、一エーカーに一匹しか羊がいません。雨も降らない。生えた草は、くそったれの兎やカンガルーが食べちまうんです」

その言葉遣いにエドウィーナは体をこわばらせたが、なにも言おうとはしなかった。台車が運ばれてきて、わたしたちの前のテーブルにお茶が並べられた。

「どうぞ召しあがれ」エドウィーナが言った。

ジャックは小さなサンドイッチとケーキを見つめている。「ここでは、お茶の時間にこれしか食べないんですか？」

「充分だと思いますけれど。あなたたちはなにを食べるのですか？」

「焼いた肉と野菜を二種類。ミートパイのときもあります」

「そういったものは、わたしたちは夕食でいただきます」エドウィーナの口調はこわばっていた。

「このあと、もう一回食事があるんですか？」

「もちろんです。八時に。そのときには着替えをします」

「まさか下着姿で食事をするとは思っていませんよ」ジャックはにやりと笑って言った。

「正装をするという意味です。ディナー・ジャケットを着るのです。持っていますか？」

「と思います。買い物に連れていかれて、気取った服を何着か買いましたから」

セドリックが部屋に入ってきたので、わたしたちはそろってそちらに顔を向けた。

「彼があなたの伯父のセドリックです、ジョン。現アインスフォード公爵。あなたは彼の跡を継ぐのです」

「らしいですね」ジャックは座ったまま、手を差し出した。「会えてよかったです、伯父さん」

セドリックの顔はいくらか青ざめている。「母はいまきみをジョンと呼んだが、それがきみの名前なのかね？」

「いいえ、ジャックです。牧場の仲間たちからはジャッコとか、ブルーとか呼ばれてましたけど」

「ブルー？　なぜだね？」

「おれの髪が赤いからですよ」黙りこんだわたしたちをジャックが見まわした。「オーストラリアのジョークですよ」

「でももちろん洗礼名はジョンというのでしょう？」エドウィーナが確認した。

「洗礼は受けていないと思います。おれが住んでいたあたりに、牧師さんはあんまり来ないんで」

「洗礼を受けていない？」エドウィーナが卒倒するのではないかと思った。彼女はごくりとつばを飲み、さらに紅茶を飲んだ。「なんということでしょう。それはどうにかしなくてはいけません。すぐに牧師さまに連絡を取ります」

「きみの母親は父親のことをなにか言っていたかね？」セドリックが尋ねた。

「はい。素晴らしい男だったと言っていました。お高くとまった親戚連中とはまったく違っていたって。戦争が終わったら帰ってくると約束していたそうです。戦死したことをずっと聞かされていなかったんで、いつか帰ってくると信じていました。あなたたちはおれたちと関わりたくないはずだから、一切連絡を取らなかったんだって言っていました」

「いま、きみの母親はどこに？」

ジャックはサンドイッチに次々と手を伸ばしている。「おれが子供の頃に死にました。おれは、ステーションの料理人をしていたばあちゃんに育てられたんです」

「鉄道の駅（ステーション）という意味？」

「違います。羊の牧場（ステーション）です」

ダーシーが口をはさんだ。「オーストラリアでは大牧場をステーションと言うんですよ」

「それではきみは、その牧羊場で暮らしていたのか？」セドリックが訊いた。

「そうです。一四歳のときにばあちゃんが死んだんで、そのあとは境界柵を運ぶ仕事をしていました。でも病気（クルーク）になって、やめなきゃならなくなった」

「泥棒（クルーク）？　きみは刑務所に入っていたのか？」

ジャックは笑って答えた。「違いますよ。病気です。悪いバイキンをもらって寝込んだんです」

エドウィーナはマカロンを喉に詰まらせた。「なんですって？」

「バイキンですよ。ジフテリアにかかったんです。けっこう重症だったんですけど、いまはすっかりよくなりました」

「それではきみはあまり教育は受けていないのだね？」セドリックの声は、母親と同じくらい険しく、こわばっていた。

「ですね。読み書きはできますけど、それくらいです。あと足し算も。足し算は得意です」

「彼にも教える時間があるかどうか、ミスター・カーターに確かめなくてはいけませんね」エドウィーナはそう言うと、わたしに向き直った。「ジョージアナ、あなたにも手を貸してもらわなくてはなりません」

ジャックは面白がっているようだった。「公爵になるのに教育がいるんですか？　使用人がなにもかもしてくれるって聞きましたけれど」

「上流社会をうまく渡っていくためには、教育が必要なのです。初めのうちはすべて奇妙に思えるでしょうが、ここでしかるべき地位につくためには、あなたにも学んでもらわなくてはなりません。もちろんすぐにとは言いませんよ。そうですよね、セドリック」

セドリックは返事をする代わりにうなった。

「お茶がすんだら、フレデリックにあなたの部屋に案内させましょう。彼は亡くなった夫の従者でした。あなたの着替えを手伝います」

「着替えを手伝う？」ジャックはおかしそうに訊き返した。「おれはほんの子供の頃から着替えはひとりでしていますよ」

「正しく服を着る手助けをするのです」

「近くにパブはありますか？」ジャックが訊いた。

「村にパブリック・ハウスが一軒あったはずです」

ジャックはダーシーに言った。「男同士でパブに繰り出して、食事前に一杯やるのはどうだい？」

エドウィーナは『ホース・アンド・ハウンド』を手に取ると、顔をあおいだ。

「残念だが、わたしはロンドンに戻らなくてはならない」弁護士があわてて釈明した。

「ジャック、わたしたちの階級の人間はパブリック・ハウスには行かないのだ」セドリックが告げた。

「なんてこった。酒は飲まないんですか？」

「シェリーがあるし、食事のときにはワインを飲む」

ジャックは打ちひしがれたような顔でダーシーを見た。

「紅茶のお代わりはいかが、ジョン？」エドウィーナが尋ねた。

ジャックはポットをちらりと見て、首を振った。「もういいです」

「それなら、お部屋に案内させましょう。フレデリック、ファーニンガム子爵をお部屋までお連れしてちょうだい」

「ファーニンガム子爵ってだれです？」ジャックが訊いた。

「あなたですよ。アインスフォード公爵の跡継ぎの称号なのです。あなたは子爵になったのです、ジャック。それらしく振る舞ってくださいね」

「こいつはびっくりだ」ジャックは従者に連れられて長広間を出ていった。エドウィーナとセドリックはじっと押し黙って座っている。

「こういうことですよ、母さん」セドリックがようやく口を開いた。「あなたが首を突っ込んだ結果がこれだ。ターザンを家に連れてきたようなものじゃないですか」

「確かに彼があまり洗練されていないことは認めましょう」

「洗練されていない？　チンパンジーのほうがまだ教養がある。ひどいものだ。彼に教えるのは無理だ。帰ってもらうんですね」

「彼はただひとりの跡継ぎなのですよ、セドリック。あなたが義務を果たして結婚していれば、こんなことをする必要はなかったのです」

「その話を蒸し返すのはやめてください」セドリックは立ちあがった。「オーストラリアから届いたあのいまいましい手紙は、無視するべきだったんです。それなのに母さんは、かわいいジョンの子供を探し出すことに夢中になってしまった」

「わたしは義務を果たしただけです——自分の義務を顧みない息子とは違います」エドウィーナは冷ややかに告げた。「わたしたちは跡継ぎを見つけなければならなかったのです」

「母さんが、でしょう。わたしは公爵の称号がなくなることにも、地所を売ることにも、なんの不満もなかったんだ」

「あの子をどうにかします」エドウィーナがきっぱりと宣言した。「わたしたちのやり方で教育します。ジョージアナも、必要なことを彼に教える手助けをしてくれるでしょう。ミスター・オマーラもしばらくここにいてくださいますよね?」

「申し訳ないが、ぼくは町に戻らなくてはならない」ダーシーが答えた。「ですが、できるかぎり顔を出しますよ」

セドリックは数歩歩いたところで、振り返った。「わたしの若い友人たちが、彼らのうちのひとりを養子にすれば問題は解決すると冗談を言っていたことがある。そのときは笑い飛ばしましたが、いまとなってはそれも悪い考えではないような気がしてきましたよ」

そう言い残して、彼は部屋を出ていった。

エドウィーナも立ちあがった。「大変なことになりそうですね。でもあの子はきっと学んでくれるでしょう。学んでもらわなければなりません。ジョンにあれほど似ているのですから」彼女も部屋を出ていき、あとにはダーシーとわたしだけが残された。

「あなたがいるなんて、信じられない」わたしは愛する人の顔——人を不安にさせるような青い瞳といたずらっぽい笑顔——をしみじみと眺めながら言った。「こんな偶然があるのね」

「そういうわけでもないんだ。きみなら、彼がここになじむ手助けができると提案したのは、ぼくなんだよ」

「そもそも、どうしてあなたがこの件に関わっているの？」

「実は予定に変更があって、クリスマスにきみと別れたすぐあとで、彼を探してほしいと頼まれたんだ。秘密にすると約束したから、言えなかった」

「ジャックを探すために、オーストラリアまで行ったの？」

「そうだ」

「でも三カ月でどうやってオーストラリアまで行って、帰ってこられたの？」

ダーシーはにやりと笑った。「飛んだのさ」

からかっているのだろうと一瞬思った。「飛行機でっていうこと？」

「飛行機を乗り継いでね。ロンドンからバーゼルに飛び、列車でジェノバに行き、飛行艇でアレクサンドリアに行き、そこからまた飛行機でカラチ、シンガポールを経由してダーウィンに着いた。そこから軽飛行機を何度か乗り換えて、サウス・クイーンズランドの牧羊場に到着したというわけだ。快適とは言いがたいが、興味深い一八日間の旅だったよ。船よりはずっと速い」

「まあ。帰りも飛行機で？」

「いいや。危険すぎるからね。飛行機はよく墜落するだろう？　行きのフライトでは、砂嵐のなかでアラビア砂漠に着陸しなければならなかった。少しばかり不快な経験だったね」

「ダーシー」わたしは彼の手に自分の手を重ねた。「あなたにはそんな危険なことをしてほしくないわ」

彼はわたしの手を握りしめた。「男というものは、自分のできる形で金を稼がなければいけないのさ。それに、なかなか楽しかったしね」ダーシーはさらに言葉を継いだ。「きみに会えて、本当にうれしいよ」彼はわたしを抱き寄せると、情熱的なキスをした。人の家の長広間でこんなことをするのはよくないと心の片隅でささやく声があったが、どうにも止められなかった。気がつけばわたしも同じくらいの激しさで、キスを返していた。ようやく顔を離したところで、ダーシーがわたしに微笑みかけた。「ぼくはもっと留守にしたほうがよさそうだ。きみはすごく情熱的になったね。ほかのだれかからレッスンを受けたりしていないことを願うよ」

「知っていると思うけれど、わたしは退屈極まりない純粋無垢な人生を送ってきたのよ。でもあなたがいてくれて本当にうれしい。しばらくいられるといいのに。ここはあまり居心地がよくなさそうなんですもの。かわいそうなジャック。彼を歓迎している人はだれもいないわ」

「彼も来たくはなかったんだよ。公爵になることに、まったく乗り気じゃなかった。自分になりすまして、かわりに公爵になってくれないかとぼくに言ってきたくらいだ」

「ジャックが断ったら、どうなるの？」

「好むと好まざるとにかかわらず、彼が跡継ぎであることに変わりはない。財産と称号と地所は彼のものだ。それをどうするかは彼次第だよ」

ダーシーはわたしの手を握ったまま、立ちあがった。「おいで。暗くなる前に散歩しよう。ふたりきりでいられるところを」

わたしたちは美しい渓谷をそぞろ歩いた。そこでなにがあったかは――ここには書かないでおくけれど、何カ月も待った甲斐があったとだけ言っておこう。

忘れてきた片方の靴はまだロンドンから届かない。ミセス・トゥームスの家から取ってきてほしいとベリンダに手紙を書いたけれど、あまり期待してはいなかった。そういうわけで、その日の夕食にもタウンシューズを履く羽目になった。だがみんなジャックに注目するだろうから、だれも気づかないことはわかっていた。控えの間に行ってみると、三人の姉妹とアイリーンがすでにそこにいて、シェリーを飲んでいた。セドリックと〝ムクドリ〟たちが、わたしのすぐあとからやってきた。

「カクテルが飲みたいぞ」ひとりが言った。「セディ、ちゃんとしたバーテンダーを雇ってくれないか。シェリーだけじゃとても我慢できない」

「きみが自分で作れるようになれば、バーテンダーとして雇おうじゃないか、ジュリアン」セドリックが答えた。「マルセルを訓練すればいいかもしれないな。彼はとても聡明だから、きっとすぐに覚えるだろう」

「彼はどんなことだってすぐに覚えるさ」わたしのすぐ近くに立っていた〝ムクドリ〟のひとりが、別のひとりに言った。セドリックには聞こえていないだろうとわたしは思った。

ダーシーとジャックが現われたので、その話題はそこまでだった。どちらもきちんとしたディナー・ジャケットを着て、どちらもとてもハンサムだ。ジャックの赤みがかった金髪はきれいに撫でつけられていたが、慣れない格好をした彼はひどく居心地が悪そうだった。

「ようやくお出ましですね」エドウィーナが言った。「さあこちらにいらっしゃい、ジョン。あなたの大叔母たちを紹介しましょう」エドウィーナはあくまでも彼を息子の名前で呼ぶつもりらしかった。

アイリーンは彼をにらみつけている。シャーロットは威厳たっぷりに手を差し出したが、ヴァージニアはダーシーとジャックにいまにも飛びつかんばかりだ。「素敵な若者がふたり。わくわくするわね。わたしがあと何歳か若かったら、部屋の鍵を渡して、ふたりいっぺんに楽しむのに」

エドウィーナはローネットを持ちあげた。「ヴァージニア、いい加減になさい」

「エドウィーナ、あなたって本当に堅物ね」ヴァージニアはにんまりしながら言った。「こちらの黒髪のハンサムな青年をご覧なさいな。彼は戯れを拒まないタイプね。これまで女性とそれなりに楽しんできているはずよ」

ダーシーは面白がっているような顔をしただけだった。「もしそうだとしても、人前では口にしませんよ」

ヴァージニアはかぎ爪のような手でダーシーの手をつかんだ。「素晴らしい人ね。それじゃあ、彼が新しい跡継ぎなの？」

「違いますよ、ヴァージニア。彼はミスター・オマーラ――ジョンをオーストラリアから連れてきてくださったのです」エドウィーナは、床がぽっかりと口を開けて自分を呑みこんではくれないだろうかというような顔でその場に立ち尽くしているジャックに近づいた。「彼がジョンです。父親にそっくりじゃないこと？」

「たしかによく似ていますね」シャーロットが疑わしそうな口ぶりで言った。「交霊会をするべきでしょうね。あなたの父親があなたと話したがっているかどうかを確かめるのです。それに、霊が警告していた人物があなたなのかどうかも確認しないと。それからだれに危険が迫っているのかも」

「危険なのはあなたとあなたの霊ですよ、シャーロット。まったくくだらない。わたしたちみんなが頭がどうかしていると、彼に思われてしまうじゃありませんか」

二度目の銅鑼が鳴り、ハクステップが告げた。「お食事の用意ができました」

「彼は素晴らしいだろう?」エイドリアンがわたしにささやいた。「ウエスト・エンドで上演されている笑劇に出てくる執事みたいだ」

「わたしには、なにもかもが笑劇みたいに思えるわ」

「メロドラマにならずに、面白いと思えるあいだはそうだろうね。セディはもう我慢の限界だよ。ぼく個人は、彼には見込みがあると思うけれどね」

ダーシーがシャーロットの腕を取り、エイドリアンがわたしをエスコートする格好で食堂に入った。ジャックには手助けが必要だろうと思ったので、彼の隣に座った。案の定彼はずらりと並んだカトラリーを見て、いぶかしげな顔をわたしに向けた。「これはなんのためにあるんだろう?」

「ひと皿ごとに違うナイフとフォークを使うのよ。丸いものはスープ用のスプーン。妙な形のナイフとフォークは魚用よ。外側から順に使っていくの。わたしの真似をすればいいわ」

「こんなにたくさん食べるのかい? よくお腹が破裂しないね」

「それぞれのお料理を少しずつしか食べないから」わたしは説明した。

ジャックは首を振った。「びっくりだ。おれたちの食事は、だれかが裏のポーチに死んだ羊を運んできたら始まるんだ。だれかが皮をはいで、解体して、そいつをバーベキューにする。そいつを手で食べるのさ、たいていはね」

スープが運ばれてきた。音をたてすすっているジャック以外は全員が、スープ皿を自分とは反対側に傾けている。

「ロールパンがありませんね。フレデリック？」エドウィーナは不服そうに声をあげた。

「こっちにありますよ。食べますか？」ジャックは愛想よく応じた。「さあ、どうぞ」そう言ったかと思うと、彼女に向かってロールパンを投げたのでわたしは仰天した。「バターもいりますか？」

「いいえ、けっこうよ！」バターの載ったお皿が飛んできたら大変だと思ったのか、エドウィーナがあわてて答えた。

次の料理はシラスで、小さな魚を丸ごと食べることにジャックは興味を引かれたようだった。「もう少し大きくなるまで待てばいいのに。そうすればもっと食べられるところが増える」

ひとりに一羽、若鶏が運ばれてくると、ジャックはたちまち手を使って引き裂き、脚の部分をつかんで食べようとした。わたしはそっと彼を突いた。「手は使わないのよ」小声でささやく。

「それじゃあ、どうやって骨から肉をはがすんだい？」けげんそうにジャックが訊いた。

「はがさないのよ」

「それって無駄じゃないか」

「この家の人たちは無駄を気にしないんだと思うわ」

「ジョン――あなたは乗馬はしますか？」テーブルの上座の席から、エドウィーナが訊いた。

「馬に乗るかってことですか？　歩けるようになったときから、乗っていますよ」

ようやく共通点があることがわかって、エドウィーナはうれしそうに言葉を継いだ。

「それでは今度の狩りには、あなたも連れていかなくてはいけませんね」

「なにを狩るんですか？」

「狐ですよ」

「銃で撃つんですか？」

「もちろん銃など使いませんよ。馬に乗って追いかけるんです。スポーツですから」

「野蛮なスポーツだ。無防備な狐を追いかけるなんて」セドリックが言い、〝ムクドリ〟たちは身震いした。

「それも伝統のひとつなのです、セドリック。そんなばかげたことを口にするたびに、あなたは一家の威信を傷つけているのですよ。もちろんジョージアナは狩りをするでしょうから、ジョンといっしょに行ってもらえばいいですね。わたしも同行しましょう。もう生垣を飛び越えたりはできませんが」

「喜んでジャックといっしょに狩りに行かせていただきます」わたしはそう答えてから、ダーシーを見た。「あなたも来てくれる？」

「できるだけ行くようにするよ」

「ニコラスとキャサリンもそろそろ狩りの仕方を学んでもいいと思うの」アイリーンが言った。「でも自分のポニーを持っていないから、いっしょに行くことはできないわ」意味ありげな視線をセドリックに向けた。

食事が終わると、エドウィーナは女性たちを応接室へといざなった。男性たちが長々とポートワインを飲んでいることはないだろうという気がしていたが、思ったとおり、わたしたちが一杯目のコーヒーを飲み終える前にダーシーとジャックがやってきた。部屋に引き取る時間になると、階段の脇で待っていたダーシーはわたしを階段の裏側のアルコーブへと連れていった。「ぼくの部屋は男性ばかりの棟だし、明日は朝早い列車に乗らなければならないから、いまのうちにお別れの挨拶をしておいたほうがいいと思ってね。できるだけ早く、またきみに会いにくる」

「無事に帰ってきてくれて、本当によかった」

「心配しなくても大丈夫だよ」ダーシーはわたしの頰を撫でた。「幸運のお守りがあるからね」シャツの内側に手を差し入れると、クリスマスにわたしがプレゼントした銀のピクシーを取り出した。「オーストラリアに行って帰ってくるあいだ、ずっとこれをつけていた」

「まあ、ダーシー」わたしは彼の首に抱きつくと、キスをした。

「こんなふしだらな振る舞いを見たら、公爵未亡人はすぐにきみをロンドンに送り返すだろうな」ダーシーは笑って言った。「だが、やめないでくれ」

わたしは雲の上を歩いているような気分で部屋に戻った。わたしのベッドの上でいびきをかいているクイーニーを見ても、その気持ちが削がれることはなかった。オルトリンガムの家でどんな騒動が起きようとかまわない。ダーシーが無事に帰ってきた、大事なのはそれだけだった。

11

ダーシーが出発してしまう前にひと目だけでも会えることを期待して、翌朝は早く起きた。湖と生垣のまわりに霧が渦巻いているのが窓から見えた。霧のなかにだれかがいることに気づいてわたしは体をこわばらせたが、帽子が見えたのでジャック・オルトリンガムだとわかった。手早く着替えると、彼のもとへと急いだ。ジャックは馬小屋の前にいて、一頭の馬の鼻を撫でていた。

「いい馬がいるね」彼は言った。「金に糸目をつけなかったんだろうな。でもおれたちの馬みたいに、茂みのなかを一日じゅう歩けるとは思わないな」

「この子たちは狩猟馬なの。あなたのところの馬は持久力があるのね。今度、狩りに行けばわかるわ」

ジャックはうなずき、振り返って屋敷を見あげた。「まったくわけがわからないことばかりだよ。きみたちは当たり前だと思っているのかもしれないけど、おれにはばかばかしいとしか思えない。食事のためにおめかししたり、ひと皿ごとに違うフォークを使ったり。いったいなんのためなんだ？」

「伝統でしょうね。自分たちが特別であることを確認するために、普通の人たちとは異なる振る舞いをしているのよ。あなたの言うとおりよ。本当にばかげているわ」

「ばあちゃんにいまのおれを見せたいよ」ジャックはもう一度屋敷を見あげて笑った。「オーストラリアにいるばあちゃんのことだよ。食べるために羊の皮をはいでいたほうさ。お祖母さまと呼ばせたがっているほうじゃなくて」

「わたしも同じなの」わたしは言った。「王女さまだった祖母と、ロンドンの警察官の妻だった祖母がいるわ。残念ながら、どちらにも会ったことはないけれど。でもいつもわたしは、ふたつの世界のあいだで宙ぶらりんになっている気がしている。どちらの世界にも居場所がないようで」

「でもきみは本物のお嬢さまだ。ひと目見れば、だれだってわかる。だけど普通の人の部分もあることがわかってうれしいよ。おれをゴミみたいに扱わないのはきみだけだ。あとダーシーと。彼も悪くないよね。貴族にしては」

「あなたさえよければ、地所を案内しましょうか」

「頼むよ」

わたしたちは幾何学的配置庭園を抜け、噴水の脇から迷路を通り過ぎ、峡谷をくだって礼拝所に向かった。

「こいつはなんのためにあるんだい？　なにか宗教的なもの？」

「ただの飾りよ。ほかのものと同じ。言わなくていいわ。これもばかばかしいわよね」わたしたちは声をそろえて笑った。彼を好ましく思い始めていた。

「朝食は何時？」ジャックが尋ねた。「腹が減ったよ。小さなトーストだけだなんてことはないよね？」

「大丈夫。いつもたっぷり用意されているから。あなたたちの国では朝はなにを食べるの？」

「ステッキと玉さ」

「なんの玉ですって？」わたしは驚いて訊き返した。

「普通のやつだよ。チョックさ」

わたしは首を振った。「わたしたち、同じ言葉を話していると思っていたけれど、そういうわけではないみたいね」

「ほら、チョックだよ。ゆうべ、食べたみたいな」ジャックは鶏の真似をした。

「鶏の玉？」

ジャックは笑って言った。「違うよ。卵だよ。鶏が産むだろう？」

「ああ、ステーキと卵っていうことね」わたしも笑った。「卵はあるわ。でもイギリスでは朝食にステーキは食べない。公爵にとっても高価すぎるのよ」

わたしたちは屋敷に戻った。霧のなかにそびえる堂々とした建物を見つめながら、ジャックは言った。「本当はおれは歓迎されていないんだろう？　あのセドリックっていうやつは、心底おれを嫌っている」

「そうじゃないとは言えないわ。でもあなたが一生懸命ここになじもうとすれば、あの人たちもきっと変わってくる」

家のなかに入ったところで、わたしは言い添えた。「ああそれから、わたしなら帽子は脱ぐわね。家のなかでは帽子はかぶらないものなの。あなたのお祖母さまのご機嫌を損ねるだけよ」

ジャックはわたしを見てにやりとすると、帽子を取って朝食に向かった。わたしたちが一番乗りで、サイドボードに並んだ料理はどれもまだ熱々だった。わたしたちはたらふく食べ、ジャックはケジャリーのような初めて見る料理まで口にした。

「食べるものはまったく悪くないね」彼が言った。

「それに朝食のあとすぐに、境界柵まで行く必要もないのよ」

ジャックは椅子の背にもたれ、彫刻の施された天井を眺めた。「働くのは平気なんだ。慣れているからね。きみたちは一日じゅう、いったいなにをしているんだ？」

「いい質問ね。たいていは、退屈と闘っているか慈善活動をしているかのどちらかよ。でもあなたは男性だから、地所や農場に関わる仕事ができる。ここで働いている人たちに羊のことを教えてあげてもいいんじゃないかしら。それにいつでも馬に乗っていいのよ」

ジャックの顔が明るくなったが、それもエドウィーナがやってくるまでのことだった。

「教会に行く用意はできているのでしょうね」

ああ、どうしよう。今日が日曜日だということをすっかり忘れていた。そういうわけでわたしたちは一番上等の服に着替えると、オルトリンガム家が最前列の信者席を確保している村の教会目指して小道を進んだ。よそ行きの服を着て驚くほどおとなしそうに見えるニコラスとキャサリンは、興味津々といったまなざしでジャックを眺めている。

「それじゃああんたが、セドリック伯父さんからいずれなにもかもを受け継ぐ人なんだ」ニックが言った。「まったく不公平だよ。ぼくたちの母さんだって公爵の子供なのに、女だっていうだけでなにももらえないんだから。ばかげているし、時代遅れだと思わないかい？」

「そのとおりだ」ジャックが応じた。「でも人生っていうのは不公平なもんだ。違うかい？きみたちには歩けない姉さんがいると聞いている。それも不公平だよね。おれの母さんは、おれが小さい頃に死んだ。それだって不公平だ。だけど、それは受け入れなきゃならないことなのさ」

「あなたはここが気に入らないと思うわ」キャサリンが言った。「なにをすればいいのか知らないし、きっと笑いものになる」

「いままでだって笑いものになったことはあるさ。羊の毛刈りをしたときのおれを見せたかったよ。最後はでっかい雄羊の下敷きになっちまった。あれはまったくいい笑いものだったよ」

ふたりは、憎しみと敬意の入り混じったまなざしをジャックに向けた。彼を見くびっていたことがよくわかった。

家に戻ってくると、ジャックはシシーに会いたいと言い、ニックとキャサリンは渋々彼を子供部屋に連れていった。昼食を告げる銅鑼が鳴るまで、ジャックは戻ってこなかった。日曜日の昼食は、ジャックですら文句のつけようがないほど豪勢だった。海亀風のスープに始まり、ヨークシャー・プディングとローストポテトとパースニップと芽キャベツを添えた特大のローストビーフが続き、最後のデザートはトライフルだった。食事が終わると大人たちは休息をとるために部屋に戻り、子供たちは外に遊びに出た。わたしもあとから行ってみると、ジャックが大きなハンティング・ナイフのようなものをふたりに見せていた。これがきっかけで仲良くなるかもしれないと思ったので、彼らを残してひとりで散歩することにした。幾何学的配置庭園——バラ園はまだつぼみすらつけていない——を抜けて水仙の咲き乱れる牧草地をのぼり、両側を見渡せるノース・ダウンズの頂上に出た。斜面で羊が草を食んでいるのが見えた。

丘を再びくだり、ブナの雑木林までやってきたところで悲鳴が聞こえた。わたしは走りだしたが、斜面はどこまでも続くように思えた。ようやく家の前面にある芝生までたどり着くと、大きな銅ブナの木の下に人が集まっているのが見えた。

「問題ありません。この子たちは無事です」エドウィーナの力強い声が聞こえた。「ですから、大騒ぎするのはおよしなさい、アイリーン」

「でも彼はキャサリンに向かってナイフを投げていたんですよ。もう少しで当たるところだったんです」

わたしは彼女たちに近づいた。ジャックは双子のかたわらにきまり悪そうに立っている。

「なにがあったの？」わたしは尋ねた。

「ジャックが、ナイフを投げるところを見せてくれたんだ」ニックが説明した。「すごいんだよ。そうしたらキャットが、ウィリアム・テルみたいに頭に乗せた林檎に当てられるかって訊いたんだ。ジャックは木の前にじっと立っているようにってキャットに言って、ナイフを投げた。キャットの頭のすぐ上に刺さったんだよ。見事だった。でも母さんがそれを窓から見ていて、カンカンに怒ったんだ」

「わたしでも怒るわ」わたしは言った。「ばかなことをしたわね、ジャック。いい印象を与えたいと思うのなら、親戚を殺そうなんてしてはいけないわ」

「問題なかったよ。そんなにぎりぎりに投げたわけじゃないし」

「それだけじゃありません……」アイリーンはまだわめいている。「子供たちの前で、枝を削って池の魚を突こうとしたんです。この人は危険です、お母さま。子供が影響を受けやすいことはおわかりでしょう？　お願いですから、子供たちに害を及ぼす前に、彼を追い払ってください」

「アイリーン、落ち着きなさい。あなたが子供の頃、兄のジョンは同じようなことをしていたはずですよ」

「ええ、そのとおりです。そのお兄さまはどうなりました？　世界の果てでだれとも知れぬ女性とのあいだに子供を作り、あげくに英雄じみた真似をして死んでしまったじゃありませんか」

「そのどちらも、彼の行いは立派でした。あなたの夫よりははるかに尊敬できますよ」

「お母さま、それってあんまりよ。もうこれ以上ここにはいられません。いますぐに子供たちを連れて出ていきます。ロンドンに行きます。ニコラス、キャサリン、いらっしゃい」

アイリーンは家のなかに姿を消した。

気持ちのいい午後だったのでお茶は庭に運ばれてきたが、だれもあまり食欲はないようだった――どっしりした昼食のせいばかりではない。アイリーンは現われなかったし、セドリックも取り巻きたちも姿を見せなかった。外は寒すぎるとシャーロットも文句を言ったので、その場にいたのはエドウィーナと奔放な伯爵夫人ヴァージニア、ジャック、そしてわたしだけだった。わたしたちはスコーンとクリームとストロベリージャムを楽しんでいるふりをした。

「あなたがなにを考えていたのか、わたしにはさっぱりわかりませんよ、ジョン」エドウィーナが言った。「従妹に向かってナイフを投げるなんて」

「当たらなかったでしょう？　百万回は、やってますからね」

「直前になってキャサリンが動いたらどうなっていたと思うのですか？　もしくはあなたがつまずいたりしたら？　思いもよらないことが起きる場合もあるのです。いいですか、ここは文明的な家なのです。野蛮なことは必要ありません」

「狐狩りをするんじゃありませんでしたっけ？」ジャックが言った。「それに壁にはいろんな武器や動物の頭が飾ってありましたけど」

「それとこれとは話が違います。ああいったものは、認められている野蛮さなのです。イギリス貴族は昔から狩りをしてきましたし、戦争にも行っています」

「いとこたちと仲良くしなきゃいけないってジョージーに言われたから、そのとおりにしていただけなんだ」ジャックは肩をすくめた。

「ジョン、これからは行動に移す前に、それがしてもいいことかどうかをわたしかジョージアナに尋ねるようにしてください」

「おれをジョンって呼ぶのはやめてもらえませんか」ジャックが言った。「それはおれの名前じゃないし、あなたはおれじゃなくて父さんを見ているみたいな気がする」

エドウィーナは座ったまま背筋を伸ばし、答える前に大きく深呼吸をした。ジャックの言葉が事実であることに気づいたのだろう。彼女はジャックのことを生き返ったジョンだと思いたかったのだ。「ジョンのほうが子爵にはよりふさわしい名前なのです。ジャックという名の公爵など聞いたこともありません。それから、わたしのことはお祖母さまとお呼びなさい」

「了解」

つかのま、エドウィーナに同情した。わたしがクイーニーを教育しようとしているときにしばしば感じる腹立ちを、エドウィーナも経験することになるだろう。お茶が片付けられたときにはほっとした。家のなかへと戻り、図書室でなにか読むものを探そうと思った。セドリックの書斎の前を通りかかったところで、怒鳴り声が聞こえたかと思うとドアが不意に開いて、真っ赤な顔をしたアイリーンが足音も荒く飛び出してきた。

「なんていう人なのかしら」アイリーンはだれにともなく言うと、廊下を遠ざかっていった。「本当に意地の悪い、不愉快な人。いつかきっと報いを受けるわ」

わたしは本を見つけて部屋に戻り、夕食のための着替えをする時間まで静かに読書をした。夕食の席には全員が顔をそろえていたが、セドリックが口を開くまでほとんどだれも話をしようとはしなかった。「今日の午後、ちょっとした騒ぎがあったそうじゃないか。ジャックがだれかに向かってナイフを投げたそうだね？」

「ジョンはただナイフの腕前を披露しただけです」エドウィーナはだれかが答える前に弁明した。「確かに、なかなかたいしたものでした」

「たいしたもの？」アイリーンが言った。「娘の頭からほんの数センチのところに刺さったというのに」

「そいつは残念」セドリックは声に出してつぶやき、〝ムクドリ〟たちがにやりと笑った。

「とにかく、あのようなことは二度とおきません」エドウィーナが言った。「彼のナイフは馬具収納室にしまって、今後はわたしの許可なしには持ち出せないとジョンに言っておきましたから。このあたりに盗賊はいませんし、食べ物はお皿に載って運ばれてくるのですから、ここではそんなものは必要ないのです。ですからもう騒ぐのはやめなさい、アイリーン。終わったことです」

再びスープを飲んでいると、アイリーンが切り出した。「お母さま、お話ししたいことがあります。子供たちとロンドンの別宅に行っていようと思ったのに、セドリックに断られたんです。彼は全然使っていなくて、いつもクラブに泊まっているのに。あの家はただあそこにあるだけなんです。わたしたちに使わせてくれないなんて、意地悪と身勝手にもほどがあります」

エドウィーナはオイスターのビスクから顔をあげた。「あそこはいまはセドリックの家なのです、アイリーン。彼は好きなように使うことができます。あなたにもわたしにも、どうすることもできないのですよ」

「観劇だとか友人を訪ねるために町に行くのなら、ひと晩くらいはいつだって使ってくれてかまいませんよ、母さん」セドリックが言った。「だが、アイリーンがあそこで子供たちと暮らしたいというなら、話は別だ。家を維持するための使用人をいったいどこで見つけるつもりなんです？　アイリーンにはそのための金もないし、もちろん我が家の使用人を連れて行かせるわけにはいかない。わたしが彼女のために雇ってやるつもりもない。彼女が夫の選択を間違えたのはわたしのせいではありません。だいたい外国人なんていうのは問題ばかり起こすし、信用できないと彼女には警告したんだ」

「その点については反論させてもらいますよ」シャーロットが口をはさんだ。「プリンス・オロフスキーとわたくしはとても幸せでした」

「彼が小作人に殺されて、あなたが命からがら逃げ出すまでの話でしょう？　それにヴァージニア叔母さんの夫たちはみんな、不可解な死を遂げている。外国人は信用できないという証明じゃないですか」

ヴァージニア伯爵夫人にはもっとよく話を聞くべきだと思ったが、アイリーンは彼の言葉を手を振っていなした。「話がずれているわ、セドリック。わたしはただ、イートン・スクエアの家に子供たちといっしょにいさせてくれと頼んでいるだけ――子供時代を過ごして、幸せな思い出がたくさんあるあの家に。それほど無理なことを言っているとは思わない。あなたの甥と姪をちゃんとした寄宿学校に行かせてやってほしいと頼んだのに、あなたは断った。それならわたしたちは、ロンドンに行くほかはないじゃないの。あそこなら、少なくともいい学校があるわ。家庭教師だけで同じ年頃の友だちもいないこんな場所に閉じ込められているなんて、いいことじゃない」

「村に学校がある」セドリックが応じた。「あそこに通えばいい」

「村の学校？」アイリーンの声が危険なほど高くなった。「頭がどうかしたんじゃないの？村の子供たちといっしょに通わせろっていうの？」

「バーかなにかで働いていた卑しい女の息子が未来のアインスフォード公爵になろうというのだから、子供たちもそれなりの準備をしておくのは悪くあるまい」

ジャックが立ちあがった。「おれの母さんは卑しい女なんかじゃない」その声は氷のように冷ややかだ。「真面目に働いておれを育てた立派な女性だ」

「どんな仕事をしていたのか訊いてもいいかね？」セドリックは皮肉たっぷりに尋ねた。

「知りたいなら教えてやるが、教師だった。あんたはおれがここに来たときから人を見下すようなことばかり言っているが、母さんを侮辱するのは許さない。あんたがそんなぶよぶよした情けない男でなけりゃ、いますぐ外に出ろと言っているところだ」

「わかりました」エドウィーナがきっぱりとした口調で言った。「よくわかりました」

「なにがわかったんです？」ジャックが訊き返した。

「わかりました」エドウィーナは繰り返した。「夕食の席にふさわしくない話題であることが、よくわかりました。アイリーン、そもそもこんな話を持ち出したあなたが悪いのです。イートン・スクエアはあなたの兄の家です。あなたは、ここに住まわせてくれ、子供たちに家庭教師をつけてくれたセドリックに感謝しなくてはいけません。彼のおかげで、わたしたちみんながここで暮らし続けていられるのです。そのことを忘れてはいけません。さあ、教養のある人間らしく食事を続けますよ。わかりましたね」

エドウィーナはそう言うと、再びスモークサーモンを食べ始めた。

キングスダウン・プレイス

狩りの日、朝の空は真っ赤に染まっていた。なにかの前兆として受け止めるべきだったのかもしれない。わたしは着替えをしながら、わくわくする思いと不安を同時に感じていた。昔から狩りは大好きだ。狐がかわいそうだと思う人もいるだろうが、実際のところ、狐が捕まって殺されることはめったにない。狩りに対する熱い思いは、代々わたしたちのなかに受け継がれているのだと思う。すがすがしい朝の空気、ドラゴンが吐く煙のような馬たちの白い息、静まりかえった村に響くひづめの音、狐のにおいを嗅ぎつけて、尾を振りたて、吠えながら駆け出していく猟犬——そしてわたしたちはアドレナリンの塊となって、野原や雑木林を抜け、溝や塀を飛び越えるのだ。狩りに参加するのに理由は必要ないが、今日はジャックの面倒を見なければならない。狩りには様々な約束事があるのだ。

希望どおりの時間に朝の紅茶が運ばれてくるという期待は、とうの昔に捨てていたが、今朝は一縷（いちる）の望みと共に呼び紐を引いてみた。ほとんど間髪をおかずにドアをノックする音がした。クイーニーに対する優しい気持ちが湧き起こるのを感じながら、わたしは言った。

「どうぞ」

トレイを持って入ってきたのはクイーニーではなく、見たことのない内気そうなメイドだった。

「お茶をお持ちしました、お嬢さま」彼女はベッド脇のテーブルにトレイを置いた。

「ありがとう。わたしのメイドはどうしたのかしら？」

「わかりません。今朝はまだ見かけていないので、お嬢さまにお茶をお持ちするようにとミセス・ブロードから言われました。狩りに行かれるとうかがっていましたので」

「気がきくのね」クイーニーがまた寝坊したことはわかっていた。

「着替えのお手伝いをしますか？」彼女が訊いた。

「いいえ、大丈夫」彼女は膝をついてお辞儀をしてから出ていった。

顔を洗い、乗馬服に着替えた。乗馬ズボンとブーツは持ってきていたけれど、ハンティング・ジャケットと鞭は用意していなかったので、アイリーンに借りた。とても狩りに行くような気分ではないし、そもそも自分の馬もないということで、彼女は参加しないのだ。階段をおりていくと、廊下に男性が立っているのが見えた。乗馬服がよく似合っている。ダーシーが狩りに参加するために来てくれたのを知って、胸が高鳴った。

「おはよう。狩りにはうってつけの日ね」

「おはよう、ジョージー」彼が振り返り、それがジャックだとわかってわたしはがっかりした。「優男みたいに見えるだろう?」ジャックはにやりとした。「こういう服装をしなきゃいけないってフレデリックが言うんだ。故郷の仲間が見たら、さぞ笑うだろうな」

「完璧よ。とてもすてき」

「狩りには赤いジャケットを着るもんだとばかり思っていたら、黒が正しいってフレデリックに言われた」

「そのとおりよ。ピンク・ジャケットは家長に認められた人に与えられるものなの」

「ピンク? おれはピンクなんて着ないぞ」

「実際は赤なのよ。でもピンクと呼ばれているの」

「まったくここはばかげた国だよ」ジャックが言った。

「あなただって、赤毛だからブルーって呼ばれているって言ったわ」わたしは指摘した。

「オーストラリアも同じくらいばかげているっていうことね」

「一本取られたな」ジャックは笑った。わたしたちは食堂に向かい、早めの朝食をとった。食べ終わろうとする頃に、乗馬服に身を包んだ、ぎょっとするような風体のエドウィーナもやってきた。「また狩りに行けるせっかくの機会を逃すわけにはいきませんからね。ですが、馬にジャンプはさせないと自分に約束しなければなりませんでした」

　外に出てみると、三頭の見事な馬がわたしたちを待っていた。ジャックは自分に割り当てられた馬を見て笑った。「このちっぽけな代物が鞍なんですか? 　おれの尻が入らないどころか、あなたたちだって座れそうにない」

「これでいいのです」エドウィーナが告げた。「これがごく当たり前の鞍です。もっともわたしが若い頃は、女性は必ず横乗りしていたものですが」

「こいつをはずして、鞍なしで乗ってもいいですかね？」ジャックが訊いた。

「とんでもない」エドウィーナは馬丁の手を借りて馬にまたがろうとした。気の毒な馬丁は、その少なからぬ体重を持ちあげようと、顔を真っ赤にしている。「あなたはルールを学ばなければいけませんよ、ジョン。一家の名誉を保つことを常に考えていなければならないのです」

ジャックは軽々と馬にまたがり、わたしもそれに続いた。

「村で狩りの一行に合流しましょう」エドウィーナが言った。「そうすれば、その馬のこともわかるでしょうからね」

「おれにわかるのは、このいまいましい鞍がケツに食いこむってことだけですよ。よくもまあこんな使い勝手の悪いもので乗れますね」

「あなたたちはどんな鞍を使っているの？」わたしは尋ねた。「それとも鞍は使わないの？」

「鞍なしで乗ることもあるけれど、境界柵まで行くときは、鞍頭のついた大きなアメリカ式のものを使う。あれだと肘掛け椅子に座っているみたいだし、子牛にロープをかけるときにも簡単には落馬しないからね」

穏やかな朝の空気のなかに、ひづめの音が響く。ミヤマガラスの群れが、銅ブナの木から鳴きながら飛びたった。馬たちは不安そうに足並みを乱したが、ジャックは落ち着いた様子で馬にまたがっていた。馬のことがよくわかっているのだ。祖母に感心してもらえることがようやくひとつはあったわけだ。パブのまわりには馬に乗った大勢の人々と徒歩でやってきた観客たちが集まり、近くでは猟犬たちが尻尾を振りながらうろうろしていた。

「あの犬はなんだい?」ジャックが訊いた。

「猟犬よ。あの犬たちが狐を追いかけるの。においを嗅ぎつけたら追いかけていって、追いつめるのよ」

「一匹のちっぽけな狐にずいぶんと大がかりなことをするんだな。巣を見つけて、出てくるのを待って、銃で撃つほうがはるかに簡単じゃないか」

エドウィーナは青い顔をして、首元の金のタイピンを押さえた。

白いエプロンをつけた男が、馬にまたがった人たちにカップを配っている。

「一杯もらえるのか。いいね」ジャックはカップを受け取り、ひと息にあおってから顔をしかめた。「ポート? ポートワイン?」

「そうね、それが伝統なの」

「やれやれ。運動前にまともなビールさえ飲ませてもらえないのか。まったくとんでもない国だな」

赤いジャケット姿の堂々とした猟犬の管理者が近づいてきた。「奥さま、来てくださって光栄です」ベルベットの帽子を持ちあげながらエドウィーナに挨拶をする。

「こちらは我が家に滞在中のレディ・ジョージアナ、彼は孫のファーニンガム子爵です」エドウィーナは誇らしげにわたしたちを紹介した。

「ごいっしょできてうれしいですよ」彼は言った。「ようこそ。楽しい一日になりますよ。さあみなさん、飲み終えてください。出発の時間だ」

ラッパが吹き鳴らされ、わたしたちは出発した。丘をのぼり、村を抜け、羊や牛がいる刈田を横断していく。わたしの隣で軽やかに馬を走らせているジャックは、馬に慣れている人間らしく、いかにもくつろいでいる様子だった。わたしも肩から力が抜けて、楽しいと感じ始めていた。以前から乗り慣れていたかのように、馬はわたしの指示に素直に従い、気持ちよく歩を進めている。小川を渡ったところで叫び声がした。

「いたぞ（ヴュー・ハロー）」

隠れていた場所から明るい銅色の毛皮が飛び出すのが見えた。猟犬たちが一斉に吠え始め、そのあとを追っていく。にじんだようになってうしろに流れていく田園風景、装具がぶつかる音、地面を踏みしめるひづめの音、迫る生垣を飛び越えるときの、宙を飛んでいるような感覚——どれも素晴らしかった。ジャックはわたしにぴったりと寄り添うようにして走っている。

「あそこだ」だれかが叫んだ。

「頭のいいやつだ。川を渡っている。匂いが途切れて、犬たちが追えなくなるぞ」

それを聞いたとたん、たったいままで隣にいたはずのジャックが、気づいたときには全速力で馬を走らせていた。犬たちのあいだを通り抜け、水しぶきをあげながら川に入っていったかと思うと、水を切り裂くようにして渡り、向こう岸の森に姿を消した。

「いったい彼はどういうつもりだ？」管理者が怒鳴った。

見当もつかない。馬がなにかに驚いて駆け出したようには見えなかった。彼のあとをついていくほかはない。小川を渡り、森に入ると、猟犬たちが再び吠え始めた。木立が途切れたあたりで、彼に追いついた。犬たちは彼の馬のまわりで激しく吠えたてている。

近づいていくと、ジャックはなにかを掲げて見せた。犬たちの興奮がいっそう激しくなる。

それは息絶えた狐だった。

「素手で殺してやった」ジャックが言った。「さあ、家に帰ろうか」

狩りのあと

わたしたちは黙って家路についた。ジャックは、自分がなにか間違ったことをしたらしいと気づいてはいたものの、その理由を理解できずにいた。

「狐を殺しに行ったんだろう？　だからおれはその狐を殺して、手間をはぶいてやった。なにがいけなかったのか、さっぱりわからないよ」

「狩りには伝統的なやり方があるのよ、ジャック。それにたいていの場合、最後は狐を逃がしてやるの」

「逃がす？　それじゃあ、なんのために狩りをするんだ？」

「楽しむためよ。そもそもは、戦いが行われていない時期に騎士たちの腕をなまらせないために始まったことなの。イギリスの伝統のひとつで、わたしたちはその伝統を受け継いでいるのよ」

「まったくばかげているよ」彼は馬に乗ったままわたしに近づいた。「あのばあさんは、これでおれを見限ったかもしれないな。おれは、自分のいるべきところに帰れるかもしれない」

自分がいきなりオーストラリアの牧羊場に連れていかれたらどうするだろうと思いながら、わたしは同情をこめて彼を見つめた。「ジャック、あなたはここでがんばらなくてはいけないわ。なにもかもをすぐに身につけることができるなんて、だれも思っていない。いずれあなたは公爵になるの。それがなにより大切なことなのよ。あなたのお父さまは戦争でとても勇敢だった。あなたにも、与えられたチャンスを最大限に利用してほしいと考えていると思うわ」

ジャックは首を振った。「公爵だの貴族だのっていうのはまったくばかばかしいって父さんも思っていたんだ。母さんからそう聞いている。父さんはオーストラリアでの暮らしに満足していたんだよ」

「でもとりあえずやってみて。あなたはまだイギリスのことをなにも知らない。夏は本当に気持ちがいいのよ。クリケット、お庭でいただくスコーンとお紅茶……」

「クリケット？」

「ええ。スポーツのひとつで……」

「クリケットならくわしいよ。オーストラリアの国技だからね。おれはなかなかの投手(ボウラー)なんだ。おれの曲球(グーグリー)を見せたいね」

わたしたちは馬から降り、馬丁が馬を連れて行った。きっと最後は丸く収まるとわたしは思った。ジャックは村のクリケットチームの一員となり、だれもが彼を好きになって……。

家に入り、自分の部屋へと戻ってみると、クイーニーはようやく起き出していたものの、少しも悪びれた様子はなかった。昼食前にお風呂に入りたかったので、彼女に用意をさせた。昼食の席では子供たちが狩りの様子を聞きたがったが、エドウィーナは口を閉ざしたままだった。

「狐は死んだの？」キャサリンが訊いた。「ジャックは血を浴びた？」

「浴びたと思いますよ」エドウィーナが答えた。

「いいポニーを買ってもらえないかな、セドリック伯父さん。そうしたら、ぼくたちもいっしょに行けるのに」ニックが言った。「すごく不公平だよ」

「きみたちの父親に頼むのだね」セドリックが応じた。「それは彼がすべきことだ。わたしではない」

「どうやって頼めっていうの？　お父さまの居所さえわからないのに」キャサリンが言った。

「そういうことだ」セドリックは食事に戻った。

「父親がいないのは、この子たちの責任じゃないわ」アイリーンが言った。

「霊が教えてくれるかもしれませんよ」シャーロットが興奮ぎみに口をはさんだ。「しばらく交霊会をしていませんよね？　今夜食事が終わったらやりましょう。そうすればジャックはお父さまと話ができるし、行方のわからないアイリーンの夫の居場所も探せます」

セドリックが立ちあがった。「まったくこの一家は愚かすぎて話にならない。知的な会話はかけらもない。くだらないことをうだうだ話すばかりの頭のいかれた叔母ふたり、傲慢な母親、めそめそしてひたすら文句を言う妹。もうたくさんだ。みんな出ていってもらおう。わたしにはあなたたちを養う義務はないのだ。たわごとを聞くのもうんざりだ」足音も荒く食堂を出ていく。

「まあ、彼を怒らせてしまったようですね」シャーロットが言った。「本当にわたくしたちを追い出すつもりかしら。いったいどこへ行けというのでしょう?」

「息子の態度は甘やかされた子供そのものです」気持ちが高ぶっているのか、エドウィーナの声は震えていた。「ここは代々の家族の屋敷であって、いまセドリックはその管理を任されているにすぎないということを、思い出してもらわなくてはなりませんね。彼の家というわけではないのです」

「ここに住めなくなったら、わたしはどうすればいいの?」アイリーンが言った。「働かなくてはならないんでしょうけれど、わたしに一体なにができるというの? なにもできないわ。お母さまはわたしをレディとして育てた。わたしには、なんの技術も見込みも希望もないのよ」

「心配ないわよ、お母さま」キャサリンが言った。「ニックとわたしは頭がいいから、大学に行ってお金をいっぱい稼ぐから」

「大学に行くお金はだれが出してくれるんだい、キャット?」ニックが訊いた。

「わたしたちはすごく頭がいいから、奨学金をもらうのよ」

「ミスター・カーターから聞いている話とは違いますね」エドウィーナが言った。「あなたたちはふたりとも、どうしようもなく勉強が遅れているそうじゃありませんか。お姉さんのシシーは熱心な勉強家だというのに」

「かわいそうなシシー。あの子の人生は始まる前から、破滅してしまったんだわ」アイリーンが言った。「スイスのあのお医者さまなら治せるのに」

なんとも憂鬱な昼食だった。食事のあとジャックとわたしはシシーの部屋を訪れた。ジャックが語る狩りの話を聞いて、シシーは散々笑った。ふたりは気が合うようだ。シシーはもう子供ではないし、ふたりにどんな未来が待っているのかはだれにもわからない。


その夜夕食の席に集まったときにも、どんよりした雰囲気はまだそのままだった。ほぼ無言のまま、ネギとジャガイモのスープ、アカガレイの切り身、キジのローストというメニューの食事が進んでいく。締めくくりとなるアンチョビ・トーストを食べ始めたところで、セドリックがワイングラスを叩いた。

「ふたつほど言っておくことがある」彼は切り出した。「明日の朝、劇場を設計してくれる建築士と会う予定だ。今年の秋からそこで上演できるように、すぐにでも工事に取り掛かってもらいたいと思っている」

セドリックは一度言葉を切った。「ふたつめだが、わたしはこの茶番劇を終わらせて、自ら事にあたることに決めた。跡継ぎはわたしが選ぶ。弁護士と会って、養子をとる手続きを進めるつもりだ」

エドウィーナが立ちあがった。「いまなんて言いましたか?」

「あなたはもう何年ものあいだ、跡継ぎを作るようにとしつこく言い続けてきましたよね。だからその願いをかなえてあげることにしたんですよ。跡継ぎになってもらいたいと思う人間を養子にすることに決めました。公爵の称号を粗野でがさつな庶民に渡すつもりはありません」

「本当にそうするんだね、セディ」エイドリアンの顔が興奮して輝いている。「ただの冗談だとばかり思っていた。本気だなんて夢にも思わなかったよ。最高だ」

「だれを養子にしようというのです?」エドウィーナが尋ねた。

「そうだよ、だれなんだい、セディ?」〝ムクドリ〟たちはそれぞれ期待に胸を躍らせながら、彼を見つめている。

「マルセルだ」セドリックが答えた。

「なんだって?」エイドリアンが悲鳴のような声で訊き返した。

「マルセルとは何者です?」

「彼の従者ですよ」サイモンは涙ぐまんばかりだ。「意地の悪い、ただのありふれたフランス男だ。どうしてなんです、セディ? ぼくたちのだれかだとばかり思っていた」

「きみたちはわたしが提供している生活が気に入っているだけだ」セドリックは満足そうな笑みを浮かべながら答えた。「だがマルセルは本当にわたしを大事に思ってくれている」

「フランス人の従者？　気でも狂ったのですか？」エドウィーナが言った。

「オーストラリア人の農夫よりはましだと思いますがね。彼は革命ですべてを失った貴族の家の出なんです。血筋は確かですよ」

「血筋」エドウィーナは吐き出すように言った。「ジョンはあなたと血がつながっているのですよ——あなたの弟の子供なのです」

「彼の母親がそう言っているだけでしょう。子供の父親の候補者のなかでは、ジョンが間違いなく条件が一番よかったでしょうからね」

「よくもそんなことを！」ジャックが立ちあがった。「母さんを侮辱するなと言っただろう。いま言ったことを取り消せ」

ジャックはテーブルを回って、セドリックにつかみかかろうとした。

「やめさせろ」セドリックは、魅入られたようにその様子を眺めていた背後の従僕たちに指示した。彼らは及び腰でジャックを捕まえたが、彼はそれを振り払おうとした。

「お座りなさい、ジョン」エドウィーナが凛とした声で命じた。ジャックはためらったものの抗うのをやめ、どうするべきか心を決めかねたまま壁際に立った。エドウィーナはその豊かな胸を突き出すようにして、姿勢を正した。「狂気の沙汰です、セドリック。許すわけにはいきません」

「あなたにできることはたいしてないと思いますよ。先例は山ほどあります」

「必要とあらば、あなたが正気を失っていると宣言します」

わたしにはわかりませんよ。……

「幸運を祈りますよ。どうぞやってみてください。楽しい戦いになるでしょうね。わたしには意気地も想像力もないと、いつもあなたと父上に言われてきた。ですが、最後に笑うのはわたしのようだ」

そう言い残して、セドリックは食堂を出ていった。

立ちあがっていた〝ムクドリ〟たちは、そのあとを追っていきたいと思いながらも勇気がないのか、ただ彼を見送るだけだった。

「あのずる賢い生意気なマルセル」ジュリアンは涙ぐんでいるようだった。「控えめなふりをしながら、ずっと策略を巡らせていたんだ」

「実際にそんなことはできないわ。そうでしょう、お母さま？」アイリーンが訊いた。「二一歳を過ぎている人間を養子にはできないでしょう？」

「わたしにはわかりません。そもそも、その男が二一歳を過ぎているのかどうかも知らないのですから。その男を選んだのはあなたの兄です。わたしはなにひとつ知りません」

「だれかを養子にするのなら、ニックにするべきよ」アイリーンはセドリックが出ていったドアをにらみつけた。「正当な権利のある跡継ぎがいるとしたら、それはわたしの子供たちのどちらかだわ。公爵家代々の血が流れているんですもの。それをただの従者、それもフランス人だなんて――ありえないわ。お母さま、いますぐに弁護士に連絡してください。とんでもないことが起きてしまう前に、急いで彼をここに呼ばないと」

「明日の朝、弁護士に電話をかけて来てもらうようにしましょう。法の手続きは時間がかかるものです。ひと晩のうちにだれかを養子にすることなどできません。それにただの脅しだという可能性もあります。これまでもセドリックは、腹いせになにかばかなことをして、あとから後悔したことがあるのですよ。自分がどれほど愚かしいことをしているのかに気づく時間を与えてあげましょう」

「時間を与えたりしてはだめよ、お母さま。手遅れになる前に止めないと。貴族院のお父さまの昔のお友だちと話をすればいいわ。きっと手を貸してくださる。お兄さまだって、イギリス議会の意思に反するようなことはできないはずよ」

「時間を与えると言ったでしょう。いたずらに我が家を笑いものにする必要はありません。オーストラリアから跡継ぎを迎えるというだけでも恥ずかしいことなのに、フランス人の従者だなんて――とても我慢できることではありません」声がわずかに震えたのがわかったが、彼女は気持ちを落ち着けようとするかのように大きく首を振った。「わたしが話をしましょう。道理をわからせます」

「交霊会!」シャーロットが立ちあがり、興奮ぎみに手を叩いた。「気分を引き立てるには最適です。交霊会をしましょう。部屋の準備はできています」

「交霊会で気分が浮き立つ人はあまりいないと思いますよ、シャーロット」エドウィーナが言った。

「でもジャックはお父さまと楽しくお話ができるし、そのマルセルという人をどうにかするいい方法を霊が教えてくれるかもしれません。霊たちは何百年分もの知恵を持っているんですから」

「それならぼくはやるよ」エイドリアンはそう言ってジュリアンを見た。「きみはどうする、ジュリアン？　逮捕されることなくマルセルを殺す方法を霊が教えてくれるかもしれない」

「エイドリアン、きみは手に負えないやつだな。だが面白そうだ。今夜はセディと話をしようとしても無駄だしね。ほら、サイモン、ふくれっ面はやめろよ。どっちにしたって、きみが養子になることはなかったさ」

「思い出すわ。ウィーンでの交霊会で、ハンサムなポーランド人の将校とふたりでいけないことをしたものよ」ヴァージニアがうっとりした口調で言った。「すごくみだらで、すごく楽しかった」

「では行きましょう、みなさん。レディ・ホーテンスの居間にすっかり準備はできています」シャーロットは全員を応接室から連れ出そうとした。

「レディ・ホーテンスってだれなんですか？」わたしは尋ねた。

「一八世紀の公爵の妻です」シャーロットが答えた。「とても力のある霊媒だったのです。エクトプラズムで部屋をいっぱいにしたそうです。そこでバイオリンが勝手に演奏を始めたと聞いています。あの部屋にいると、彼女の存在を一番強く感じられます。今回のマルセルの件でもきっと力を貸してくれるでしょう」

「わたしはばかばかしい交霊会などには参加しませんからね」エドウィーナが言った。「いらっしゃい、アイリーン」

「でもお母さま。セドリックに道理をわからせる方法を霊が教えてくれるかもしれない」アイリーンは母親にさからってもいいものかどうか迷った挙げ句、叔母たちのあとについて部屋を出ていった。〝ムクドリ〟たちがあわててそれを追う。

ジャックがわたしを見た。「きみはあのわけのわからないたわごとに参加するのかい？」

「交霊会には一度も出たことがないの。学生時代にウィジャボードをしたことはあるけれど、すごく怖かった。だから正直言って、かなり興味があるのよ。あなたは？」

「遠慮しておくよ。説明のつかないことには首を突っ込まないようにしているんだ」

「お父さまと話をしてみたくはない？」

「そんなことができるって本当に信じているの？」

「もしできるとしたら――一度でもお父さまの声を聞いてみたくはない？」

ジャックはじっとわたしを見つめていたが、やがて言った。「わかった。だめでもともとだからね。それにパブに行けないのなら、ほかにすることもないし」

わたしたちは、遠ざかっていく姉妹のあとを急いで追った。レディ・ホーテンスの居間は四角い小さな部屋で、どこか雑然としていた。テーブルをぐるりと取り囲むように置かれた椅子と、ふたつの窓を覆うどっしりした錦織のカーテンのせいでますます狭く感じられる。テーブルには蠟燭が一本立てられた背の高い燭台、鉛筆、メモ用紙、そしてウィジャボードが置かれていた。

「みなさん、席についてください」シャーロットが言い、わたしはアイリーンとジャックのあいだに座った。

アイリーンが蠟燭に火をつけ、〝ムクドリ〟のひとりが電灯を消した。揺れる炎に照らされたみなの顔は普段とはまったく違って見えた。厚手のカーテンが不気味に感じられる。来なければよかったと後悔し始めていた。

「テーブルの上で隣の人と手をつないでください」シャーロットが指示した。

アイリーンの手は氷のように冷たかった。ジャックの手を握ると大丈夫だという気になった。

「わくわくするね」〝ムクドリ〟のひとりが小声で言うのが聞こえた。「ぼくの手を触ってみて。震えているよ」

「向こう側の世界の霊たちよ、われらはいまそなたたちを呼び出す」シャーロットがいかにも芝居がかった調子で呼びかけ始めたので、わたしはこみあげてくる笑いを押し殺さなければならなかった。ベリンダがいればよかったのにと思った。そうすればテーブルの下で互いの足を蹴っ飛ばすことができたのに。ダーシーがテーブルの反対側に座っていれば、ウィンクをして元気づけてくれただろう。「霊たちよ、われらに力を貸したまえ。レディ・ホーテンス、いまここにいるのですか？」

長い沈黙が続き、廊下のどこかで大きな振り子時計が重々しく時を刻む音だけが聞こえている。

「ここにいますか、レディ・ホーテンス？　わたくしたちの案内人になってくれますか？」

蠟燭の炎が揺れ、冷たい風が吹き抜けた。振り返ってみたが、ドアもカーテンも閉じられたままだ。かすかな声が聞こえた気がした。「はい……」

「います」シャーロットが興奮気味に言った。「来てくれるとわかっていました。レディ・ホーテンス、ジョン・オルトリンガムを見つけてもらいたいのです。戦争で勇敢に戦って命を落とした、あなたの子孫です。彼の息子がいまここにいます。見えますか？　彼が父親の声を聞きたがっているのです」

永遠とも思えるあいだ、わたしたちは再び待った。やがてアイリーンが言った。「だれかが笑っているわ」

じっと耳を澄ますと、たしかに遠いところから笑い声らしきものが聞こえた。

「セディだよ。ぼくたちを笑っているんだ」ジュリアンがささやいた。

「あれはセディの声じゃない」エイドリアンが言った。

「ジョンです」シャーロットが告げた。「彼は笑うのが好きだったでしょう？　覚えていますか、アイリーン？」

「ええ、ジョンは笑うのが好きだった」

「あなたなのですか、ジョン？」シャーロットが呼びかけた。「あなただと言ってください。あなたの息子になにか声をかけてください」

わたしたちは再び待ったが、やがて笑い声は消えていった。「だめですね。話はしないと決めたようです」シャーロットが言った。「でも彼がここにいるのはわかります。ジャックとふたりだけで話したいことがあって、わたくしたちには聞かれたくないのかもしれない」

「ウィジャボードをやってみましょうよ」ヴァージニアが提案した。「ひょっとしたら声が出せないのかもしれない。そういう霊がたまにいるのよ」

「いいですね」シャーロットは占い板(プランシェット)を取り出した。「ジャック、わたくしといっしょに手をここに乗せてください。それからアイリーンも。あなたたちはどちらもジョンと血がつながっています。話をしようという気になるかもしれません」

ジャックはけげんそうにわたしをちらりと見てから、小さな円盤の上に指を乗せた。円盤はゆっくりとテーブルを移動し始めた。「B……U……G……G……E……R」わたしたちは円盤が示す文字を一字ずつ読みあげていった。「O……F……F」

「〝消え失せろ(bugger off)〟って言っている」ジャックがうれしそうに言った。

「ジョンらしいわ」アイリーンが言った。「口が悪かったもの」

「ほかになにか言いたいことはありませんか、ジョン?」シャーロットが尋ねた。だがプランシェットはもう動こうとしない。「ないようですね」シャーロットは部屋を見回した。「それでは、次にいきましょう。マルセルの件です。向こう側の世界の霊たちよ、そなたたちの助けが必要です。このあとなにが起きるのかを教えてください。よそ者にキングスダウンを乗っ取られないようにするにはどうすればいいのかを教えてください」

シャーロットはわたしたち全員の顔を見ながら、テーブルの中央にウィジャボードを移動させた。「プランシェットはわたしたちに指を一本ずつ乗せてください」わたしたちは言われたとおりにした。

「霊たちよ、お願いします」彼女が言うと、プランシェットはゆっくりと動き始めた。

「D」わたしたちは声を揃えて読みあげた。

プランシェットが移動する。「E」そして「A」

不意に突風が吹き抜けた。カーテンが揺れる。蠟燭の炎が消え、あたりは闇に包まれた。アイリーンとヴァージニアは恐怖に悲鳴をあげながら立ちあがった。〝ムクドリ〟たちも叫んでいたと思う。わたしの心臓は激しく打っていた。

「死」シャーロットがかすれた声で言った。「死（death）と綴るつもりだったのでしょう」

キングスダウン・プレイス

重苦しい沈黙のなか、わたしたちはそれぞれの寝室に引き取った。シャーロットや先祖の霊たちが言ったことを本当に信じているわけではなかったが、閉め切った狭い部屋のなかで冷たい風が吹くのをわたしは確かに感じた。プランシェットが〝消え失せろ〟と綴るのを目撃した。かすかな笑い声を聞いた。ジャックが冗談でしたことだという可能性もあるけれど、彼もまた警戒しているような表情を浮かべている。それにいったいだれが冗談で〝死(death)〟と綴ったりするだろう。けれど、ただ考えすぎているだけかもしれない。蠟燭が消えたとき、プランシェットはまだ言葉を綴っている途中だった。〝大切な人(dear)〟かもしれないし、〝取り決め(deal)〟かもしれない。だが、あのときわたしは怖いと思ったのだ。

寝室ではクイーニーが上機嫌でわたしを待っていて、あれこれと話しかけてきた。

「使用人の食堂でなにを食べたと思います？　ここの食事は本当にいいですよね。あたしはそのうち豚みたいに太っちまいますよ。さあ、うしろを向いてください。着替えを手伝います」

「クイーニー、自分でできると思うわ。悪いけれど、今夜はひとりになりたいの」

「お嬢さんって人がよくわかりませんよ。あたしが時間どおりに来なかったらぶつぶつ文句を言うのに、来たら来たで帰れって言うし」

思わず笑いそうになったので、あわてて彼女に背中を向けた。「ごめんなさいね。あなたの言うとおりだわ。あなたが時間どおりに来てくれるのはうれしいのよ。ただ今夜は少し気持ちが動揺しているから、話をする気になれないの」

「ああ、そんなときはうだうだほざくなって言ってくれればいいんですよ」クイーニーが言った。「父さんにいつも言われてたんで、慣れてます」

「うだうだほざくなだなんて、とてもそんな言葉は口にできないわ。曾祖母のヴィクトリア女王がびっくりして、お墓から飛び起きるかもしれない」

クイーニーはくすくす笑ったが、黙ってわたしの服を脱がせるとドレスを吊るし、驚いたことに歯ブラシまで差し出した。彼女に対して厳しいことを考えた自分を申し訳なく思った。

「ほかにご用はありませんか、お嬢さま?」

わたしは首を振った。「ありがとう、クイーニー。ずいぶんと進歩したわね」

「本当ですか?」クイーニーは顔を赤く染め、忍び足で部屋を出ていった。わたしはベッドの上で丸くなり、煙突をおりてくる風のうなりを聞いていた。やがて眠りに落ちたらしく、目覚めたときにはどんよりした朝だった。いまにも雨が落ちてきそうな厚い雲が勢いよく空を流れていく。気づかないうちにメイドが火を入れてくれたらしく、暖炉ではすでに炎が気持ちよく燃えていた。だが外は出ていきたいと思うようなお天気ではなかったので、クイーニーが紅茶を運んでくるまでベッドのなかでじっとしていた。

「すいません、お嬢さん。あんまり暗いんで、また寝坊しちまいました。お風呂の用意をしますか？　今日はなにを着ますか？」

「キルトとセーターにするわ。それから、お風呂を入れてちょうだい」

朝食室に向かっていると、中央玄関に置かれた時計が九時を知らせた。スコットランドにいるわたしの乳母なら、こんなに遅くまで寝ているなんて堕落の始まりだと言っただろう。朝食室にはテーブルの一方の端に三人姉妹がかたまって座っているだけで、ほかにはだれもいなかった。彼女たちはなにか言い争っていたようだったが、わたしが入ってきたのを見ると、口をつぐんでキドニーを食べ始めた。

「いったいどういう意味だと思います、エドウィーナ？」シャーロットが尋ねた。「本当に不吉な夢でしたし、ゆうべの交霊会であんなことが……」

「ゆうべのディナーで食べすぎたという意味ですよ」エドウィーナが応じた。「プディングにクリームが多すぎたのかもしれませんね」

「ばかにしないでくださいな。わたくしがこれまでも予知夢を見たことがあるのは知っているでしょう？　ロシアでの夫の失脚も夢に見たんです。戸外で食事をしていると、黒い蟻の大群が群がってくる夢でした。〝なにもかも台無しだ〟とオロフスキーが言うと、蟻たちは向きを変えて、今度は彼に襲いかかってきました。そうしたらひと月後にあんなことに」

「そうでしたね」エドウィーナが言った。

「わたくしが夢で見た邪悪な存在がセドリックなのかもしれません——どうして黒豹の姿になっていたのかはわかりませんけれど」

「ゆうべ夢を見たんですか？」わたしは訊いた。

「ええ。とてもはっきりした現実のような夢でした。窓の外に目をやると、大きな黒い猫が庭を歩いているのが見えたんです。黒豹かなにかのようでした。家族に危険が迫っているのだとわかりました。〝いったいどうやって入ってきたのでしょう？　危険です〟とエドウィーナらしい声が言い、だれかが〝家族が入れたのです〟と答えるのが聞こえました」

ヴァージニアは身震いした。「その夢とゆうべのウィジャボードの〝死〟はなにか関係があるのかしら」

「幸いなことに、イギリスに豹がいるとはわたしはこれまで聞いたことがありません」エドウィーナはそう言って窓の外を見た。「ひどいお天気ですね。セドリックには当然の報いです。劇場とやらを造るために建築士を連れてこようとするからです。ふたりとも濡れねずみになるといいのですよ」

「セドリックはいったいなにを考えているのでしょう」シャーロットが言った。「地所を大勢の人たちがうろつくことになるというのに。プライバシーなどまったくなくなります。彼を説得しようとはしなかったんですか、エドウィーナ？」

「もちろんしましたとも。でもあの子は聞く耳を持たないのです。あの子のすることすべてに愕然としていますが、なかでもコテージに住んでいる人たちに対する冷淡な仕打ちはとても信じられません。あの人たちは先祖代々あそこで暮らしてきたのです。わたしたちの地所に住む人たちのことをまったく考えようともしない。どうしてあんな身勝手な人間になってしまったのか、わたしにはとても理解できません。父親が生きていれば、ちゃんと言い聞かせてくれたでしょうに。鞭で打ってやればもっとよかったでしょうね」

「ゆうべの交霊会で、彼の父親を呼び出すべきだったんだわ」ヴァージニアが言った。

「ヴァージニア、交霊会はもうたくさんです。使用人たちがすっかり怯えています。だいたい――」泣き叫ぶ声が聞こえてきて、エドウィーナは言葉を切った。「なにごとです?」遠くから、ヒステリーを起こしたようにわめく声が聞こえていた。

「ほらごらんなさい。あなたは使用人たちみんなを怖がらせてしまったのですよ」

わたしたちは活人画のようにじっと身動きもせずに座っていたが、やがてこちらに駆けてくる足音が聞こえて、家政婦長のエルシーが朝食室に駆け込んできた。「失礼します、奥さま」

「どうしたのです、エルシー」エドウィーナが立ちあがった。「あの妙な声はだれなのです?」

「レディ・アイリーンのメイドです、奥さま。レディ・アイリーンが目を覚まさないそうです」

エドウィーナは喉元の黒玉のブローチを握りしめた。「ばかな子。まさか……。エルシー、ドクター・ブラッドリーにすぐに電話するようにハクステップに言いなさい。レディ・アイリーンが自殺を図ったかもしれないと伝えるのです」

エドウィーナは豊かな胸の前で手を握りしめながら、ドアへと向かった。

「いっしょに行きます」わたしは声をかけたが、彼女がはねつけることはなかった。

主階段をあがり、雨の降りしきる湖を見渡せるホールを抜け、取り乱した泣き声の聞こえるほうへと向かった。簡素な黒い服に身を包んだ、紛れもなくフランス人であることがわかる顔立ちのほっそりした女性が、レースのハンカチを口に押しつけながら廊下にうずくまっていた。

「しっかりしなさい、フランソワーズ」エドウィーナは彼女を脇へ押しやると、寝室のドアを開けた。白い大きなベッドの上に、青い顔をしたアイリーンが横たわっている。不安そうに顔をしかめていない彼女はいつもよりずっと若く見えたし、かつてはとても美しかっただろうと思えた。わたしはベッドに近づき、彼女の頰に顔を寄せた。温かい息を感じた。「生きています」

「よかった。ドクターが急いでくれるといいのですけれど」

エドウィーナはベッドに腰かけると、アイリーンの手を取った。「アイリーン、聞こえていますか？　お母さまですよ。起きる時間ですよ、アイリーン」そう言ってアイリーンをゆすったが、なんの反応もない。

エドウィーナはうずくまってすすり泣いているメイドに顔を向けた。

「あなたが見つけたときはこうだったの？」

「はい、そうです」メイドは強いフランス語なまりで答えた。「また頭痛がするので眠り薬を飲むと、ゆうべアイリーンさまがおっしゃったんです。だからいつもの時間に起こさないようにと言われました。でも九時を過ぎたので、紅茶をお持ちしたほうがいいかもしれないと思ったんです。それで部屋をのぞいてみました。起こそうとしたんですけれど、なにをしても起きなくて」彼女はまたすすり泣き始めた。

エドウィーナはうんざりしたような顔で言った。「その眠り薬を見せてちょうだい。アイリーンがいつもはいくつ飲むのか、ゆうべはいくつ飲んだのかわかりますか？」

「わかりません、奥さま」メイドが答えた。「お医者さまからいただいている薬には、わたしは触ってはいけないことになっているんです。アイリーンさまが、バスルームの戸棚に保管なさっているんです」

エドウィーナの妹たちが息を荒らげながら、やってきた。シャーロットが小さくうめいた。

「わたくしの言ったとおりじゃありませんか。霊は嘘をつかないんです。あれはやっぱり〝死〟だったんです」

エドウィーナはくるりと振り返り、怒りのまなざしを妹に向けた。「おだまり、シャーロット。あなたのたわごとはもうたくさんです。アイリーンはまだ生きているんです。死なせはしません」エドウィーナが言葉を切り、気持ちを落ち着けようとしているところに、執事が寝室のドアをノックした。

「奥さま、ドクターはいまこちらに向かっています。なにかほかにご用はございますか？」

「あの泣きわめいているメイドをどうにかしてちょうだい。それからハクステップ、旦那さまを起こしてきたほうがいいでしょう。妹のことを教えておかなければいけないし、その建築士とやらが来るのならいい加減起きる時間です」

「承知いたしました。ブランデーとグラスをお持ちしましょうか？　みなさま、ショックを受けておられるようですから」

「気が利きますね。ですが、けっこうよ。アルコールは必要ありません。ドクターがいらっしゃるまで、わたしは娘のそばにいます。みなさんはどうぞ休んでいらしてください」

わたしは執事と姉妹たちのあとについて部屋を出た。

「アイリーンは本当に命を絶とうとしたのだと思う？」ホールまでやってきたところで、ヴァージニアが尋ねた。

「あの子は子供の頃から芝居がかったことが好きでした」シャーロットが言った。「それにゆうべはひどく動揺していましたしね。あの子に同情しますよ。なにもかも――地位も力もお金も――失って、親戚の厚意に頼らなければならないのはつらいことです」

「その親戚というのがセドリックのことなら、彼には厚意なんてたいしてないと思うわ」

シャーロットがうなずいた。「セドリックは自分のことしか考えていませんからね。目的のために必要なら、自分の母親すら追い出すでしょうね」

ホールを進んでいき、ハクステップはアルコーブの奥まったところにある金メッキのドアをノックした。ドアが開き、大きな黒い目と地中海の人間らしい顔立ちの美しい若者が現われた。

「ミスター・アクステップ、なにご用ですか？」

「旦那さまをお起こしして、レディ・アイリーンの具合がよろしくないことを伝えるようにと奥さまがおっしゃっています」

「旦那さまいません。急いでしなければならないことがあるので、早く起きてました。書斎にコーヒーを持ってくるように言われました」

「ありがとう、マルセル」ハクステップが言った。わたしたちは彼について階段をおり、彼がある部屋のドアをノックしてそっとドアを開けるのを見守った。「旦那さま？」

彼がドアを大きく開いた。「書斎にはいらっしゃらないようです」部屋のなかを確かめたハクステップが、ドアを閉めながら言った。「朝食にいらっしゃったのかもしれません」

「そうでした。朝食がまだ終わっていません」シャーロットがヴァージニアの腕に手をからめながら言った。「キドニーを食べている途中でした」

朝食室に向かう途中で、フレデリックとすれ違った。

「旦那さまを見かけなかったか？」ハクステップが訊いた。

「一時間くらい前に、玄関のほうに歩いていかれるのを見ました。外はひどい天気でしたから、オーバーか傘をお持ちしましょうかと訊いたら、ツイードのジャケットを着ているし、それほど長くはかからないから大丈夫だと言われました。建設用地をもう一度見てくるだけだとおっしゃっていました。手には手紙を持っていました」

「手紙?」

「はい。わたしが出しておきましょうかと言ったら、途中にあるポストに投函しておくからいいと言われました。最初の集荷に間に合わせたいとのことでした」

「ふむ」ハクステップは顔をしかめて立ち止まった。「旦那さまの若い友人たちのだれかが、いっしょに行ったのだろうか?」

「わかりません、ミスター・ハクステップ。だれも見かけていませんから。旦那さまが出かけられたあと、わたしは玄関のドアを閉めて自分の仕事に戻りました」

「それがしばらく前のことなのだね?」

「一時間くらい前です」

「旦那さまが出かけたとき、雨は降っていたかね?」

「降っていなかったと思います。いまにも降りだしそうな空模様でしたが」

「それなら、旦那さまの書斎にブランデーを持っていっておいたほうがいい。戻ってこられるときには、すっかり濡れて冷え切っているだろうから、体を温めるものが必要だ」

わたしは姉妹と執事のあとについて朝食室に向かった。セドリックはいない。ミスター・ハクステップはどこかに行ってしまったが、姉妹はすぐに食事を再開した。わたしはコーヒーを注いだものの、動揺が大きすぎてなにかを食べる気にはなれなかった。再びホールに戻り、なにをすればいいだろうと考えた。なにか役に立つことをしたかったが、アイリーンの部屋からは追い出されてしまった。子供たちに話をしようかとも思ったが、それは祖母であるエドウィーナがすべきことだろう。ジャックの姿も見えなかったので、モーニング・ルームに向かった。そのうち姉妹もやってくるだろう。暖炉では赤々と炎が燃えていた。わたしは肘掛け椅子に腰をおろした。アーチ形の背の高い窓から見える前庭には、激しく雨が降っている。暖炉の脇で本を読むのにふさわしい日だ。住人たちを追い出そうとしている性悪のセドリックがずぶ濡れになればいいと思った。

『ザ・レディ』を手に取り、読み始めようとしたとき、砂利を踏みしだくタイヤの音が聞こえた。いかにも速そうなアームストロング・シドレーが私道を近づいてくる。ドクターが到着したのだろう。従僕のひとりが大きな傘を手に走り出て、ずんぐりした小柄な男性を玄関まで案内した。数秒後、モーニング・ルームのドアが開いて、その従僕が入ってきた。

「お邪魔して申し訳ありません、お嬢さま。ミスター・スメドリーが旦那さまに会いにいらっしゃっています。約束がおありだとのことなのですが、旦那さまがどこにいらっしゃるかご存じありませんか？」

「劇場を造る予定の場所を見に行ったんじゃないかしら。その方は、建築士なんでしょう？」

「そうです。設計事務所の人間だとおっしゃっていました。それでは旦那さまはそちらのほうに？」

「だと思うわ。家のなかにはいないようだから」

従僕は気乗りしない様子で窓の外に目を向けた。「それでは、だれかがそこまでその方をお連れしなくてはならないのですね」

その〝だれか〟になりたくないと彼の顔に書いてあったので、わたしは立ちあがった。「よければわたしが行きましょうか。スコットランドではこれくらいの雨は珍しくないのよ」

彼がほっとしたのがわかった。「そうしていただけますか？　本当に助かります。この雨では――」彼は言葉を切った。「ドクターの車が着いたようです。案内しなければ。失礼します」

わたしは従僕のあとを追ってホールに出ると、建築士に自己紹介し、事情を説明した。彼はこの悪天候のなかを歩くのは気乗りしない様子だった。わたしはコートを着て、頭にスカーフを巻き、彼といっしょに出発した。スコットランド並みのひどい天気で、前庭を横断するときには向かい風をまともに顔に受けることになった。

「そこは遠いのかね？　車で行ってはどうだろう？」彼が訊いた。「この風では、わたしの傘は役に立たない」

「申し訳ありませんけれど、車の入れる道はないんです」わたしは答えた。

「これで公爵は、屋外型の劇場を造るという計画を考え直すかもしれないな」建築士は風に負けないように声を張りあげた。「設計するにあたって悪天候を考慮すべきだと言ったのだが、公爵は古代ギリシャの円形劇場しか考えられなくなっていてね」

わたしたちは湖の脇を通り、小川に沿ってくだった。渓谷までやってくると、道が狭くなった。土砂降りの雨のせいで水量が増した小川が、スコットランドの河川並みの激しさで泡立ち、渦巻きながら土手を洗っている。建築士は水たまりに足を突っ込まないように、わたしと並んで慎重に歩を進めていた。彼がぴかぴかに磨きあげた町歩き用の靴を履いていることに気づいて、セドリックが選んだ人間はこの仕事にふさわしかったのかどうか、怪しく思えた。

やがて角を曲がったところで、建築士が不意に足を止めた。「あれはなんだ?」

小川の脇の茂みになにかが倒れている。近づいた彼が小さな叫び声をあげた。

「なんということだ」

道の横にだれかが横たわっていた。ツイードのジャケットで半分隠れた胴と顔に水が打ち寄せている。わたしは心臓が激しく打つのを感じながら、その人物に近づきジャケットを持ちあげた。それは、白いシャツを泥まみれにしてうつ伏せに横たわるセドリックだった。ジャックのナイフらしきものが背中の中央に刺さっていた。

ミスター・スメドリーはわたしの腕をつかみ、そこから遠ざけようとした。

「顔を背けて。見てはいけません、お嬢さん。なんて恐ろしい」

死体ならこれまでにも見たことがあるとは言わなかった。命のない灰色の肉体や、驚きに見開いたままの光を失った目に慣れることはないが、背中に突き刺さったナイフは珍しいものではなかった。

「気を失いそうだったら、わたしにつかまるといい」ミスター・スメドリーはそう言ったものの、実際にしがみついているのは彼のほうだった。厚手のツイードのコートごしでも、彼の手が震えているのがわかった。

「大丈夫です。気を失ったりしません」わたしは言った。

「あれは――あれは公爵なのか？」

「ええ。そうです」わたしはナイフから目を離せずにいた。

「どうすればいい？　間違いなく死んでいるのだろう？」

「ええ、間違いなく」

「それならば、わたしたちはここにいてはいけない。殺人犯があの岩陰に潜んでいるかもしれない」

「犯人が濡れるのをいとわなければ、そうかもしれませんね。ミスター・スメドリー、屋敷に戻って警察を呼ばなければなりません」

「公爵を移動させたほうがいいのではないかね？　あのままではずぶ濡れだ」

「もう濡れても気にしないと思います」わたしは湧きあがる同情の思いと共に、セドリックを見つめた。確かに彼は不愉快きわまりない人間だったけれど、こんなふうに死んでいいはずがない。わたしはジャケットを拾いあげ、もう一度彼を覆った。「警察は、そのままの犯罪現場を見たがるでしょうから」

わたしたちは来た道を戻った。ミスター・スメドリーはほとんど走っているような足取りだ。

「ああ、どうしよう。わたしの名前は表に出るだろうか？　警察と関わりのあることに名前が出たりしたら、仕事に差し支える」

「あなたの会社の素晴らしい宣伝になると思いますよ。公爵の殺人の記事が新聞に載りますから、あなたは目撃者としてロンドンじゅうのディナー・パーティーに招待されるんじゃないかしら」

「だが、わたしにはとてもこの話はできない。あの恐ろしい光景はずっと頭にこびりついて、離れないだろう。いったいだれがあんなことを？　この近くに頭のおかしな人間がいるに違いない」

いったいだれの仕業だろう？　丘をのぼり、砂利を敷いた前庭へと歩きながら、わたしはずっと考えていた。アイリーンが睡眠薬を飲みすぎたのは自殺しようとしたのではなくて、殺人だという可能性はある？　ひとりの人間が二件の殺人に関わっているというのは、ありうる話？　でもそれでは辻褄が合わない――片方は犯行をごまかすようなこそこそしたやり方で、もう一方はあからさまな暴力だ。あれがジャックのナイフかどうかを家族のだれかに確かめてもらうべきだっただろうか？　ジャックはどこなの？　いま姿が見えないというのは、決していい印象を与えない。もちろん彼の仕業ではない。愛想がよくて、のんきなジャックにこんなことはできない。そう考えたところで、わたしは彼のことをほとんどなにも知らないのだと気づいた――ほかの人たちにしてもそうだ。

屋敷に近づいていくと、大きな傘を手にしたハクステップが現われ、あたりを見回して言った。「旦那さまはいらっしゃらなかったのですか？」

「公爵を見つけた」ミスター・スメドリーが告げた。「死んでいた」

「死んだ？　旦那さまが死んだ？　事故に遭われたのですか？」

「殺されたの」わたしは答えた。「すぐに警察を呼んでちょうだい」

「それは奥さまがお決めになることです。まずは奥さまにお知らせしないと。ああ、お気の毒に。奥さまはいま、レディ・アイリーンの命を助けようとしているドクターといっしょにおられます。同じ日の朝にお子さまがふたりとも――あんまりだ。あんまりです」ハクステップはうわずりそうになる声をかろうじて抑え、なんとか落ち着きを取り戻すと、玄関ホールの大理石の床に水滴をしたたらせているわたしたちに向かって言った。「ここでお待ちください。奥さまにすぐに伝えてきます」

「精神の錯乱した放浪者かなにかの仕業だろう」ミスター・スメドリーが言った。「戦争以来、麻薬や戦争神経症やらでおかしくなってしまった男たちが大勢いる。そのうえいまは仕事もない——ふむ、こういうことだろう。犯人は金か食べ物か、あるいは煙草を公爵にねだったのだ。公爵はそれをはねつけ、彼の地所からさっさと出ていけと言った。それで男はかっとなったに違いない」

わたしはなにも言わずにいた。精神の錯乱した放浪者犯人説は、一家にとっても都合がいいだろう。もちろんありえない話ではない。ジャックのナイフは馬具収納室のよく見えるところに置かれていたのかもしれない。放浪者はどうにかしてそこに忍び込み、馬小屋でひと晩を過ごし、ナイフを奪っていったのだろう。そう考えるといくらかほっとした。

キングスダウンの豪華な厚い絨毯が足音を吸収してしまうため、わたしたちがエドウィーナに気づいたときには彼女はすでに階段の中ほどにいた。「ああ、ジョージアナ」新たな客を迎えるときのように、彼女は両手をわたしに向かって差し出した。「恐ろしい光景を見てしまったのですね……ハクステップの言ったことは本当なのですか？　息子の死体を見つけたのですか？」

うなずいた。「はい。残念ながら」

「あの子に間違いないのですね？」

「はい。本当になんて言えばいいのか、言葉が見つかりません」

エドウィーナはしばらく片手で口を押さえていたが、やがて気を取り直して言った。

「さぞショックだったことでしょうね。ブランデーはいりますか？」一瞬、わたしを抱きしめるつもりなのかと思ったが、ぐっしょりと濡れた服を見てその動きが止まった。

「いいえ、本当に大丈夫です」わたしは答えた。

「あの子はどこです？　行ってやらなければ。あの子のところまで連れていってくれますか？」

「渓谷にいます」

「あのばかげた劇場を計画していたところですね。厄介な事態になるだろうとは思っていましたが、まさかこんなことが起きるとは想像もしていませんでした。殺されたとハクステップが言っていましたが、そんなはずはありません。わたしたちの地所でそんなことはありえません。心臓発作を起こしたのではないのですか？」

「いいえ、残念ながら間違いありません。公爵は刺されたんです。すぐに警察を呼んだほうがいいんじゃないでしょうか？」

「ハクステップが呼んでいます。ここに来るのにどれくらいかかるのかはわかりませんけれどね。とりあえずバーバー巡査が自転車で来るのでしょうが、彼がセブンオークスに電話をかけてもう少し立場が上の人を呼んでくれるはずです」

話をしているところにハクステップがやってきた。「警察がこちらに向かっています。もっとも偉い人間をよこしてくれるように言っておきました。それまでなにかしておくことはありますか？」

「レディ・ジョージアナが息子がいるところまでわたしを連れていってくれます。レインコートと穴あき靴（ブローグ）を持ってきてちょうだい」

「かしこまりました、奥さま。ですがこの悪天候ですから、わたしが考えますに……」

「あなたの仕事は考えることではありません、ハクステップ」エドウィーナはそっけなく告げた。「言われたとおりレインコートを持ってくればいいのです」

「わかりました、奥さま。わたしはただ、旦那さまの遺体を目にして奥さまが心を痛めることがないようにと思っただけなのです」

「気遣ってくれてありがとう。ですがわたしは子供ではありませんし、ひ弱な老女でもありません。コートを持ってきてちょうだい。それから傘も」

待っているあいだに、わたしは尋ねた。「アイリーンの具合はどうですか？」

「ドクターが胃洗浄をしてくれています。おそらく助かるだろうとのことでした。一度に子供ふたりとは……。ジョンの知らせを聞いたときもそれはつらい思いをしましたが、残ったふたりが同時に奪われるようなことがあれば、とても耐えられそうにありません。孫はどこです？　ジョンはどこにいます？」

「わかりません。今朝は一度も見かけていません」

「アインスフォード公爵となったことを彼に教えなければなりません」エドウィーナは重々しい口調で言った。「この地所は彼のものになったのです。ですがまだ二一歳になっていませんから、成年に達するまでは後見人が必要です。わたしの意見を受け入れるだけの分別が彼にあるといいのですが」エドウィーナは再び喉に手を当て、黒玉のブローチを握りしめた。「あなたの友人のキレニー卿の息子さんですが、もう一度ここに来てくれるように頼めませんか？　ジョンのような若者には、手本となる年の近い男性が必要でしょう」

ダーシーがロンドンのどこにいるのかわからないとは言いたくなかった。彼には決まった家がない。だがたいていは、冬のあいだ地中海や田舎の邸宅に出かけている人の留守宅で、快適に暮らしている。

「できるだけ早くまたここに来ると言っていました」ダーシーがここにいてくれたならと心の底から願った。あの力強い腕に抱きしめられたかった。「連絡を取るようにしてみます」

ハクステップがレインコートを持って戻ってきた。年配のメイドは靴を手にしている。エドウィーナが椅子に座り、メイドが膝をついて彼女の靴を脱がせ始めた。

靴を履き替え終えると、エドウィーナはわたしに確認した。「渓谷と言いましたね？」玄関へと歩きだす。

「ひとりで行かれてはいけません、奥さま」ハクステップが彼女の前に立ちはだかった。「使用人のだれかにお供させます。フレデリックを呼んできます」

「大丈夫よ。わたしがいっしょに行きます」わたしは言った。

「ですが護衛する男性が必要ではありませんか？　どこかに殺人犯がいるのです。わたしがお供してもいいですし、ロンドンからいらしたこちらの方でも……」ハクステップは惨めな顔で傍らに立つミスター・スメドリーに目を向けた。

スメドリーは大きく首を振った。「とんでもない。絶対にいやだ。あんな光景はもう二度と見たくない。それよりも、ロンドンに帰ろうかと思っている」

「それはだめです。警察に証言する必要がありますから」わたしは言った。

「だがわたしは無関係だ。たまたま死体を見つけただけなんだから」

ハクステップは彼に近づいた。「オーバーをお預かりしましょう。モーニング・ルームにコーヒーを運ばせますので、今後どういうことになるかがはっきりするまでそちらでお待ちください」

「そうしよう」ミスター・スメドリーはほっとしたように応じた。

「フレデリックをいっしょに行かせます、奥さま」ハクステップは毅然として言った。「傘を持たなくてはなりませんから」

執事がどれほど機転が利くものかがよくわかった。警護のためではなく、傘を持つ人間が必要だとエドウィーナを納得させたのだ。この風では傘がたいして役に立たないことはわかっていたが、従僕が同行してくれることはうれしかった。ハクステップが指摘したとおり、殺人犯がどこかにいるのだから。

わたしたちは再び強風のなかに歩み出た。フレデリックは必死になってわたしたちの頭上に傘を掲げていたものの、無駄な努力だと言えた。雨は横殴りに吹きつけている。エドウィーナがこちらに近づいてきたので、わたしは腕を差し出した。彼女は素直にその腕を取った。

「あの若者たちはセドリックといっしょではなかったのでしょうか？　いつもならアヒルの子のように、どこへでも彼のあとをついていくのに。彼らがいっしょにいれば、こんなことにはならなかったかもしれないのに」

「今朝はだれの姿も見かけていません」わたしは答えた。「建築士が来る前にもう一度建設予定地を見て、そのついでに手紙を投函するとセドリックは従者に言ったそうです」

「手紙を投函？」エドウィーナは驚いた顔をした。「使用人に言いつければいいことなのに」

「朝早い集配に間に合うように投函したかったようです」

「なにがそれほど重要だったのでしょう？」

わたしたちはそれぞれ物思いにふけりながら、黙って歩き続けた。エドウィーナの心の内はわからなかったが、その手紙を投函させたくなかった何者かがいたのかもしれないとわたしは考えていた。

上半身がジャケットで覆われたセドリックの死体は、さっきと同じ場所にあった。

「それ以上近づいてはいけません、奥さま」フレデリックはわたしに傘を渡すと、死体に近づいてジャケットを持ちあげた。セドリックの姿が露（あらわ）になると、エドウィーナは恐怖に小さくあえいだ。

「セドリック」つぶやくように言う。「わたしの息子。あってはならないことです。こんな死に方をしていい人間などいません」死体に一歩近づいた。「あれはジョンのナイフですね」

「はい。そう見えます」

エドウィーナはぞっとしたようにわたしを見つめた。「まさかあなたは……そんなことを考えてはいませんよね？」

けれど、まさにそれがわたしの考えていることだった。あの死体には、なにか妙なところがあるとも考えていた。どこかがおかしい。けれどそれがなにかはわからない。

「こんなお天気なのに、セドリックはどうしてジャケットを脱いだりしたのでしょう？」エドウィーナが尋ねた。

それもまた気になっていた点だった。どこかほかの場所——上着を脱ぐくらい暖かい建物のなか——で殺され、ここに運ばれたのかもしれないとふと思った。だがこんな場所まで運ぶには屈強な男性がふたり以上必要だろうし、なにか車輪のついたものを使った形跡もない。なによりこれだけの雨のなかでは、荷車や手押し車は泥にはまってしまうだろう。

わたしが考えることじゃないと、自分に言い聞かせた。警察がやってくれば、すぐに真相を突き止めてくれるはずだ。

「失礼します」呼びかける声がして、巡査が足早に近づいてきた。「殺人があったと聞きまして……」背中にナイフの突き刺さった死体が視界に入ると、巡査の言葉が途切れた。「うわっ。本当に殺人だ」死体を見るのは初めてだとその表情が語っている。顔から血の気が引いていた。「被害者がだれなのかわかりますか？」

「もちろんわかりますとも」エドウィーナがきつい口調で応じた。「息子のアインスフォード公爵です」

巡査は〝なんてこった〟とつぶやいたように思ったが、口に出しては「上官が到着するまで、なにも触らないでください」と言っただけだった。

「いつ到着するのです？　息子を泥の中に置いておきたくはありません」

「これは犯罪現場です。警部補がまもなく来ますので、それから死体の状況を確認して、周辺に怪しい足跡が残っていないかどうかを調べることになります」巡査に言われ、フレデリックとわたしが死体に近づいたことを思い出した。

「ジャケットが顔を覆っていたんです」わたしは言った。「あれがだれなのか、本当に死んでいるのかを確かめるために、ジャケットをどかさなければなりませんでした。ですから、わたしたちの足跡が残っています」

「わかりました。あなたの小さな足跡くらい、問題にはならないと思います」

「息子になにかかけてやらなければなりません。あんなところに横たわって、水しぶきが全身にかかっているのは見ていられません」エドウィーナは巡査を見た。「警部補が到着するまで、あなたはここで死体を見張っていてください」

「ここにいなくてはいけないんですか？」巡査の顔が曇った。

「当然です。殺人犯が戻ってきて、死体になにかしたらどうするのです？」

巡査は気が進まない様子だったが、かろうじて答えた。「わかりました、奥さま。警部補が来るまで、それほど時間はかからないはずです」

「わたしたちは家に戻ったほうがいいと思います」わたしは言った。「こんなときに風邪でもひいたら大変ですし、アイリーンが意識を取り戻したとき、あなたにそばにいてほしいでしょうから」

エドウィーナはうなずいた。「そうですね。それに家族には事情を話さなくてはなりません。とりわけジョンに」

風にあおられる傘を必死に支えるフレデリックと共に、わたしたちは濡れそぼった服で丘をのぼった。ハクステップが心配そうな顔でわたしたちを待っていた。

「長広間にコーヒーとブランデーを用意しておきました」彼が言った。「コートをお預かりしましょう」

「下働きの者たちに巡査のところまで防水布を運ばせなさい。警部補が到着するまで、息子の死体が雨に打たれないように覆っておくのです」エドウィーナは彼にコートを脱がせてもらいながら告げた。「警部補が到着したら、教えてください」

「承知いたしました、奥さま」ハクステップが言った。

コートを脱いだわたしたちは、大きな薪が暖炉で燃えている長広間に向かった。

「ブランデーを入れたほうがよさそうですね」

エドウィーナはそう言うと、コーヒーにたっぷりとブランデーを注いだ。わたしはアルコールのぬくもりが全身に広がるのを感じながら、この寒さは雨のせいだけではなく、ショックを受けたからでもあると気づいた。ハクステップが戻ってきた。

「奥さま、使用人たちにはどのように説明されますか？　奥さまからお話があるまではなにも言わないようにと、フレデリックと下働きの者たちには命じておきましたが」

「ありがとう、ハクステップ。そうですね、わたしの口から説明します。ですがまずは娘の様子を見てこなくては。それから家族と話をします。家族の者に話したいことがあると伝えてください。それから三〇分後に、使用人全員を使用人用の広間に集めてください」

「ご家族の方たちは書斎に来ていただくようにしますか？　あそこでしたら、落ち着いて話ができると存じますが」

「いつもながら気が利きますね、ハクステップ」エドウィーナは満足そうにうなずいた。「全員を書斎に集めてください」

「全員ですか？　子供たちも？」

「そうするべきでしょう。あの子たちにも関わることですから」

「公爵のお客さまのあの若者たちはどうしますか？」

エドウィーナは顔をしかめた。「彼らにも教えるべきでしょう。そうすれば帰ってくれるでしょうからね。ありがたいこと」

「モーニング・ルームにいらっしゃるお客さまはどうしますか？」ハクステップは穏やかな表情を崩すことなく尋ねた。「あの方もでしょうか？」

「家族の問題に彼を巻き込む理由はありません。たまたま来ただけなのですから、そのままそこにいていただきなさい」

わたしはコーヒーカップを置いた。「わたしは部屋に戻って濡れた靴と靴下を履き替えなければなりません。そのときに、子供たちを連れてきましょうか？」

「ありがとう。お願いします」エドウィーナはそっとわたしの腕に触れた。「ジョージアナ、あなたがいてくれたおかげで、どれほど助かっていることか。王妃陛下があなたを高く評価している理由がよくわかりました」

「シシーはどうしますか？　彼女をはずすわけにはいきません」

「もちろんです。ハクステップ」エドウィーナは彼を呼びつけた。「使用人ふたりを行かせて、ミス・エリザベスを書斎に連れてきてちょうだい」

「母親のことは……」わたしは切り出した。「子供たちにご自分でお話しなさりたいですよね？」

「娘が回復したのなら、子供たちに知らせる必要はないでしょう。自分で命を絶とうとしたというのなら、なおさらです。あの子たちは幼いうちからつらい思いをしてきているのです。母親は頼れる存在でなくてはなりません」

結局わたしはなんの役にも立っていないと、階段をのぼりながら考えた。ジャックは無事この屋敷に到着したものの、彼が鶏肉を手づかみしたり、狩りを台無しにしたりするのを止められなかった。そのうえ、ひょっとしたら伯父を殺したのかもしれない。これまでのところ、わたしの来訪はなにひとつ結果を出していない。階段をあがり切ったところで足を止めた。ジャックは本当にあの小道をたどって伯父の背後から忍び寄り、刺し殺したのだろうか？　わたしが知っているジャックは、そんなことをする人間には見えない。昨日彼はセドリックに激怒していた。外に出て戦えとまで言っていた。だがそれは公明正大な戦いであって、だれかの背中に忍び寄ることとは話が違う。わたしが見るかぎり、ジャックは単純な男だ。だれかに侮辱されたら、殴ることはあるだろう。だが、殺人？　わたしは首を振った。なにひとつ筋が通らない。早く警部補が来てくれることを願った。

部屋にクイーニーの姿はなかった――あの子のことだから、おそらく台所で軽食をとっているのだろう。クイーニーはケーキとビスケットに目がなかった。そういうわけで、わたしは靴を履き替え、暖炉のそばの椅子に濡れた靴下をかけ、濡れたスカートと髪をタオルで拭いてから上の階にある子供部屋に向かった。もう少しで階段をあがりきるというところで声が聞こえ、三人の〝ムクドリ〟がこちらに歩いてくるのが見えた。

「書斎であなたたちに用事があるみたいよ」わたしは言った。

「そうか、セディはそんなところに隠れていたんだな」ジュリアンが言った。「いったいどこに行ったんだろうと不思議に思っていたんだ」

「もちろんゆうべあんなことがあったわけだから、今朝は彼を探しに行ったりはしなかったよ」エイドリアンが説明した。「ぼくたちはひどく気分を損ねたわけだから。そうだろう？」

「心底がっかりしたよ。彼があんな仕打ちをするなんて、とても信じられなかった」サイモンが言い添えた。「でも今朝になってたっぷり朝食をとったところで、彼はからかっただけだっていう結論に達したんだ。ぼくたちを怒らせようとしたんだってね。セディは人を怒らせるのが好きなんだよ。だから彼を許して、あの設計に関しては精神的に支えていこうって決めたんだ。それなのにセディの姿はどこにも見当たらない。外は風が吹き荒れているし」

「そういうわけでぼくたちは舞踏場で芝居の稽古を続けていたんだ」ジュリアンが言った。

「問題の場面もうまくいったし、セディはきっと驚くと思うよ」

わたしは心の内を表情に出すまいとした。

「これ以上待たせないほうがいい」サイモンが言った。「セディは待つのが大嫌いだからね。さあ、いくぞ、ピーターパンみたいに飛んでいくんだ」

そして三人は階段を駆けおりていった。こんな状況ではあったけれど、子供部屋に向かって階段をあがりながら、わたしは頬が緩むのをどうしようもなかった。あの三人は本当に、架空の世界に生きているピーターパンのようだ。けれど自分たちでも言っていたとおり、セドリックが彼らのうちのだれかではなく従者を養子にするつもりだと言ったときは、かなり腹を立てていた。彼らは本当に、セドリックの言葉は冗談だと思っているのだろうか？　それとも、どうにかして彼を阻止しようとした？

わたしは勉強部屋のドアをノックして、なかに入った。テーブルの脇に双子が、そのうしろにミスター・カーターが立っている。

「気をつけて」ミスター・カーターが言った。「同じ速さで注ぐんだ」

わたしに気づくと、三人は驚いて顔をあげた。

「お邪魔をしてごめんなさい」わたしは言った。「いますぐに子供たちを書斎によこしてほしいと公爵夫人がおっしゃっているんです」

「本当に？」ニコラスがキャサリンを見やった。「今度はぼくたち、なにをしたんだろう？」

「なにも思いつかないけど。ここしばらく、静かにおとなしくしていたもの」

「そういうときこそ、きみたちは危ないんだと思うね」ミスター・カーターが言った。「とにかくすぐに行きなさい。お祖母さまを待たせてはいけない」

「でも実験はどうなるの？」ニコラスが文句を言った。「終わらせられないよ」

「明日すればいい。大丈夫だ」

「なんの用だか知っている、ジョージー?」ニックが尋ねた。「ぼくたち、困ったことになっているの?」

「だれも困ったことにはなっていないわよ。お祖母さまは、家族の人たち全員と話をしたがっているの」

「とりあえずお祖母さままでよかった。セドリック伯父さまじゃなくて」キャサリンが言った。「これが伯父さまだったら、わたしたち本当に困ったことになるところよ」

「困ったことと言えば、この家を目指して丘を自転車でのぼっている変なおまわりさんを見たよ。雨と向かい風のなかで必死になって自転車をこいでた。坂の途中でヘルメットが飛んじゃって、ぼくたち大笑いしたんだよ。ね、キャット?」

「そうなの。今度はなにがあったの? またたれかが鹿の密猟をしようとしたの?」

「わたしは本当に知らないのよ。あなたたちはもう行ったほうがいいわ。それから、お姉さんを連れておりてくれる人が来るんだけれど、彼女は自分の部屋?」

「そうだよ。ディケンズを読んでいる」ニックは顔をしかめた。「ディケンズが本当に好きなんだって。想像できる? シャーロック・ホームズならわかるんだ。あれは面白いから。でもディケンズだよ? あんなに退屈なのに。さあ、行こう、キャット。とっととずらかろうぜ」

「ニコラス。そんな言葉をどこで覚えてきたんだね?」ミスター・カーターが問いただした。キャサリンがにやりと笑った。「セドリック伯父さまの変なお友だちから。わたしたち、飛躍的に語彙を増やしたのよ」

「セドリック伯父さんの暗室で乾燥させている写真からは、人体のことをいろいろと学んだよ。聞いたら、さぞ驚くだろうな」

「黙って、ニック」キャサリンが彼のあばらを突いた。「そんなことを言ったら、また怒られるわよ。あそこは入っちゃいけないことになっているんだから」

「ほかのたくさんの場所もね。でもそんなことじゃ、ぼくらを止められないのさ」ニックはいたずらっぽい笑いを残し、キャサリンといっしょに駆けていった。

ミスター・カーターは申し訳なさそうにわたしに笑いかけ、首を振った。

「あの子たちは時間を持て余しているうえ、きちんとしたしつけができていない。健全ではありませんよ」

「大人を驚かせることを楽しんでいるだけなんじゃないでしょうか。わたしは面白いと思いますよ」

「だがあの子たちの祖母が望んでいることとは違う。あんな言葉遣いをしていることが耳に入ったんでしょうか？　呼ばれたのはそれが理由ですか？　だとしたら、ぼくも油をしぼられるかもしれない」

「いいえ、そういうことではありません。公爵夫人は三〇分後に使用人を集めて話をするつもりでいます。あなたは使用人ではありませんが、彼女の話を聞いておいたほうがいいと思います」

「なるほど」彼は眉間にしわを寄せた。「どういうことなのか、あなたは知らないんですか？」

「勝手にお話しするわけにはいかないんです。ただあなたに関わることではないとだけ言っておきますね」

「それを聞いてほっとしましたよ。ゆうべ騒ぎがあったそうですね。ここを出ていくように と子供たちの母親が言われたとか。ぼくも仕事を失うのかと思ったんです」

「そのこととはまったく関係ありません。それだけは言えます」

ミスター・カーターはかろうじて笑顔を作った。「ありがとう。それじゃあ、あとしばらくしたら下に行きますよ」

「三〇分後くらいに」

わたしはシシーの部屋に向かい、ドアをノックした。部屋のなかにはふたりの人物がいた。驚いたことに、ジャックがシシーと並んで座り、顔を寄せて本を眺めている。

「まあ、ここにいたのね、ジャック」わたしは言った。「みんな、あなたを探していたのよ」

「シシーに本を読む手助けをしてもらっていたんだ」ジャックが気まずそうに言った。「難しい言葉が苦手なんで」

「よかったわね」わたしはシシーが顔を赤くしたことに気づいた。「下に連れていってもらうのよ、シシー。お祖母さまがあなたを含めた家族のみんなに話があるんですって」

「うれしい」シシーがぱっと顔を輝かせた。「もうずいぶん下には行っていないんですもの。

使用人が迎えに来てくれるの？」

「心配ないよ」ジャックが言った。「廊下の端まで車椅子を押していって、階段はおれが抱いておりるから」

「ジャック、ひとりでは無理よ」わたしは言ったが、ジャックはシシーの体の下に手を差し入れると、まるで体重がまったくないかのように軽々と持ちあげて見せた。

「ほらね。心配ないって言っただろう？」ジャックは満面に笑みを浮かべた。シシーを車椅子に戻すとドアを開け、勢いよく廊下を押していく。ふたりのうしろ姿を眺めながら、困ったことになったとわたしは考えていた。シシーが、彼女の伯父を殺したかもしれない相手、母親を殺そうとしたかもしれない相手を好きになったりしないことを心から願った。

書斎に集まった人々は、まるで舞台劇の一幕を演じているかのようだった。時代遅れの装いをしたふたりの姉妹が、背もたれの高い革の肘掛け椅子に座っている。双子は床の上で足を組み、三人の〝ムクドリ〟たちは本棚の脇に居心地悪そうに立っていた。エドウィーナの姿はない。

ドアが開くと全員が待ちかねたようにそちらを見たが、現われたのはシシーを抱いたジャックだった。使用人のひとりが車椅子を押しながらそのあとをついてくる。使用人が暖炉のそばに車椅子を置き、ジャックがシシーを座らせた。

「わくわくしないかい？」サイモンが小声で言った。「鳥打ち帽をかぶった探偵がいまにも現われて、〝みなさんにお集まりいただいたのは、殺人犯を明らかにするためです〟って言いだすような気がするよ」

「〝みなさんにお集まりいただいたのは、いますぐにこの家を出ていってもらうためです〟って言われなければいいけどね」ニックが応じた。

「セディは華々しく登場するつもりなのかな？」サイモンが言った。

「母親といっしょにね。まったく恐ろしいコンビだよ。レディ・アイリーンはどうしたんだろう？　主な登場人物がそろっていないじゃないか。脇役ばかりだ」

それが合図だったかのようにドアが開き、公爵夫人が姿を現わした。ぐるりと部屋を見回す。「けっこうです。みなさん、お揃いですね」ジャックに気づいて言い添える。「ここにいたのですね、ジョン」その声はどこか苦しそうに聞こえた。「今朝はずっと見かけませんでしたね。外出したのかと思っていました」

「この天気のなかを？」ジャックはにやりとして応じた。「まさか。おれは雨には慣れていないんです。おれの住んでいたところは、一年に一五センチしか降らないんですから」

「とにかく、いまあなたがここにいることが重要なのです。だれよりもあなたに関わってくることですから」

エドウィーナは人々の顔を眺めた。「まずは、娘のレディ・アイリーンが目を覚まし、ブラックコーヒーを飲んでいることをお話ししておきます。いい知らせではありませんか？」

「お母さまがどうかしたの？」シシーが訊いた。「なにかあったんですか？」

「少し体の具合が悪かったのです。でもいまはよくなりました。大切なのはそのことです」

エドウィーナがよどみなく答えた。

「レディ・アイリーンはどうしたんです？」エイドリアンが小声でわたしに尋ねた。

「睡眠薬を飲んで、目を覚まさなかったのよ」

「自殺しようとしたっていうことかい？」エイドリアンはそうささやき返したものの、エドウィーナが彼をにらみながら咳払いをすると、顔を赤くした。

「ほかにもお話しすることがあります。口にするのも恐ろしい知らせですが、息子のセドリック、アインスフォード公爵が亡くなりました」

〝ムクドリ〟のひとりが恐怖に小さくあえいだ。

「うそだ！」べつのひとりがつぶやいた。

「かわいそうなセドリック」シャーロットが言った。「ウィジャボードは〝死〟と綴ったと言ったでしょう？　霊は嘘をつかないのです」

「霊の話はたくさんです、シャーロット」エドウィーナの口調は辛辣だった。「息子は殺されたのです」

空気が凍りついた。聞こえるのは薪のはじける音と窓を打つ雨と近くの雨樋(あまどい)から一定の間隔で落ちる水滴の音だけだった。

「いったいどこでそんなことに？」ヴァージニアがようやく口を開いた。

「地所のなかにある渓谷です。建築士をセドリックのところに案内しようとして、レディ・ジョージアナが見つけたのです」

「殺されたのは間違いないのですか？」シャーロットが訊いた。

「間違いありません。何者かが冷酷にも息子を殺したのです」

「地所のなかで」ヴァージニアは不安そうにあたりを見回した。「わたしたちの安全でささやかな世界に犯罪者が侵入してくるなんて、考えたこともなかったわ。いったいどういうことなの？　セドリックはなにか犯罪に巻き込まれたの？　キャンブルで借金があった？　それともわたしたちの銀製品を盗もうとした強盗にたまたま出くわしたとか？」

「真相を突き止めるには警察の到着を待たなければなりません。警部補がいまこちらに向かっています」エドウィーナが答えた。

「お祖母さま、伯父さまはどうやって殺されたの？」キャサリンが尋ねた。

「それは子供に話すようなことではありません、キャサリン」

「わたしはただ、ひと目見ただけで殺されたことがわかったのかどうかが知りたいの」キャサリンは譲らなかった。「わたしたち探偵小説を読むのが好きだから、興味があるのよ。子供に話すことじゃないなら、くわしい話はしてくれなくてもいいから」

「その悪趣味な興味を満足させたいというのなら、あなたの伯父さまは暴力によって殺されたとだけ答えておきましょう」

キャサリンが満足そうな面持ちでニックを見やったので、ふたりはなにか賭けをしていたのかもしれないとわたしは思った。

エドウィーナは再び咳払いをすると、言葉を継いだ。「いま意識を向けるべきなのは、新しいアインスフォード公爵が誕生したということです。ジョン、あなたは伯父の称号と地位を継いだのです。この家、この地所はあなたのものになったのです」

「こいつはびっくりだ」ジャックは半分うろたえ、半分面白がっているような顔でわたしを見た。

「警察が捜査を終えて、セドリックの持ち物を運び出せるようになったら、公爵の部屋をあなたが使えるように用意します。ですが警察がなにか手がかりを見つけるかもしれませんから、いまはなにも触れません」

「でもセドリックは渓谷で殺されたんでしょう?」ヴァージニアが訊いた。「犯人は外部の人間じゃないの?」

「わからないのですよ、ヴァージニア。わたしはただ、警察が捜査を終えるまではなにも触らないでほしいと言っているだけです」エドウィーナは一同を見回した。「それではわたしは使用人たちに状況を説明してきます。ジョン、あなたはいっしょにいらっしゃい。彼らに正式に紹介するのにいい機会でしょう。あなたが彼らの主人になったのですから」

エドウィーナがジャックの腕を取った。彼女が先に立って歩き始めると、ジャックは心底驚いたような顔をした。エドウィーナは戸口で足を止め、衝撃のあまり凍りついたようになっているわたしたちを振り返った。「警察はわたしたちひとりひとりから話を聞こうとするでしょうから、みなさんあまり遠くへは行かないように。言うまでもないことですが、渓谷に近づいてはいけません」エドウィーナはニックとキャサリンをにらみつけた。「悪趣味な興味があっても行ってはいけませんよ。警察が現場を見張っていますし、もし行ったりすればどうなるかはわかっていますね」エドウィーナは小さくうなずくと、ジャックを連れて部屋を出ていった。

ニックとキャサリンがわたしに駆け寄ってきた。「わくわくするよね、ジョージー?」ニックは目を輝かせている。「本物の殺人だよ。それもあのいやなセドリック伯父さんが被害者だって。だれかが殺されなきゃいけないのなら、伯父さんでよかったよ」

「ニコラス、そんなことを言うものじゃないわ。お祖母さまの耳に入ったらどうするの」

ニックはうなずいた。「ぼくはただ……人に好かれる人もいれば、嫌われる人もいるっていうことさ。シシーのシャーロック・ホームズの本をもう一度読んでくるよ。ホームズがどうやって手がかりを見つけているかを確かめるんだ。現場には警察が見逃している小さな手がかりがきっと残っているよ。そう思わないかい、キャット？　殺人犯が左利きでオーストリア出身だっていうことがわかるマッチとか」

「あなたたちは警察の邪魔をしてはいけないわ」わたしは言った。「本物の殺人はシャーロック・ホームズのお話とは違うの。それに亡くなったのはあなたたちの伯父さまよ。あなたたちは喪に服さなければいけないの」

「あんな意地の悪い人のために喪に服すのは難しいよ」ニックは書斎から廊下に出たところで言った。「ぼくたちをここに置いておきたくないって、はっきりそう言ったんだよ。ものすごくいっぱいお金を持っているのに、ぼくとキャットを学校に行かせるためのお金は出してくれなかったんだ」

「キャットとぼく、でしょう」わたしは訂正した。

「わたしたちが学校に行く必要があるって、これでわかったでしょう？」キャサリンが言った。「どうしようもないって、ミスター・カーターは言っている」

「彼のような優秀な先生がいて、あなたたちは運がいいのよ。彼の素晴らしい頭脳を無駄にしてはいけないわ」

「でもこれでなにもかも変わる。そうでしょう?」キャサリンはうれしそうだ。「ジャックがここの領主になったんだし、彼はきっと貧しい親戚を助けてくれる」

「そうともかぎらないのよ」わたしは言った。

「どうして?」キャサリンはけげんそうだ。

「人間というのはわからないものなの。ジャックはお金を持ってオーストラリアに帰るかもしれないし、この家をホテルにしようとするかもしれない」

「そんなことないよ。ジャックはいい人だ」ニックが言った。

「わからないものなのよ」わたしは繰り返した。

「今日は、モーニング・ルームか長広間で一一時のお茶ができると思う?」一一歳の少年にとってより重要な問題にニックの意識は向いたらしかった。

「警察の人が来たら教えてくれる?」キャットがわたしに言った。「わたしとニックは警察官のあとをついていって、なにをするかを観察するの。大きくなったら、探偵になるかもしれないもの」

「警察は、あなたたちについてこられるのをいやがるんじゃないかしら」わたしはキャサリンの真剣な表情を眺めた。「わたしがあなたたちなら……」

ニックの呼ぶ声に遮られた。「キャット、こっちに来てごらん。サンドイッチとケーキがいっぱいあるよ！」

キャサリンはニックを追いかけていった。子供にとっての人生はなんてシンプルなことか。

玄関ホールで足を止め、子供たちを追って食事が用意されている長広間に向かうべきか、あるいはモーニング・ルームにひとり残されたミスター・スメドリーの相手をするというより慈善的な行為に勤しむべきか考えていると、玄関のドアをノックする音がした。警察はずいぶんと早く到着したらしい。歓迎すべきだろう。この雨では、現場にどんな手がかりが残っていたとしても、すぐに流されてしまう。事件を担当する警部補の顔が見たくて廊下をうろうろしていると、ついてもいないほこりを黒い上着から払いながら、家の裏手からハクステップが足早にやってきた。

ハクステップはドアを開けると、驚いたように言った。「おや、おはようございます、サー。お越しになるとは存じませんでした。驚かせてくださいますね。どうぞお入りください。車を運転するには大変な天気でしたね」

ドアが大きく開かれ、ダーシーが玄関ホールに姿を見せた。そのうしろから優雅な女性が続いて入ってきたが、黒いフードつきのケープをまとっているせいで顔が見えない。ハクステップがドアを閉めた。

「奥さまに報告してきます」ハクステップは再び足早に姿を消した。

わたしはダーシーに近づこうとして、彼が連れてきた女性のことを考えてためらった――それも美しい女性。いったいだれかしら？　姉妹ではない。あれほど背が高くはないし、洗練されてもいないはずだ。するとその女性が言った。「こんなにひどい雨になるって知っていたら、ロンドンを離れなかったのに」フードを外すと、そこにいたのはベリンダだった。

わたしはふたりに駆け寄った。「来たのね。驚いたわ。どうしてわかったの？　だれが連絡したの？」

ダーシーが両手をわたしに差し出した。「やあ、ジョージー。ハグするのはやめておくよ――きみをびしょ濡れにしてしまうからね。ちょっと待って」そう言ってオーバーを脱ぎ、受け取ってくれるはずの使用人を探してあたりを見回した。「どうしてぼくを見てそんなに驚くんだい？　できるだけ早くまた来ると言っただろう？　彼女がいっしょで驚いたかい？　ゆうべクロックフォーズで会ったんだ。きみに会いたくてたまらないと言うし、なにか送らなければならないものがあるというんで、ぼくといっしょに来て、直接きみに渡したらどうかと思ったんだ」

「あなたの靴よ、ジョージー」ベリンダがにこやかに告げた。「なくした片方の靴。恐ろしいミセス・トゥームスのところから取り戻してきたのよ。あのドラゴンと対決したんだから、メダルをもらってもいいくらいだわ。アインスフォード家の跡継ぎの手助けをしに行くってダーシーに聞いて、その田舎者の若者を自分の目で見ておこうと思ったの」

ダーシーがウィンクをした。「きみの仕事を譲れるかもしれないな。田舎から来たオーストラリア人を教育できる人間がいるとしたら、それはベリンダだ」

「公爵夫人はその手の教育を望んでいるわけじゃないと思うわ」わたしはそう言いながら、

ベリンダの頬にキスをした。「でもあなたたちに会えてうれしい。それじゃあ、たまたま今日来ることにしたのね。だれも電話をかけたわけじゃないのね？　なにも聞いていないのね？」

「なんの話だい？」

「恐ろしいことが起きたの。公爵が殺されたわ。レディ・アイリーンは薬を飲んで危うく死ぬところだった。いま警察がこっちに向かっているところなの」

「なんてこった」ダーシーがうめいた。「いったいなにが起きているんだ？　頭のおかしな家族のだれかが、塔に監禁されていたりするのかい？」

「ダーシー、冗談を言っている場合じゃないのよ。恐ろしい話なの。死体を見つけたのはわたしなのよ。刺されていたの……」〝ジャックのナイフで〟と続けようとしたが、その言葉を口にすることはできなかった。いずれ警察の捜査で明らかになるだろう。それまでは黙っていようと思った。

「公爵が殺された？」ベリンダが静かに尋ねた。「セドリックのこと？　かわいそうに、セドリックが殺されたの？　なんて恐ろしい」

わたしは驚いて彼女を見た。「セドリック・オルトリンガムを知っているの？」

ベリンダは心臓の上に手を当てた。「セドリックとわたしは――親密な間柄なのよ。ここに来たもうひとつの理由がそれなの――セドリックをびっくりさせようと思って」

「びっくりしたのはわたしだわ。セドリックはだれのことも好きにならないのかと思っていたのに」

「他人をよせつけないようにするために、うわべを装っていただけ――実はとてもかわいい人なのよ」

セドリック・オルトリンガムをかわいい人だと考えるのはなかなかに難しかったから、わたしは首を振った。「彼は女性が嫌いなのかと思っていたわ。いつも若い男の子たちに囲まれているし、頑として結婚を拒否していたから。そのおかげで、ダーシーがジャックを探しに行かなくてはならなかったのよ」

ベリンダはなにかを考えているような顔になった。「ジャックというのが、その若いオーストラリア人？」

「そうよ」

「面白い人だってダーシーから聞いたわ。イギリスに帰ってくる船の上で、ダーシーとさぞかし楽しくやっていたんじゃないかしら」

「そうだと思うわ」ちらりとダーシーに目をやると、彼はにやりと笑った。

ベリンダは落ち着かない様子で身じろぎした。「ほかの人たちはどこなの？　この手のお屋敷には使用人が山ほどいるはずなのに、だれもわたしたちのコートを受け取りに来ないなんて。ここはすごく寒いわ。車には荷物があるし」

「公爵夫人はいま使用人たちに事情を説明しているのよ。そして新しい公爵を紹介している」

「それじゃあ彼女は、ジャックが正式な跡継ぎだと認めたんだね?」ダーシーが尋ねた。

「ええ。ジャックをほめそやしているわ。彼はお父さまにそっくりなんですもの」

「ふむ、まあとりあえずはよかったということだ。わざわざオーストラリアまで行ったのも無駄にはならなかった。かわいそうなジャック。深みに放りこまれたとはまさにこのことだ」

「あなたが、彼にいろいろと教えてあげてくれればいいって公爵夫人が言っていたの。そしてあなたが来てくれた」わたしは彼の手のなかに自分の手を滑りこませた。「いやだ、冷え切っているじゃないの」

「借りた車の屋根が雨漏りしていたうえに、暖房がなくてね」

「コートは床に置いて、長広間に行きましょう。食べ物とコーヒーがあるはずよ」

「ありがたいわ」ベリンダが言った。「ミンクのコートと毛皮のブーツにすればよかった」

歩きながら、ふと気がついた。「ベリンダ、荷物があるって言っていたわね? ここに滞在するつもり? それってどうかしら。公爵夫人は礼儀作法にうるさい人なの」

「かわいそうなセドリックの親しい友人を彼女が追い払うと思うの? 万一滞在する気になったときのために、着替えを数枚鞄に入れてきただけよ。そのつもりでいたわけじゃない。でもここにくる車のなかで、わたしも役に立てるかもしれないってふと思ったの。ほら、若い男の人に助言をしてあげるとか。彼は世慣れた女性の扱い方を知っておく必要があるわ。そうすれば、格好の結婚相手になるでしょう?」

ベリンダは先に立って歩いていく。ダーシーが片方の眉を吊りあげたのを見て、わたしは思わず笑みを浮かべた。わたしたちが長広間に着いたときには、ベリンダはすでにおいしそうなものが何段にも置かれたケーキ皿と銀のコーヒーポットと炎が燃え盛る暖炉のすぐそばにいた。

ダーシーがわたしに近づいてきた。「心配ないさ。ジャックは自分の面倒は自分で見られると思うよ」

「そうだといいけれど」わたしは応じた。「これから、彼にはだれかの助けが必要になるわ。味方をしてくれる人が必要になる」わたしは彼に身を寄せ、そっと手を触れた。「あなたが来てくれて本当にうれしい」冷たい頬にキスをする。「いやな事件だわ。巻き込まれたくなんてなかった」

「きみは関係のない第三者だろう？」

「証人だわ。わたしが彼を見つけたんですもの。警察やひょっとしたらマスコミにも話をしなくてはいけないでしょうね。見つけたのがわたしじゃなければよかったのに。それに殺人犯が逃亡中なのよ。この家にいるだれかかもしれない」

ダーシーはわたしの手を握った。「心配しなくていい。ぼくがいる。きみを危険な目になんて遭わせない」

「あなたが来てくれて本当にうれしいの。だって……」

殺人現場がどこか妙だったと彼に告げようとした。けれどあの光景を脳裏に思い浮かべてみても、それがなんだったのかを指摘できない。背中にジャックのナイフを突き立てられたセドリックが倒れていて、ジャケットがその上にかけられていて、腕や頭が水に洗われていた。なにが気にかかっているのだろう？　わたしは首を振り、ダーシーといっしょに長広間に入っていった。

18

　ほかの人たちはすでに暖炉のそばで、食べ物を囲んで座っていた。姉妹たちは甥を亡くしたばかりとは思えないほど、いつもの朝と同じように楽しそうに食事をしている。

双子はビスケットの皿にせっせと手を伸ばし、暖炉の近くに座っているシシーはみなが食べているのを眺めている。だれかがなにかを勧めてくれるのを待っているのだが、自分からは切り出せずにいるのだろうとわたしは思った。〝ムクドリ〟たちの姿はない。

　わたしたちに最初に気づいたのはヴァージニアだった。「まあまあ、素敵な人がわたしに会いに戻ってきてくれたのね」ダーシーに手を差し出しながら言う。「わたしたちが助けを必要としているときに来てくれて、本当にうれしいわ」

　ダーシーは彼女の期待どおりに、その手を取ってキスをした。それから、大陸風のあの魅力的な会釈をしながら、シャーロットの手にもキスをした。「ごきげんよう」

「完璧なマナーですね」シャーロットは落ち着きなくまばたきしながらつぶやいた。アイルランド出身のダーシーはこういうことが得意だ。わたしが自分たちのためにコーヒーを注いでいると、エドウィーナがやってきた。

「ミスター・オマーラ――来てくださったのですね。わたしがどれほど安堵しているか、想像もつかないと思いますよ。恐ろしい知らせはもうお聞きになっていますね？　わたしの孫は今後あなたの助言が必要になるはずです」エドウィーナはそこでベリンダに気づいて言葉を切り、ローネットを持ちあげてしげしげと彼女を見た。

「こちらはどなたです？」

「公爵夫人、彼女はわたしの友人のベリンダ・ウォーバートン＝ストークです。わたしがロンドンに忘れてきたものを届けるために、ミスター・オマーラといっしょに来てくれたんです」わたしは言った。

「ウォーバートン＝ストーク？　ハンプシャーの一家ですか？」

「ええ、そうです」ベリンダが答えた。

「たしかウォーバートン＝ストーク家の人間と結婚した従姉妹がいたはずです。そうじゃありませんでしたか、シャーロット？」

「プリムローズ・ハバーシャムだったんじゃないかしら」シャーロットとヴァージニアが顔を見合わせて確認した。

「プリムローズという名の大叔母がいます」ベリンダが言った。

姉妹たちは笑顔でうなずいた。「それならわたしたちは親戚ですね。うれしいこと。もっといいときにお会いできれば、もっとよかったのですけれど」ベリンダは、貴族社会の試練を無事に乗り越えたことになる。本来ならここで、昔ながらの質問の嵐を浴びせられるところだ。ご家族はどなた？　わたしたちと知り合いかしら？　親戚にあたるの？　つまり、彼女が自分たちの同族で、この社会に属しているかどうかを確かめるわけだ。親戚だということが確認されたので、ベリンダは晴れて受け入れられた。

「息子さんの話をうかがって、大変心を痛めています」ベリンダが言った。

「ベリンダはセドリックの友人だったそうです」わたしが説明した。

ベリンダは頬を染めたが、なにも言わなかった。

「息子に若い女性の友人が？　驚いたこと」エドウィーナが言った。「あの怪しげな若者たちではなくて、あなたを連れてきてくれていたらどんなによかったことか」

「ベリンダはファッション・デザイナーなんです。シャネルといっしょに仕事をしていたこともあるんですよ」

「ああ、それで筋が通ります」エドウィーナがうなずいた。「新しいお芝居の服をデザインしてくれる、素晴らしい衣装デザイナーを見つけたと言っていたことがあります。あなたのことですね？」

「どのお芝居のことを言っているのか、わたしにはよくわかりません」ベリンダは山と盛られたサンドイッチを眺めながら、控えめに答えた。「彼はいろいろなことに手を広げていましたから」

「そうでしたね。ですがわたしに言わせれば、どれも彼がするべきことだったとは思えません」エドウィーナが言った。「あなたが来てくださってうれしいですよ。セドリックの死は、わたしたち同様、あなたにとってもショックなことだったでしょうね」

「打ちのめされています。胸に穴があいたような気分です」ベリンダは部屋のなかを見回した。「例のかわいそうな若者は、突然アインスフォード公爵になったわけですね。どこにいるのかしら？」

「あの子が事態を受け入れるには、時間が必要なのです。無理もないと思いますよ。警部がいらしたら、姿を見せるでしょう」エドウィーナは窓の外に目を向けた。「警察の車が来たようです。セブンオークスからずいぶん早く着きましたね」

黒い車が私道をやってきて、玄関前で止まった。赤ら顔と太鼓腹が印象的な大柄な男性が後部座席から降り立ち、自分の目が信じられないとでもいうように屋敷をまじまじと見つめている。若い私服警官が反対側から降り、前の座席からは制服姿の巡査がふたり現われた。大柄な男がなにか言ったらしく、ほかの三人が笑った。雨は小降りになっていた。

大きな傘を手にしたミスター・ハクステップが、申し分のないタイミングで姿を現わした。

「あなたが公爵ですか？」大柄な男はつかつかと階段をあがり、ドアをくぐりながら、懸命にそのあとを追っているハクステップに大声で尋ねた。

「いえ、違います。わたしは旦那さまの執事です」ハクステップは重々しい口調で答えた。「公爵夫人がお待ちです。お名前をうかがってもよろしいでしょうか？」

「捜査を担当するケント警察のフェアボサム警部です」玄関ホールに彼の声が轟いた。「こちらの若いのはスタビンズ、わたしの部下の巡査部長です。こちらの地所で殺人があったと聞いています。わたしをかついでいるわけじゃないでしょうな？　嘘の通報をして警察を呼びつけるのは、雨の日を活気づけるいい方法とは言えませんからな」

ハクステップは答えなかった。「書斎にご案内いたします。警部がいらしたことを奥さまに伝えてまいりますので」

彼らの声が廊下を遠ざかっていった。

「なんというがさつな人でしょう」エドウィーナが言った。「そのうえ、北部のなまりがあるではありませんか。ケント警察はどうして北部出身の警部をよこしたりしたのでしょう。わたしたちの知っている文明は、オックスフォードとケンブリッジをつなぐ線より北にはないというのに」

ハクステップが戸口に姿を見せた。「フェアボサム警部を書斎にお通ししておきました、奥さま」

ニックとキャサリンが互いを突き合っている。「さっきの人、きれいなお尻（フェアボトム）っていう感じじゃなかったと思わないかい、キャット？　大きな（ラージ）ボサムって、名前を変えるべきだよ」

「いいかげんにしなさい」エドウィーナが顔をしかめた。「社会的に下の人たちをばかにしてはいけません。そういうことはしないものなのです」ハクステップに向き直って命じる。「公爵とセドリックの取り巻きの若者たちに、間もなく下におりてきてもらうことになると伝えておいてください。警部を書斎に通したのは賢明でした。一番ふさわしい場所ですね。大きすぎる部屋を使って、彼を威圧するのは好ましくありません。身構えさせてしまいますからね」

エドウィーナはわたしに手を差し出した。「ジョージアナ、警部が妙な考えを持ったりしないようにまずはわたしが話をして、事実を正しく伝えます。息子の死体を見つけたのはあなたですから、いっしょに来てもらったほうがいいでしょう」

「おおせのとおりに」どうにかしてダーシーもいっしょに来てもらうことはできないだろうかと考えながら、わたしは答えた。実を言えば、あの大柄で大きな声の警部と顔を突き合わせるのは、どうにも気が進まない。この数年のあいだに警察官と関わり合うことは何度かあったが、好ましいと思える人はあまりいなかった。貴族に対して挑戦的な態度をとる者がほとんどだった。

書斎へと続く廊下は永遠に続くように思えた。ハクステップが先に立ち、ドアを開いて言った。「アインスフォード公爵夫人とレディ・ジョージアナ・ラノクがお越しになりました」

フェアボサム警部は落ち着かない様子で立ちあがった。「このような事件にあなたがたが関わることになったのは残念ですが、殺人はこちらの敷地内で起きたと聞いています。被害者の名前をご存じですか？」

「もちろん知っています。息子のアインスフォード公爵です」エドウィーナがいらだたしげに答えた。

「公爵？　彼の死体をご覧になったんですか？　ご自分で確認されたんですか？」

「いたしました」

警部は驚くと同時に、感心したような表情を浮かべた。「それで彼はどこで発見されたんです？」

「湖から川が流れ込む小さな渓谷があります。そこの小道の脇に倒れていました」

「最初に発見したのはどなたです？」

「長くなりそうですから、座って話をいたしましょう」エドウィーナが提案した。「立ったまま話をするのは、大変行儀の悪いことですから」彼女は警部に肘掛け椅子を勧め、自分も別の肘掛け椅子に腰をおろした。わたしと巡査部長は背もたれの高い椅子に座った。

「さてと、それではもう一度始めましょうかね」彼が言った。「だれが見つけたんです？」

「わたしです」わたしは言った。「今朝公爵は、敷地内に造る予定でいた劇場の設計について話し合うために、建築士と会う約束をしていました。ずいぶんと早起きをして、もう一度用地を確認しに行ったようです。建築士がやってきたので、わたしが彼のところまで案内することにしました。渓谷で彼の死体を見つけたので、急いで家に戻って警察に連絡をしたんです」

「いま死体はどこに？」

「そのままにしてあります。あなたが現場をご覧になりたいだろうと思いましたから。証拠が雨に流されたりしないように、防水布で覆ってあります」

警部はうなずいた。「賢明な判断です。ということは、死体は防水布をかけられ、発見された場所にそのままになっているわけですな。あなたのおっしゃるところの渓谷に。渓谷というのは、わたしが生まれ育った場所にしかないものだとばかり思っていましたよ」彼は冗談を言ったつもりだったのだろうが、エドウィーナはまったく面白いとは感じなかったようだ。

「スコットランドでの釣りが大変楽しかったらしく、夫の祖父が自分の地所に同じような渓谷を造ったのです」エドウィーナが硬い声で言った。

警部はにやりとした。「貴族というのは、楽しみのためにはいろいろとするものですな！」

「自分の地所をどのように使うかは、あなたには関係のないことだと思います」エドウィーナの声はますます険しくなった。

「さてと、話を戻しましょうか、お嬢さん」彼がわたしに向き直った。

「警部、言わせていただきますと、レディ・ジョージアナは公爵の娘であり、王女の孫にあたる方です。ですから〝お嬢さん〟ではありません」エドウィーナが言った。「公爵の娘には〝お嬢さま〟、公爵の妻や未亡人には〝奥方さま〟と呼びかけるものです」

「警察の捜査においては、責任者はわたしだということを忘れないでもらいたいですな、お嬢さま」警部は最後の言葉を強調して言った。「いまの段階では、この家にいるすべての人間が容疑者です。ですからあなたがすべきことは、口をはさんだりせず、わたしの捜査ができるかぎり円滑に進むように協力することですよ。さてと、今度は邪魔をしないでもらえますかな？」

エドウィーナの顔がいまにも爆発するのではないかと思うほど真っ赤になった。

「友人であるケント州統監と話をします。彼は、ロンドン警視庁を呼ぶ必要があると考えるかもしれませんね。ケント警察がこれほどの大事件を扱えるとは思えませんから」

今度顔を赤くしたのは警部のほうだった。後悔するような言葉を口にしたくなるのを、ありったけの意志の力でこらえている。「わたしに言わせれば、ロンドンの通りをうろつくチンピラの殺人と大邸宅の公爵の殺人にたいした違いはありませんよ。結局は、人間の根本的な欲求に行きつくんです――嫉妬、恐怖、欲望、復讐（ふくしゅう）。だから心配はいりませんよ。わたしは、この事件を担当するだけの十分な心構えができていますからね。まずはこちらの若いお嬢さんに話を聞きます。警察医と鑑識がそのうち車でやってくるでしょうから、それから死体の写真を撮ります」

「さてと、お嬢さん」彼が再びわたしに呼びかけた。「時間を確認しましょうか。死体を見つけたのは何時でしたか？」

彼がわたしを〝お嬢さん〟と呼んだことは目をつぶろうと決めた。エドウィーナはもう十分に彼をいらだたせただろうし、いらだった警察官は他人の人生をこのうえなく不愉快なものにできる。

「はっきりした時間はわかりません」わたしは答えた。「九時四五分から一〇時のあいだだったと思います」

「公爵が家を出て、劇場の建設用地を見に行ったのはそのどれくらい前でしたか？」

「わたしは彼が出ていくところを見ていませんが、しばらく前だったと聞いています。八時前後だったかもしれません」

「こんな天気のなかで外にいるにしては長い時間だと、だれも思わなかったんですか？」

エドウィーナが咳払いをした。「警部、ここのような広さの家では、人がなにをしているかなどわからないものなのです。わたしの息子が自分のすることをわたしたちに教えるのは、そうしたほうが都合のいいときだけでした。黙ってロンドンに行ってしまうこともあって、料理人はとてもいやがっていました」

「それでは彼が八時に出ていったのをだれかが見ていたのですか？」

「雨が降っていたようですから、傘はいらないのかとフレデリックが訊いているはずです。でも本人に直接訊いてください」

警部は満足そうにうなずいた。「さてと、話をまとめましょう。男性が到着し、建築士だと名乗り、劇場の建設用地で公爵と会うことになっているので連れていってほしいと頼んだ。間違いありませんか？」

「そのとおりです、警部補」わたしは応じた。

「警部です」

「ごめんなさい。そうでしたね」わたしは彼の目を見つめ、言いたいことを彼が理解したのを確認した。「その時間にはすでに雨が降っていましたか？」

「土砂降りでした。風も吹いていて、びしょ濡れになりました」警部は話を続けてというようにうなずいた。

「小道を渓谷までたどりました。川の水が岸からあふれ出しながら勢いよく流れていて、かたわらにあるなにかに打ちつけていたんです。建築士のミスター・スメドリーが〝あれはなんだ？〟と言ったので近づいてみたら、人間だとわかりました。上半身を隠しているジャケットを持ちあげてみたら、公爵だったんです。死んでいました」

「どうして死んでいるとわかったんです、お嬢さん……お嬢さま？」

「以前にも死んでいる人を見たことがありますから。それに背中に大きなナイフが突き刺さっていました」

警部は感心したようなまなざしでわたしを見た。「これほど冷静に話ができるとは驚きましたよ。あなたがジャケットを持ちあげたと言いましたね？　そのあいだミスター・スメドリーはなにをしていたんです？」

「青ざめていました」わたしはにこやかに答えた。「気を失わないようにとしきりにわたしに言っていましたけれど、彼のほうが失神するのではないかと思ったほどです。恐ろしい光景でしたから」

「そうでしょうとも」警部は考え込みながら唇をなめた。「そのあとはまっすぐに家に戻ったのですか？」

「ジャケットを元通りに上半身にかけてから、家に戻りました。公爵夫人に事情を伝えて、それから警察に連絡したんです」

警部はスタビンズをちらりと見た。「全部控えたか？」

「はい」スタビンズが応じた。

「ご自分で息子さんの死体を確認されたとおっしゃいましたね、奥方さま？」警部は、その気になれば、正式な呼びかけができることを証明した。「どなたがごいっしょに？」

「わたしに死体を見せるために、レディ・ジョージアナが親切にもあの嵐のなかをまたいっしょに来てくれました」エドウィーナが答えた。「なにもかも彼女が言ったとおりでした。息子が雨と川の水に打たれているのを見るのは耐えられなかったので、防水布で覆うように命じたのです」

警部が立ちあがった。「ありがとうございました。とりあえずいまのところはこれでけっこうです。死体を確認して戻ってきたら、話を聞きたいのでこの家の住人すべてを集めておいてください」

「使用人もですね？」

「もちろんです」

「あいにくですが、娘のストレルスキ伯爵夫人はそこに加わることができません」

「そうなんですか？　都合よく風邪でもひいたとか？」

エドウィーナは冷ややかなまなざしを彼に向けた。「ゆうべ大量の睡眠薬を飲んで自殺を図ったようで、ようやく回復に向かっているところです」

フェアボサム警部の驚いた顔を見て、エドウィーナはようやく溜飲をさげたようだった。

「かなりやられたかい？」長広間に戻ったわたしにダーシーが尋ねた。「厳しい尋問だった？」

「けっこう気まずかったわ」わたしは言った。「警部はなごやかな雰囲気を出そうとしたんだと思うの。いろいろ冗談を言ったんだけれど、公爵夫人はすべてを侮辱だと受け取って、身の程を思い知らせようとしていた。警部は、わたしが冷静に死体の説明をしたことに驚いていたわ」

ダーシーはにやりと笑った。「ほかにも死体を見たことがあるとは言わなかったんだろうね？」

「残念ながら言ったわ。おかげでわたしはきっと第一容疑者ね。死体を発見したのがわたしだっていうことも話したし。でも、あれだけ強く背中にナイフを突き立てるだけの力がわたしにあるとは思えないけれど」

食べかけのサンドイッチを手にしたニックが顔をあげた。「それじゃあ、セドリック伯父さんは刺し殺されたんだね？　キャットとぼくはそれが知りたくてたまらなかったんだ」

「聞くべきではないことをこれ以上耳にする前に、あなたたちは勉強部屋に戻るべきじゃないかしら?」わたしは言った。

「だめなのよ」キャサリンが応じた。「わたしたち全員に話を聞くって警部が言ったんだもの」

「気の毒なミスター・カーターは、あなたたちがどこに行ったんだろうって心配するんじゃないかしら。それに、それ以上食べたらランチが食べられなくなるわよ」

「ミスター・カーターはいないと思うよ」ニックはキャサリンのほうを見ながら言った。「しばらく前に勉強部屋に行ってみたけど、だれもいなかったんだ。乳母もいなかったよ。警察は、この家にいる人間みんなに話を聞くってことだよ。使用人にも。ぼくが思うに、ミスター・カーターの仕業かもしれない。ほら、戦争神経症のせいで急に爆発したりすることがあるんだ」

「そうなの。車がバックファイヤーを起こしたとき、両手で耳を押さえたのよ」キャサリンが割って入った。「そして〝やめさせてくれ〟って叫んだの。あとになって、すごく恥ずかしそうだったけれど」

「自分たちの家庭教師のことをそんなふうに言うのはいいことではありませんよ」シャーロットが言った。「勉強部屋に行けと言われたら、行けばいいのです。わたくしが子供の頃は、年長者に口答えなどしませんでしたよ」

「だれかが連れていってくれないかぎり、シシーは部屋に戻れないわ」キャサリンが言った。

「わたしたち、シシーひとりを大人たちのなかに残していきたくないの。警察に厳しく追及されて、わたしがやりましたって言っちゃうかもしれないもの」

「ばかなことを言わないで、キャット」シシーが言った。「わたしなら大丈夫だし、そもそもわたしは充分に大人よ。あなたたちとは違う」

それ以上言い争う間もなく、エドウィーナが長広間に姿を現わした。

「みなさん、お揃いですね」つらい時間がいつもの完璧な装いを台無しにしたとでも言わんばかりに、彼女は乱れてもいない白い髪を顔から払うような仕草をした。「警部はセドリックの死体を確認しに行きました。そこで警察医が来るのを待ってから、搬送するようです。戻ってきたら、書斎で順番に彼と話をすることになります。ひとりひとりの証言が欲しいということでした」

「証言？　なにについてですか？」シャーロットが訊いた。

「もちろん殺人についてです」エドウィーナはいらだたしげに答えた。「シャーロット、あなたは時々、腹がたつくらいばかなことを言いますね」

「だってわたくしたちはだれも殺人のことなんてなにひとつ知らないじゃありませんか」シャーロットが反論した。

「そのとおりよ」ヴァージニアが同意する。「セドリックがとんでもない時間に地所をうろついて、あげくにたちの悪い浮浪者に殺されたとしたら、わたしたちから話を聞くことに意味なんてないと思うわ。わたし自身はセドリックが出ていったときは、とてもいい夢を見ていたのよ。またウィーンに戻っていて、ハンガリー人の船長が……」

「とにかく」エドウィーナが遮って言った。「警部は全員を集めるようにと言ったのですから、息子を殺した犯人を探し出すためにわたしたちはできるかぎり協力しなければなりません。ここだけの話ですが、あの警部はあまり優秀だとは思えません。州の統監である友人のサー・ジョン・ベリンガムに連絡を取って、もっとふさわしい人材がメードストンにある本部にいないかどうかを調べてもらいます。ひょっとしたら、ロンドン警視庁に問い合わせたほうがいいと言われるかもしれません」

「ロンドン警視庁なら知人がいますよ」ダーシーが言った。「そちらのほうに触角を伸ばしてみましょうか？」

「触角を伸ばす？　ずいぶんと妙な表現ですね、ミスター・オマーラ。あなたはタコにでもなったのですか？　それとも蝶ですか？」

ダーシーが笑って答えた。「言い直しましょう。ロンドン警視庁がこの事件を担当する可能性について、それとなく問い合わせてみましょうか？」

「統監に話をしてからにしましょう。領分を侵すことには慎重にならなければいけませんから」エドウィーナは改めてダーシーを見た。「それではしばらくここに滞在していただけるということですね、ミスター・オマーラ？」

「こういう状況ですから、そうするべきでしょうね」ダーシーが答えた。

「感謝します」エドウィーナは満足げにうなずいた。「以前に使っていただいていた部屋がそのままになっているはずです。旅の疲れを落としたいでしょうから、フレデリックに荷物を運ばせましょう」

「ありがとうございます」ダーシーが礼を言った。

エドウィーナはベリンダに向き直った。「ミス・ウォーバートン＝ストーク、レディ・ジョージアナのものを届けるためだけにわざわざ来てくださって、ありがとうございます」

わたしは笑いたくなるのをこらえた。しばらく滞在するようにと言ってもらえなかったことにベリンダがどういう反応を示すのか、興味があった。いつもの彼女は招待されるように仕向けるのがうまい。

「実を言うと、キングスダウンを見てみたかったんです。セドリックからいろいろと話を聞いていましたから。ですがこういう状況ですから、悲しまれているご家族の方のお邪魔をするわけにはいきません。駅まで送ってくださるように、ミスター・オマーラに頼もうと思います」

わたしはそれを聞いて驚くと同時に、ベリンダは殺人事件の捜査に巻き込まれたくないのかもしれないと考えた。

「あいにくですが、全員から話を聞くまでは、だれもこの家から出てはいけないというのが警部の命令です」エドウィーナが言った。「警部が来たときあなたはここにいましたから、あなたもそれに含まれるということです。お友だちのためにわざわざ来てくださったことですし、とりあえずひと晩だけでも泊まっていったほうがいいでしょう。レディ・ジョージアナの隣の部屋に、あなたの部屋を用意させます。あなたのメイドが――」エドウィーナは意味ありげな視線をわたしに向けた。「――ミス・ウォーバートン＝ストークのお世話もしてくれるでしょう。彼女は自分のメイドを連れてきていないようですから」

「ありがとうございます、公爵夫人」ベリンダが言った。「車に小さな鞄があるので、運んでいただけるとありがたいです。乗ってきたスポーツカーが雨漏りしましたから、身支度を整えたいので」

「あなたの部屋の用意ができるまで、わたしの部屋を使うといいわ」わたしは言った。「行きましょう、こっちよ」

わたしたちは階段をのぼりはじめた。

「まあ、あそこの壁画を見た？」ベリンダは笑いながら言った。「あのサテュロスとニンフは楽しい時間を過ごしているみたいね。サテュロスの手がどこにあるかを見てよ！　この家を訪れたヴァージンの女性が卒倒しないのが驚きだわ」

「だれもあなたほど念入りに壁画を観察しないんだと思うわ」かく言うわたしも、サテュロスの手の位置にはたったいままで気づいていなかった。

「あの人たち、気の毒なセドリックのことをいくらか考え直したんじゃないかしら。そう思わない？」長い廊下を歩き始めたところでベリンダが言った。

わたしは彼女の横に並んだ。「ベリンダ、あなた本当にセドリック・オルトリンガムと知り合いだったの？」

ベリンダはいつもの人をからかうようないたずらっぽい笑みを浮かべた。「会っていた可能性はあるでしょう？　クロックフォーズによく行っていたと聞いているわ。それにわたしはデザイナーのはしくれだし、美術の世界では大勢の人に会うものよ」

「それは、一度も会ったことがないという意味ね」わたしは自分の部屋のドアを開け、彼女をいざなった。「ベリンダ、あなたって本当に手に負えない人ね」わたしは笑いながら言った。「本当はここになにをしに来たの？」

「実は、ゆうべクロックフォーズでダーシーに会ったのよ。アインスフォード公爵の跡継ぎを教育することになったって、彼がほかの人に話しているのを聞いたの。それで、あなたが行ったのもそこで、若いオーストラリア人になにかを教えるようなことを言っていたのを思い出したの。だれかが〝あの一家は金があり余っているんじゃなかったか？　公爵は国でも指折りの金持ちのはずだ〟って言って、べつのだれかが〝そして独身だ。そのオーストラリア人の跡継ぎは運がいい。ぼくも、行方の知れなかった従兄弟だと名乗りでてみようかな〟って言うのが聞こえた。あなたの靴を届けてもらうようにダーシーに頼むつもりだったんだけれど、考え直したの。セドリックも跡継ぎも、どちらものすごくお金持ちで独身なのよ？　見逃す手はないでしょう？　そういうわけで、ダーシーに乗せてもらってここまで来たというわけ」

「だれかの家の前で都合よく車を故障させたほうがよかったと思うわ」ベリンダはそのやり方で何度か成功を収めていた。

「どちらにしても、ここに来られたんだから。選択肢のひとりが死んだのは残念だったけれど」

「セドリックはあなたに洟も引っ掛けなかったでしょうね。彼は若い男性が好きなの」わたしは言った。「そういう意味で好きなのよ。不愉快な人だったけれど、それでも心が痛むわ。だれもあんなふうに死んでいい人なんていない」

ベリンダはうなずいた。「そして気の毒な、かわいらしいオーストラリアの若者は、これまで以上に助言と話し相手が必要になったというわけね。しばらくわたしをここにいさせてくれるといいのだけれど。本当はもっと知っていることがあるって警察にほのめかしてみようかしら。そうしたらこの家から出てはいけないって言われるかもしれない」

わたしは彼女の顔を見つめた。彼女は他人のためになにかをするような人間ではない。

「ベリンダ――あなたまさか……」

ベリンダはにんまりした。

「彼はまだ子供よ、ベリンダ。少年なの」

「二〇歳でしょう？　わたしより四歳若いだけよ。年の差とも言えないわ。それに彼には……社会のあり方を教える経験を積んだ年上の妻が必要だわ」

「そして、彼にお金を使わせるわけね」

「ジョージー、人間には経済的な安定が必要なのよ。必要なお金をどうやって手に入れればいいんだろうって心配するのは、もううんざりなの」

「それはわたしも同じよ。でも気の毒なジャック・オルトリンガムを誘惑しようだなんて、夢にも思わなかったわ。それも、地球の裏側からやってきて一週間もしないうちに伯父を亡くして、公爵になったこんなときに」

「だからこそ、ショックと困惑から立ち直る手助けをしてくれる友人がこの見知らぬ国にいることを、教えてあげるのよ。そういえば彼は公爵になったんだったわね。忘れていたわ」

ベリンダは鏡に近づくと、ハンドバッグから口紅を取り出し、鮮やかな赤に唇を彩った。

「若くてたくましいお金持ちの公爵。ほかに望むことなんてあるかしら?」

背中にナイフを突き立てられたセドリックの姿が脳裏に浮かんだ。時間の無駄になるかもしれない、ジャックは結局称号もお金も相続できず、縛り首になって終わる——公爵になったわけだからシルクの縄だろうが、縄であることに変わりはない——かもしれないとベリンダに警告したかった。ジャックには好感を抱いていたから、警察がほかの容疑者につながる手がかりを見つけてくれることを願った。セドリックの背中にナイフを突き立てたのが彼であってほしくはなかった。

ベリンダはすでに完璧な顔に最後の仕上げを施し、完璧な肢体にまとったドレスのしわを伸ばした。わたしはそこにいるのが長年の友人ではなく、初めて会う人間であるかのように彼女を見つめていたことに気づいた。

「ベリンダ、あなたがまだ結婚していないことが驚きだわ。あなたは本当にきれいなのに」

思わず口に出していた。

ベリンダは鏡に映る自分の姿ごしにわたしに微笑みかけた。「ありがとう。でも、結婚していない理由ならわかっているの――望ましい相手とっていうことよ。わたしは傷物だから。自分たちの息子をヴァージンじゃない娘と結婚させたい親はいないわ。わたしが遊びまわっていることは、みんなに知られているもの」ベリンダはパチンと音を立ててハンドバッグを閉じた。「わたしは妻ではなくて、愛人で終わる運命のようね。あなたのお母さまみたいに」

「母は何度か結婚しているわ」わたしは指摘した。「いまでもテキサスの石油王の妻のはずよ」

「愛人でいるのがいやなわけじゃないのよ。わたしが慣れ親しんできた生活をさせてくれるだけのお金を持っているのなら」

「でも自分の家と家族が欲しいとは思わないの？」わたしはダーシーと黒髪の愛らしい子供たちに囲まれている自分を想像しながら言った。

「とんでもない。子供は嫌いよ。どうやって話をすればいいのかわからないんですもの。あなたとは違うわ。ダーシーと結婚するのなら、子供が好きでよかったわね」

「どうして？」

「カトリックの教えよ。バースコントロールが許されていないの。あなたは兎みたいに次々と子供を産むことになるわ」ぽかんとしたわたしの顔を見て、ベリンダは笑った。「あなたって、本当にうぶなのね。わたしたちが年中妊娠していないのはどうしてだと思うの？　さあ、公爵夫人のところに行って、捜査の進展具合を確かめましょうか」

「あなたとあの人たちが親戚でよかったわね」わたしはドアに向かって歩きながら言った。

「そうでなければ、こんな状況ですもの、エドウィーナは丁重にあなたを追い払っていたでしょうね」

ベリンダは振り返って微笑んだ。「親戚だっていう可能性はおおいにあるけれど、でも……」

「でも、なに？」

「わたしにプリムローズという大叔母はいないの」

彼女はそう言い残すと、先に立って部屋を出ていった。

わたしはもの思いにふけりながら階段をおりた。学生時代、ベリンダは一番の友だちだった。当時から彼女は世渡り上手で、実家を初めて離れたわたしに教養学校という名のサメだらけの海を泳ぐすべを教えてくれた。いろいろな意味で彼女はいい友人だ――けれど同時にわたしの母にもよく似ている。彼女のなかでは、この世の人間はすべて利用するための存在でしかない。セドリックの死にしても恐ろしい悲劇ではなく、彼女にとって都合の悪い出来事にすぎなかった。被害者がだれであれ、殺人はもっとも恐ろしい犯罪だというのに。

中央のホールまでおりたところで、警部が玄関に姿を現わした。また雨が降りだしたらしく、薄くなりつつある髪が頭に貼りついている。丘をのぼってきたせいで、顔は真っ赤だった。あまりいい眺めとは言えない。大理石の床にぽたぽたと水を滴らせながら、戸口で息を整えていた。

「おや、ここにいたんですね、レディ・ジョージアナ。会えてよかった。よろしければ、少しお話をうかがいたいのですが」

わたしは不安を覚えながらベリンダを見た。「ダーシーとほかの人たちがどうしているかを見てくるわ」彼女が言った。「ジャックが顔を出しているかもしれないし」

フェアボサム警部とふたりきりで残されたわたしは、いったいなんの用だろうと考えながら彼が口を開くのを待った。もう一度渓谷に戻って死体を見てほしいなどと言われないことを願っていたので、彼がこう言ったときにはほっとした。「警察医が到着して、いま死体を調べているところです。鑑識もいっしょです。あれは、あなたのような若い女性が見るものではありませんよ」

「ええ、確かに見て楽しいものではありません」

「レディ・ジョージアナ、だれもいないところでお話がしたいのですが」

「公爵夫人が図書室を使えるようにしてくださっているはずです。あそこを警部の捜査拠点にしてはどうでしょう」

「いい考えだ。少なくとも、居心地がいいだろうし、暖かい。今日はひどい天気ですからね」

そのとおりだと応じながら、わたしは彼をつれて図書室に向かった。

「お役に立てるかどうかは、わかりませんけれど」わたしはおそるおそる告げた。「死体を見つけたときのことは、もうお話ししましたし」

「わたしが訊きたいのは、この事件のバックグラウンドなんですよ。そうすれば不利な状況から捜査を始めなくてすみますからね」彼はわたしを見てうなずいた。「あなたは良識のある冷静な女性のようだ。死体を発見してもヒステリーを起こしたりはしなかったし、殺人現場でなにも触らずにいるだけの分別があった。それに、ここの人間のだれともつながりはないんですよね？」

「ありません。公爵夫人に招待されて滞在しているだけです。オーストラリアから公爵の跡継ぎがやってきたとき、若い人間にいてほしかったそうなんです」

「その話なら新聞で読みましたよ。厄介なことですよね——世界の果ての牧羊場で、ずっと行方の知れなかった跡継ぎが見つかるとは、とても本当とは思えない」

「彼をここに連れてくる前に、充分な確認をしていると思います。彼は正当な出生証明書を持っていましたし、彼の母親も正当な結婚許可証を持っていました」

「だがつい最近まで、一家は彼の存在を知らなかったんでしょう？」

「そのとおりです。彼の父親は前公爵の下の息子で、戦争の前にオーストラリアに行っていました。戦争が始まるとすぐに戻ってきて入隊したんですが、まもなく戦死したために結婚していたことを両親に話す機会がなかったんです。彼自身も息子には一度も会っていません」

「どうもうさんくさい話に聞こえますね」警部は言った。

「公爵夫人はジャックを跡継ぎと認めました。死んだ息子にそっくりだったみたいです」

「どちらにしても、念のためオーストラリアの警察に問い合わせてみますよ。財産を狙って、跡継ぎだと主張する人間が突然現われるのは珍しい話ではありませんからね」

「彼はここに来ることに乗り気ではなかったし、ひどく場違いだと感じています。一刻も早くオーストラリアに帰りたがっていると思います」

「手に入れた金を持って、ですか？　公爵の称号には莫大な財産がついてくるんでしょうからね」

「ジャックにとってお金はたいして重要ではないような気がします」

「だれにとっても金は重要ですよ、お嬢さん。本当ですよ。目の前で紙幣をひらひらさせてやれば、人はどんな罪でも犯すものだ」警部は暖炉脇の肘掛け椅子に座るようにとわたしに身振りで示すと、自分も腰をおろした。「さっきも言ったとおり、あなたは良識のある女性のようですから、尋問を始める前にこの一家についてのあなたの意見を聞いておきたいんです。言い争いやいがみあいなどはありませんでしたか？」

「警部、告げ口をするようなことは気が進みません。警部がおっしゃるとおり、わたしは外部の人間で、ここに来てからほんの一週間ほどにしかなりません。わかるのは、表面上のことだけです」

警部は半分面白がり、半分いぶかしがっているような顔でわたしを見た。「どういう状況であれ、あなた方貴族は協力しあうものだ。違いますか？　我々とあなた方のあいだには、いつだって壁がある。いいでしょう。その表面上のこととやらを話してください。まずは被害者から始めましょう。セドリック公爵について聞かせてくれませんか？」

「そうですね」わたしは考えをまとめようとした。「自己中心的な人でした。なにもかも自分の思い通りにし、欲しいものを手に入れるように育てられたんです。他人の感情にはほとんど関心を示しませんでした」

「たとえば？」

「彼の姪のエリザベスは落馬事故で足が不自由になりました。彼女を治せるかもしれない病院がスイスにあるのに、彼は治療費を払うことを拒否したんです。そのくせ、地所に巨大な劇場を造るためには、躊躇なく大金を注ぎこむつもりでいました。それに家族の人たちを厄介者だと思っていて、ここにいてほしくないとはっきり言ったんです——この家には何百もの部屋があるのに」

「厄介者だと思っているその家族というのは？」

「まずは彼の母親である公爵夫人がいます。お会いになりましたよね」

「ええ。会いました」

「おわかりのとおり、公爵夫人は保守的な昔ながらの貴族です。かつては、わたしの曾祖母の女官をしていました」

「あなたの曾祖母というのは？」

「ヴィクトリア女王です」

「こいつは驚いた」彼はつぶやいた。「続けてください」

「公爵夫人は、どんなことであれ正しく行われなければ気がすみません。それになんとしても公爵の称号を守ろうとしています」

「それでは、僻地から若者がやってきたことを喜ばなかったのでしょうね？」

「いえ、それどころか彼を探し出したのは公爵夫人です。称号と地所を守ることが、彼女にとってはなにより重要なんです。セドリックが結婚せず、跡継ぎを作ろうとしなかったことにひどく腹を立てていました」

「ふむ、どうして彼は結婚しなかったんです？」

「ほかの人たちから話を聞くうちにわかると思いますが、彼は女性に興味がなかったんです」

「なるほど。男性の親しい友人がいたわけですね？」

「何人か」

「ふむ」警部は顎を撫でた。「数人の親しい男性の友人。彼らがどこにいるかご存じですか？」

「この家のどこかに。その人たちもここに滞在しているんです。この秋にセドリックが開催するつもりでいた芸術祭で、お芝居をすることになっていたようです」

「そうですか」警部はメモ帳を取り出して、なにごとかを書きつけた。

「この家には、ほかにだれか家族以外の人間はいますか？」

「わたしと、友人ふたりがいます。アイルランドのキレニー卿の息子であるジ・オナラブル・ダーシー・オマーラと、わたしの学生時代の友人であるベリンダ・ウォーバートン＝ストークです。跡継ぎをオーストラリアから連れてきたのがミスター・オマーラでした」

「ミス・ウォーバートンなにがしはここでなにを？」

「わたしがロンドンに忘れてきたイブニング・シューズを届けに来てくれただけです。警部がいらっしゃる直前に着いたんです」

「都合のいい話だ。では家族に話を戻しましょうか。全員、血のつながりはあるようですが」

「公爵夫人のふたりの妹がいます。オロフスキー王女は、ボルシェビキの暴動の際に殺されたロシアの王子の未亡人です。彼女はパリに逃げ、その後ここに来たそうです。もうひとりはオーストリアの伯爵の未亡人ですが、どうしてここで暮らすようになったのかは知りません」

「なんとまあ」彼が言った。「貴族というのは、近所の男性とは結婚しないようですな」

「彼女たちの父親はハプスブルク帝国の大使でしたから、近所の男性と結婚したと言ってもいいでしょうね」

「それで、その老婦人たちですが、どんな人たちです？　いくらかいかれていたりしますか？　あなた方は身内での結婚を繰り返していますからね」

頭に血がのぼった。「警部」冷ややかに告げる。「この家の住人の協力を得たければ、みなさんを侮辱しないほうがいいんじゃないでしょうか。あなたが彼女たちを怒らせる。彼女たちは口をつぐむ。簡単なことです」

「ごもっともです。少しばかり気持ちを楽にしようと思っただけなんですよ」彼は一度言葉を切った。「ここだけの話ですが、実はわたしも少々緊張していましてね。こんな屋敷に足を踏み入れたのは初めてなんです。公爵家の人間と関わったこともありません」

「そういうことでしたら、ひとつお教えしておきますね。貴族の人たちは自分の家柄をとても誇りに思っています。からかったりしないほうが賢明です」

「わかりました。今後は敬意を持って応対します。そうしたほうがいいのなら、はいつくばってお辞儀をしますよ」

笑うほかはなかった。「はいつくばる必要はありませんけれど、きちんと敬意を払えば、払っただけのことはあるはずです」

「そうでしょうね。それでは公爵夫人にオーストラリアの若者、未亡人であるふたりの姉妹、亡くなった公爵の取り巻きたちがここにいるわけですね。ほかには？」

「レディ・アイリーンと子供たちがいます」わたしは答えた。

「ああ、そうだった、そうだった。ゆうべ、睡眠薬を過剰摂取した女性ですね。彼女のことを教えてください」

「公爵夫人の子供でいまも生きているのは、彼女だけになりました。彼女はパリで出会ったロシア人の伯爵と結婚して、子供が三人います。さっきお話しした背骨を痛めている一五歳の少女、たしか一一歳になる双子」

「ああ、その子たちなら会いましたよ。たいした悪ガキたちだ。だが一一歳では、死の意味もよくわかっていないんでしょうね。愉快なことだと思っているようですから。それではアイリーンと子供たちはここで暮らしているんですね？」

「二年前から」

「ロシアの伯爵は？」

「あまり思い出したくないことのようです。レディ・アイリーンの財産を手に入れたあと、アルゼンチンの踊り子と逃げたと聞いています」

「それで母親のところに戻らざるをえなかったわけですね？」

「そうです。ですが彼女は、人に頼って生きていくことに納得はしていないようでした」

警部は燃えさかる炎を見つめながら、もう一度顎を撫でた。「ゆうべの睡眠薬の過剰摂取ですが――彼女は、自分で命を絶とうと思うくらい気落ちしていたんでしょうか？　それとも単なる事故でしょうか？」

「わたしはその質問に答えられるほど、彼女のことを知りません」先日彼女がセドリックと言い争いをして、足音も荒く書斎から出ていったことは黙っていようと決めた。ほかの人たちから話を聞けばわかることだ。「三つめの可能性があると思います」わたしは言い添えた。「だれかがレディ・アイリーンのことも殺そうとしたのかもしれません」

「公爵夫人がそう言っていましたね。いいでしょう。それではお尋ねしますが、レディ・ジョージアナ、なにか心当たりはありますか？」

「まったくありません。さっきも言ったとおり、わたしはほんの数日前からここに滞在しているだけですから。それまでここの一家とは面識もありませんでした」

「なるほど」警部は満足そうににやりとした。「つまりあなたは、一家のうちのだれかの仕業だと考えているということですね？　外部の人間ではなくて？」

「まだなにも考えてはいません」わたしは落ち着いた表情を崩さないようにしながら答えた。「外部の人間があの小道で公爵を待ち伏せしていたというのは、おおいに考えられることだと思います。わたしは公爵のことをなにも知りませんから、どこかに敵がいたかどうかもわかりません」そう言ったところで、ヴァージニアの言葉を思い出した。「あるいは、正気を失くした浮浪者と出くわしたのかもしれません。近頃は、仕事がなくてあちこちを放浪している人間を見かけますよね？」

警部は険しい顔でわたしを見つめた。「それは、だれにとってもずいぶんと都合のいい話じゃありませんかね？　なにもかもを謎の浮浪者の仕業にするわけですか。その手の本なら何十冊も読みましたよ」

「わたしの意見を聞かれたから、あらゆる可能性をあげているだけです。この家の人間なら、いつでも好きなときに公爵を殺すことができたと思います。どこかの階段から彼を突き落とせば、それですむことですから」

警部はどこか面白がっているような驚き交じりの表情を浮かべた。「あなたはいかにも現代的な若い女性ですね。とても冷静だ」

「冷静ではないです」わたしは応じた。「それどころか、いやでたまりません。でもわたしにできる形でお手伝いしたいと思っています。ひとつ、関係があるかもしれないと思うことがあるんです。公爵は手紙を投函しに行ったと聞いています。でもわたしが見つけたときには、公爵の手に手紙はありませんでした。ポケットに入っていましたか？」

「いや、手紙などなかった。なにが書いてあったのか、心当たりはありますか？」

わたしは一拍置いてから首を振った。「さっきも言ったとおり、わたしはアインスフォード公爵のことをほとんどなにも知らないんです」

警部は眉間にしわを寄せてわたしを見つめた。「公爵はその手紙をどこで書いたんでしょう？　知っていますか？」

「書斎だと思います。朝早く起きた公爵から書斎にコーヒーを持ってきてほしいと頼まれたと、従者が言っていましたから。公爵はそのあと従僕のフレデリックに、朝一番の集配に間に合うように手紙を投函したいと言ったそうです」

フェアボサム警部は興味を抱いたようだった。「その書斎に案内してもらえますか？　実際に見ておきたい」

「わかりました。この廊下の先にあります」

わたしは彼をつれて図書室を出ると、セドリックの書斎のドアは何番目だったかを思い出そうとした。正しいドアを開けたのでほっとした。その部屋はむっとしていて、煙草と古い本のにおいがした。中央には大きなマホガニーの机が置かれ、その上に書類が散らかっている。円形劇場らしい建物の下絵もあって、書類に手を触れてくびになった従僕がいたことを思い出した。両親のコテージをセドリックが取り壊すつもりだと知って、血相を変えて屋敷にやってきた従僕だ。吸い取り紙の脇に半分中身が残ったままのコーヒーカップと、吸いかけの煙草が載った灰皿が置かれていた。

「公爵が手紙を書いたあと吸い取り紙を使っていれば、なにかヒントが残されているかもしれない」警部は机を眺めながらつぶやいたが、吸い取り紙はきれいなままだった。

わたしは便箋の横に置かれたペンを示した。「あの最新型の万年筆は、インクを吸い取る必要がないんじゃありませんか？」

「すべて調べるには時間が必要ですね」警部が言った。「公爵についてわかっていないことはたくさんある——彼は若い男性が好きだと言いましたね？　ひょっとしたら脅迫を受けていて、支払いを拒んだのかもしれない」

「脅迫者は金の卵を産む人間を殺しますか？」

警部はわたしの顔を見た。「あなたは本当に頭が切れる。貴族の若い女性というのは、人生の醜い面など見ないように育てられるのだとばかり思っていましたよ。あなたは修道院や教養学校には行かなかったんですか？」

「教養学校でなにを学ぶのかを知ったら、きっと驚くと思います」わたしは笑いをかみ殺しながら言った。「あとでベリンダに訊いてみてください」

「ポストまで手紙を持っていけたのは運がよかったようですね」警部が言った。「封筒の最後の一枚を使ったようだ。便箋はここに山ほどありますが、封筒は一枚もない」

「引き出しのどこかに入っているんじゃないでしょうか」

警部はしばらく書斎をうろついていたが、やがて言った。「彼が刺殺されたことと関係がありそうなものはなにも見当たらない。全員から話を聞き終えたら、部下たちに命じてすべてを入念に調べます。ぐずぐずせずに、やるべきことをやらなければ。みなさんが一日じゅうじっと座っていてくれるわけではありませんからね」

セドリックの背中に刺さっていたナイフが話題にのぼらなかったことに気づいたのは、戻ってもいいと警部から言われたあとだった。あのナイフは殺人のもっとも重要な手がかりだというのに、わたしたちはどちらもそのことに気づかないふりをするか、あるいはあえて触れない選択をした。あれはジャックのものだと言わずにすんで、わたしは胸を撫でおろした。

警部が図書室に帰っていくのを見ながら、わたしは安堵の溜息をついた。これでほかの人たちのところに戻れる。尋問は終わった。わたしの言ったことが妙なふうに受け取られたらどうしようと思うと、ずっと卵の殻の上を歩いているような気分だった。改めて考えてみると、誤解されかねない事柄が山ほどあるのだ――公爵の跡を継ぐためにジャックがやってきたこと、〝死〟という言葉が綴られたシャーロットの交霊会、お金を渡すこともロンドンの別宅を使わせることも拒否したせいで、セドリックとレディ・アイリーンが口論になったこと、従者のマルセルを養子にして、跡を継がせるつもりだという昨夜のセドリックの驚くべき宣言。どれもが不利な証拠になりかねない。どれもが、この屋敷にいるだれかの動機になりうるのだ。さらに警部は、姉妹が〝いくらかいかれて〟いて、一家には狂気の血が流れているのかもしれないと指摘した。たしかに彼女たちはどこか変わっている……。なにより、まだ取りあげられてはいないけれど、いずれ必ず問題になるであろう重要な事柄がある。セドリックの背中に突き立てられていたジャックのナイフだ。

暗がりから幽霊のような青白い人影が現われて目の前に立ったので、わたしはぎくりとした。ジャックだった。

「ごめんよ」彼は言った。「驚かせるつもりはなかったんだ」

「あのあと、いったいどこにいたの?」

ジャックは肩をすくめた。「屋敷のなかをぶらついていたんだ。いろいろあったから気持ちを整理したくてね」

「さぞショックだったでしょうね」

「まったくさ。牧羊場に突然男がやってきて、おれがイギリスの上流階級の一家の血を引いている、それどころかその家の跡継ぎになると言われたときは、かなりの衝撃だった。父さんは貴族の一員だけれどそういったもの一切をばかにしていて、みんな平等のオーストラリアのほうをずっと気に入っていたって、母さんから聞いていた。おれも同じ意見だよ。まったくもってばかげているよ。そう思わないかい?」ジャックは笑いながら、赤みがかった金色の髪をかきあげた。「旦那さま」信じられないというように首を振る。「使用人たちはおれをそう呼ぶ。旦那さまだって? このおれが? ありえない。とても我慢できそうにないよ、ジョージー。あまりにばかばかしい」

「あなたのような立場に立たされたら、ほとんどの人が同じように感じるでしょうね。わたしの兄も公爵になどなりたくなかったし、地所の管理を任されたくもなかった。国王になりたい人だっていないと思うわ。親戚の皇太子だってなりたくないと思っている。ならずにすむならなんだってするって言っていたことがあるの。父親が九九歳まで生きてくれればいいとも言っていたわ。でも、わたしたちは自分の義務を果たすように育てられているのよ」

「きみの義務はなんなんだい？」

「いい相手と結婚すること。わたしにはほかに選択肢はないの。仕事に役立つような訓練は受けていないんですもの」

「それじゃあきみは、結婚しろと言われた相手と結婚するのかい？」

わたしはかろうじて笑みを作った。「いいえ。ルーマニアの王子は断ったわ。みんなひどく怒ったけれど、でもどうしても彼とは結婚できなかった」

「プリンセスになれたのに断ったの？」

「いずれは女王にだってなれたでしょうね。でも彼はすごく不愉快な人だったのよ。不愉快どころじゃなかった。だからわたしは、愛する人としか結婚しないって心を決めたの」

「つまり、義務についてのきみの理論は自分には適用されないっていうことだね？」ジャックは親しげに笑った。

気がつけばわたしはしげしげと彼を眺めていた。伯父を刺し殺したばかりの人間が、これほどリラックスして落ち着いていられるものだろうか？　公爵になどなりたくないし、こんな生活はまっぴらだと何度も繰り返していたし、彼にとってお金はたいして重要ではないようだ。それとも彼は優れた役者なのだろうか。

「ほかの人たちを集めてくるわ」わたしは言った。「警部は図書室でわたしたちと話がしたいそうなの」

「おやおや。だれの仕業なのか、警部は見当がついているんだろうか？」

「もう少し時間をあげて。彼は奇跡の人でもなんでもないのよ。犯罪現場を見たばかりだし、警察医の報告書もまだ受け取っていないと思うわ」

「セドリックにまとわりついていた、あのなよなよした妙な男たちのだれかだとおれは思う。ゆうべセドリックが従者を養子にすると宣言したとき、かなり感情的になっていたしね」

わたしは率直に話すことにした。「あなたが第一容疑者にされるだろうって考えておいたほうがいいわ」

「おれが？」ジャックは声をたてて笑った。「どうしておれがセドリックを殺すんだい？」

「もちろん公爵になるためよ。セドリックは今朝早起きして手紙を書いて、投函しに出かけたの。でもわたしが死体を見つけたとき手紙はなかった。つまり手紙が届いてほしくない何者かがいたということよ。もしもその手紙が弁護士宛てで、従者を養子にしたいと書かれていたとしたら、あなたは跡継ぎではなくなる。だから、つまり……」

わたしが厳しい目つきを向けると、ジャックは不安そうに笑った。「まったくばかげているよ。そもそもおれは公爵になんてなりたいと思ったことはないんだ」

「わかっているわ。でも警察の受け止め方は違うかもしれない。今日の早朝のしっかりしたアリバイがあなたにあるといいんだけれど」

「アリバイ？」ジャックは顔をしかめた。「アリバイなんてないよ。早起きして散歩に出かけたら、雨が降りそうだったので戻ってきた。ちょうど朝食の用意ができていたからひとりで食べて、それからシシーに会いにいったんだ」

「彼女とよくいっしょにいるのね」

ジャックは頬を染めた。「気の毒なんだ。いつも部屋にひとりきりだろう？ 彼女の年なら本当はパーティーに出かけたり、きれいなドレスを着たりしているはずなのに。それにシシーは教えるのがすごくうまいんだよ。おれに読み書きを教えてくれているんだ」

「どこまで散歩に行ったの？」わたしはさらに訊いた。「だれかに会わなかった？」

ジャックは恥ずかしそうに答えた。「実を言うと、馬に会いに行ったんだ。馬のそばにいるとほっとするし、好きな馬に乗っていいって言われていたから。ブルーバードって言ったかな？ あの馬は素晴らしいね。おれと相性ばっちりだった」

「それは何時頃のこと？」

「早かったよ。朝食の前だから七時か七時半くらいかな」

「セドリックを見かけなかった？」

ジャックは首を振った。「さっきも言ったとおり、だれにも会わなかった」

「家に戻ってきたときにだれかと会わなかったの？ セドリックが殺される前にあなたが家に戻っていたって証言してくれる人はいないの？」

ジャックは不安に目を泳がせながら、妙な顔でわたしを見つめた。「警察がおれの仕業にしようとしているって、本気で考えているわけじゃないだろう？」

「残念ながら、そう考えているわ」

「みんなして、おれを疑いの目で見るんだろうか？」

「そうは思わない――少なくともあなたのお祖母さまは。ジョンの息子を迎えて、本当に喜んでいるみたいだもの。でも消去法で考えた場合、あなたが一番疑わしいのは事実だわ」

「なんてこった。きみの話を聞いていると、いますぐオーストラリアに帰りたくなるよ」

「それはだめよ」わたしは言った。「本当に無実なら、だれもあなたを有罪にはできない。この国の司法制度でひとつ言えることがあるとすれば、公正だっていうことよ。さあ、厳しい尋問を浴びせられる前に、コーヒーを飲んでおきましょう」

長広間に入ろうとしたところで、まるで魔法でもかけたかのようにベリンダが現われた。

「こちらがあの有名なジャック・オルトリンガムね。ようやく会えたわ」ベリンダが言った。「全然姿が見えないから、ジョージーの想像の産物なんじゃないかと思い始めていたところなの」ジャックに手を差し出す。「ベリンダよ。ジョージーの一番親しい、一番古くからの友だち。ここに来たのは、人道的任務があったからなの。ジョージーがロンドンに忘れたイブニング・シューズを届けに来たのよ。そうしたら、この家は大騒ぎになっていて、あのいまいましい警部からわたしも容疑者のひとりだから帰っちゃいけないって言われたの」

ジャックは彼女の手を握り返した。「それは気の毒に。でもすぐにきみは除外されるよ。かわいそうなセドリックが殺されたとき、ここにはいなかったんだろう？」

「そのとおりよ。ルイシャムか、どこかほかのぞっとするようなロンドン郊外の町を走っていた頃だと思うわ――まったく同じような汚らしいレンガの家がどこまでも続いているのよ」ベリンダはため息をついた。「都会は嫌いよ。わたしは生まれたのも、育ったのも田舎なの」

「本当に？　それならきみの気持ちはよくわかるよ。おれはほんの数日シドニーにいただけで、もううんざりしたよ。人が多すぎる」

「いまわたしはロンドンから逃げられないのよ。あそこのほうがもっとひどいわ。イワシの缶詰のなかで暮らしているみたいよ」

「どうして逃げられないんだい？」

「生活費を稼ごうとしているから。この不況ですもの。簡単なことじゃないわ。ジョージーやわたしのような女性にはなおさらよ――転ばないように膝を曲げてお辞儀をする方法や、ディナーの席でどのフォークを使えばいいかということ以外、なにも知らないんだもの」

ジャックはにやりとした。「ジョージーはいままさにそいつをおれの頭にたたきこもうとしているところなんだ。ばかばかしいったらありゃしない」

「本当にね。全然必要ないし、時代遅れだわ。肉用のナイフで食べたって、魚の味が変わるわけじゃないのに」

「そのとおり」ジャックが言った。「ジョージーとおれは、もう一度警部と対決する前にコーヒーを飲んでおこうと思っているんだ。よかったらいっしょにどうだい？」

「喜んで」たったいままでそんなことは考えもしていなかったとでも言わんばかりのベリンダの口ぶりだった。彼女はジャックの腕に手をからめると、わたしの前に立って歩きだした。

わたしは教養学校で教わった役にも立たない技術よりも、男性を誘惑するすべをベリンダから学んでおけばよかったと思いながら、ふたりのやりとりを感心しながら眺めていた。

「シャネルからファッションデザインを学んだの」ベリンダが言っているのが聞こえた。「いまは自分のブランドを立ちあげようとしているところなんだけれど、なかなか難しいのよ。二一歳になって、父からの援助がなくなったものだから」

思わず噴き出しそうになった。ベリンダの言っていることは確かに事実だ。彼女は二一歳になっている――ただし三年前に。わたしはコーヒーポットを囲んでいる人たちのグループには加わらず、ひとりきりでモーニング・ルームにいるミスター・スメドリーの様子を見に行くことにした。うじうじした意気地のない男ではあるけれど、わたしだって殺人があった屋敷に閉じ込められていたくはない。

ホールを抜けてモーニング・ルームのドアを開くと、彼はぎくりとして立ちあがった。まるで、いまにも逃げ出そうとしている兎のようだ。コーヒーは半分残ったままで、傍らのビスケットには手もつけていない。なにより『ザ・レディ』を読んでいたところを見れば、どれほど取り乱しているかがよくわかった。

「わたしです。どうなさっているかと思いまして」わたしは言った。

「いったいわたしは、いつまでここにいなければならないんです？　どうかと思いますよ。亡くなった公爵と手紙のやりとりをしていただけで、わたしはこの一家とはまったくの無関係だ。公爵のことだってほとんどなにも知らない。さっさとわたしの証言を取って、帰らせてくれてもいいんじゃないですかね」

「わたしもそう思います。あなたの尋問を最初にしてもらうように、よければわたしが警部と話をしてきましょうか？」

「そうしてくれますか？」安堵の色が彼の顔に広がった。「助かります。永遠にここに閉じ込められているような気がしていたんです。それに劇場の設計の契約は結べないようですし――」彼は言葉を切って、わたしの顔を見た。「新しい公爵は計画を続ける気はないんですよね？」

「ええ、ないでしょうね」

「そうだと思いましたよ。それならなおさら、クイーン・アン・ストリートにあるわたしの事務所にさっさと帰らなければ」

「いっしょに警部を探しに行きましょうか。そうすれば、死体を見つけたとき、あなたはわたしとずっといっしょにいたと証言できますから」

「あなたは本当に親切な人だ。恩に着ます」

わたしは従順な犬のように彼を従え、ホールを進んだ。図書室の方向に歩き始めたところで、背後からぱたぱたと駆けてくる足音が聞こえ、ニコラスとキャサリンがわたしたちを追い越していった。

「警部が図書室でぼくたちとひとりずつ順番に話をしたがっているって、お祖母さまから聞いたんだ」走りながらニックが言った。「警部に厳しく尋問されて、だれかが耐えきれなくなって自白するんだよ。わくわくするよね？」

「最初に尋問してもらおうと思ったの」キャサリンが言い添えた。「さっさと済ませちゃいたいもの」

ミスター・スメドリーの顔が青ざめた。「そういうことならわたしはモーニング・ルームに戻って、一家の尋問が終わるのを待ったほうがよさそうだ。こんな厄介で難しい状況のときに、他人が首を突っこむべきではないだろう」彼はきびすを返し、逃げ出そうとした。

「一刻も早くここから逃げたいのなら、一番に入ったほうがいいと思います」わたしは彼を連れて、駆けてゆく双子のあとを追った。

ミスター・スメドリーはすぐに動揺するんだからと考えたところで、実のところ彼についてなにもわかっていないことに思い至った。今朝戸口に現われた彼は、公爵と会うことになっている建築士だと名乗った。けれど、もしそうでなかったら？　玄関をノックする前、彼が地所にどれくらいいたのかはだれも知らない。そこでなにをしていたのかも。

図書室に近づくと、双子が勢いよく駆け込んでいくのが見えた。

「やあ」警部の声が聞こえた。「なんの用だね？」

「家族全員を尋問するつもりだって聞いたから、ぼくたちを一番にしてもらおうと思って」ニックが言った。

「子供は尋問しないよ」警部は優しい口調で応じた。「きみたちが殺人を告白しにきたなら、話は別だが――そうは思えないしね」

「でもわたしたちはすごく重要な情報を持っているかもしれない」キャサリンが言った。

「わたしたちがなにを見たのか、あなたは知らないでしょう？　子供ってすごく観察力が鋭いんだから」

「なるほど。それじゃあ訊くが、殺人があったとき、きみたちはどこにいたんだい？」

「いつ殺人があったのか、ぼくたちは知らないよ」ニックが言った。「だから答えられない」

「今朝早くだ。七時から八時のあいだ。その頃、きみたちはどこにいた？」

「いつもいるところ――子供部屋だよ。起き出して、乳母と朝食をとっていたと思う」

「窓の外を見て、なにか重要かもしれないことを目撃したかい？」

「していないよ」ニックは悲しそうに答えた。「雨が降りだしていて、いやだなあって思ったんだ。一日じゅう勉強部屋にいることになるから」

「それならわたしの時間を無駄にするのはやめて、さっさと勉強部屋に戻りたまえ。わたしに仕事をさせてもらおう」親しげな態度はすっかり消えていた。「さあ、早く行きなさい」

警部は戸口に立ったわたしに気づいて言った。「おや、レディ・ジョージアナ、このいたずら小僧たちを連れていって、厄介なことをしでかさないようにしてもらえますか？」

「もちろんです」わたしは答えた。「でもその前に、ミスター・スメドリーとお話しなさりたいかと思ったもので。彼は今朝公爵と会うためにやってきた建築士で、公爵の死体を発見したときわたしといっしょでした。当然ですけれど、早く証言を終わらせて、ロンドンに帰りたいとおっしゃっているんです」

「当然ですね」警部はわたしの言葉を繰り返した。「よろしい。どうぞお入りください、ミスター・スメドリー。レディ・ジョージアナにこの家の人たちを集めてもらっているあいだに、あなたの証言をお聞きしましょう」

「わかりました。ですがわたしは、捜査の参考になるようなことはなにも知りません」部屋を出ていくわたしに不安そうなまなざしを向けながら、ミスター・スメドリーが言った。

「あの人には犯人を見つけられないと思うな」ニックが言った。「訊くべきことがわかっていないもの」

「あなたたちには訊くべきことを訊いたのかしら？」わたしは笑顔で尋ねた。

「たぶんね」キャサリンが答えた。「わたしたち、なにか決定的なことを聞いているかもしれないのよ。それが重要だって気づいていないだけで。大人の話を盗み聞きするのが好きなんだもの」

「あなたたちはいつか、困った羽目に陥るわよ」わたしはそう言いながらも、孤独だった自分の子供時代のことを思い出していた。わたしも階段の暗がりに潜んで、階下の大人たちの話に耳をそばだてていたものだ。孤独な子供はそうやって、自分も家族の一員であることを確認するのだ。

双子はわたしより先に長広間に走り込んだ。そのあとについて入っていくと、一家の人たちは無言のまま、さっきと同じようにかたまって座っていた。ニコラスとキャサリンはまだなにも食べていなかったかのように、すでに最後のサンドイッチを手に取っている。わたしは、警部がひとりずつ順番に話をしたがっていることを皆に伝えた。エドウィーナはその場の主導権を握り、警部に会いに行く順番を決め始めた。

「必要のないことを話す必要はありません。ほかの家と同じように、わたしたちにも意見の相違はあります。ですが、そのことと息子が殺されたことに関係があるとは思えません。村と駅に続く小道で犯行が行われた事実からしても、外部の人間の仕業に違いありません」エドウィーナは厳しい目つきで全員を見回した。

ジャックに向かって言う。「ジョン、一家の長としてあなたが最初に行くべきでしょう。

何も心配することはありません。単なる形式です」ジャックが不安そうにわたしを見てから部屋を出ていくまで、エドウィーナはかろうじて笑みを浮かべていた。部屋には〝ムクドリ〟たちもいて、不安そうな面持ちで暖炉の脇に立っていた。

わたしはダーシーの座っているソファの袖に腰をおろした。

「大変だったかい？」エイドリアンがわたしに訊いた。「けだもののような警察官が、ぼくたちに自白させようとするんだろうか？」

「あなたの仕業だと思えばね」

エイドリアンは肩をすくめた。「やめてほしいな。考えただけでぞっとする。サイモンとジュリアンとぼくは心底すくみあがったんだ――いまだってそうさ」彼は確かめるようにほかのふたりを見た。「今朝、セディに話をしに行くだけの勇気がぼくらにあったら、劇場の建設予定地までぼくらがいっしょに行っていたなら、彼はいまもここにいたはずなのに」

〝ムクドリ〟たちは、セドリックが自分で投函することにこだわった手紙の話を聞いているのだろうかと、わたしはいぶかった。本当にあれがマルセルを養子にしたいと書かれた弁護士宛てのものだったなら、彼らも家族の人たちと同様に投函されては困ると考えただろう。それが動機だろうか？　それともセドリックは従者を本気で養子にする気はなくて、彼らの困惑を見て面白がっていただけなのだろうか？　エドウィーナがコーヒーポットに歩み寄り、コーヒーをカップに注ぐと声をあげた。

「コーヒーが冷めているじゃありませんか」

つかつかと暖炉脇の呼び鈴に近づき、いらだたしげに紐を引いた。ようやくハクステップが姿を見せた。

「ハクステップ、ポットのコーヒーが冷めていますよ」エドウィーナは腹立たしげに告げた。「家のなかに警察官がいるからといって、普段していることをしなくてもいい理由にはなりません。すぐに入れ替えなさい」

「申し訳ありません、奥さま」ハクステップが言った。「ですが使用人は、それぞれが証言を終えるまで、彼らの広間で待つようにと命じられています。てっきり奥さまもご承知のことかと」

「それは悪かったわね。わたしの許可なしに使用人に命令できると警部が考えているとは知りませんでした。彼とは一度話をしたのですが、次はわたしの番ですから、この家の営みを邪魔してもらっては困ると言っておきましょう。それより、いますぐに統監に電話をしてもらえるかしら？　いいかげん、もっと有能な人に捜査の担当を替わってもらうべきでしょう」

医師の診療所で自分の順番が来るのを待っているときとよく似ていた。口を開くものはほとんどだれもおらず、公爵夫人が電話をするために出ていったかと思うと、さらに怒りを募らせながら戻ってきた。「統監はモンテカルロにヨットに乗りに行っているそうです。こんなふうに自分の仕事を放棄するなんて、軽はずみにもほどがあります。残念ながら、ミスター・オマーラに彼の言うところの触角をロンドン警視庁に伸ばしてもらう必要がありそうですね」

ミスター・スメドリーが戸口に姿を現わし、警部から許可を得たのでロンドンに戻ると告げた。心の底から安堵しているようだ。やがてジャックが戻ってくると、入れ替わりにエドウィーナが出ていった。警部に遠慮のない意見を述べるつもりだろう。いささか彼が気の毒になった。

「どうだった？」向かいのソファに座ったジャックにわたしは尋ねた。

ジャックは肩をすくめた。「たいしたことは訊かれなかった」

まもなく不愉快そうに口を引き結んだまま、エドウィーナが戻ってきた。

「あの人はまったくマナーというものを知りませんね。北の出身なのですから、それも当然でしょうけれど。どうぞ探りを入れてくださいな、ミスター・オマーラ。ロンドン警視庁の有能な人間に一刻も早く引き継いでもらわないと」

ハクステップが再びやってきて、使用人の尋問はまだ続いていると告げ、今日の昼食は少し遅くなるかもしれないというミセス・ブロードの言葉を公爵夫人に伝えた。

「使用人がなにか役に立つことを知っているとでもいうのでしょうか」エドウィーナが言った。「警部はいったいなにを考えているのです？　前科者をこの家で働かせているとでも？　ほぼ全員がずっとここで働いているのです。彼らの両親もそうでした。ごく最近まで、アインスフォード公爵の屋敷で働くことは大いなる名誉だとされていたのです。悲しいかな、戦争が世界をめちゃくちゃにしてしまいました。いまでは多くの若者が、家事奉公を自分にはふさわしくない仕事だと考えています。うるさいオフィスや汚らしい工場のほうをなぜ好ましいと思うのか、わたしには理解できません」

わたしはエドウィーナを眺めながら、おしゃべりをしたがっているのが彼女だけであることに気づいていた。不安を隠すためだろうか？　死んだ息子のことを考えないようにするため？　なにも悪いことなど起きておらず、キングスダウンの日々は平穏に過ぎているように見せかけるため？

ひとりまたひとりとこの家の住人は図書室に行き、そして戻ってきた。だれもがその顔に安堵の表情を浮かべていたが、とりわけ三人の〝ムクドリ〟たちはほっとしているようだった。

「警部は少しも怖くなかったよ」ジュリアンは、エイドリアンとサイモンに言った。「それどころか、けっこう感じがよかった。セドリックを恨んでいる人間はいるかって訊かれたから、みんな恨んでいるって答えたんだ」

「ジュリアン、嘘だろう！」エイドリアンがぞっとしたように叫んだ。

「だって本当のことだろう？　セドリックは付き合いやすい人間じゃなかったし、新しい芝居のリハーサルをしていたときは、劇場にいる人間全員をいらだたせていた。支援をしているのだから、すべてを自分の思いどおりにできると考えていた。だが彼は劇場のことなんてなにも知らないんだ――知らなかったんだ。なにひとつ。いまだに彼が死んだなんて信じられないよ」

「それじゃああなたは、劇場の人間がセドリックを殺すために、わざわざここまで来たと考えているの？」わたしは尋ねた。

「まさか。彼らは難しい相手とうまくやっていくことに長けているんだ。気難しい主演女優、辛辣な批評家、怒りっぽい衣装係……でも互いを殺し合ったりなんてしない。いらだちを舞台にぶつけるんだ。もしもセドリックが……」

ホールから荒々しい足音が聞こえてきたので、彼は口をつぐんだ。警部がやってきて言った。「ああ、ここにいたんですね。みなさんお揃いですか？　よろしい。みなさん全員にお訊きしたいことがあります」

警部はわたしたちのほうを向いて暖炉の前に立った。「さてと、みなさんの証言によれば、今朝なにか変わったことを目撃した人はだれもいないようです。公爵が起きて、出かけるのを見た人はいない。何者かが公爵を殺したいと思うような理由に心当たりもない。つまりあなた方はなんの悩みもない、幸せな大家族ということらしい」警部は言葉を切り、全員の顔を順番に眺めていった。「というわけで、別のやり方を試してみましょうか」警部は長広間の入り口に視線を向け、手招きした。布に包んだなにかを手にした巡査が入ってきた。警部はその包みを受け取ると、慎重に布をほどいた。

「よく見てください。これを見たことがある人はいますか？」警部は包みの中身を持ちあげた。何人かが息を呑み、ニコラスが興奮したように叫んだ。「見たことがあるよ。従兄のジャックのナイフだ」

「従兄のジャックのナイフ?」警部補はまじまじとジャックを見つめた。「この子の言っていることは本当ですか?」

「はい、おれのナイフです」ジャックが答えた。「馬具収納室に置いておくようにと、公爵夫人——じゃなかった祖母から言われたんです。子供たちの前でナイフを投げて見せたもので祖母はひどく怒って、家のなかにそんなものを置いておくなんてとんでもないと」

「わたしの頭の上の木に刺さったのよ」キャサリンが言った。

「すごかったよ」ニックが言い添えた。「ウィリアム・テルみたいだった」

「なるほど」警部は一拍置いてから尋ねた。「そのナイフを最後に見たのはいつですか?」

「馬具収納室に置いておけと祖母から言われたときです。数日前でした」

「ナイフがその馬具収納室に置きっぱなしになっていることを知っている人はいましたか?」馬具収納室という言葉を口にしたことがないように、警部補はどこか面白そうな口調で言った。

「その騒ぎがあったときは、わたしたち全員が庭に出ていたと思います」エドウィーナが答えた。「ですから、ナイフをそこに置いておきなさいとわたしがジョンに言ったことは、みんなの耳に入っていたはずです」

「その馬具収納室に鍵はかかっていないんですね？」

「もちろんです。馬に鞍をつけるために、馬丁が始終出入りしていますから。警部、わたしたちが暮らしている広い地所は、世間からは守られています。鍵をかける必要などないのです。わたしたちとわたしたちの地所の面倒を見てくれる使用人がいるのです。馬丁は厩の上で寝泊まりしているくらいです」

「つまり理論上は、だれでもその馬具収納室に忍び込んで、ナイフを盗み出し、公爵のあとをつけて彼を殺すことができたというわけですね」

「理論上はそうです」エドウィーナは認めた。「ですが、その時間にはだれもまだ起きていなかったことが、わたしたちの証言ではっきりするはずです」

「ぼくたち以外はね」口を出したニックを、エドウィーナはにらみつけた。

「子供は大人の前でむやみに口をきいてはいけません、ニコラス。あなたたちはあなたたちのいるべき場所、子供部屋にいたことはわかっています」

暖炉の薪がはじけ、その場の全員がぎくりとした。触れそうなくらい空気が張りつめている。気がつけばわたしは息を止めていた。

フェアボサム警部は再びジャックに視線を向けた。「もう一度お訊きします。今朝の七時から八時のあいだ、あなたはどこにいましたか？」

「わたしがお答えします」ジャックが口を開くより先に、シシーが言った。「彼はずっとわたしといっしょでした」

「あなたと?」警部は振り返って、膝掛けを掛けて車椅子に座っている、か細い少女を見た。このときまで、皆から少し離れたところにいる彼女を気に留めている者はだれもいなかった。

「そうです」シシーは挑むように顎をあげた。「ジャックの勉強を見ていたんです。彼はほとんど学校に行っていません。でも公爵の跡継ぎになったわけですし、愚か者だと思われたくないということなので、わたしといっしょに読み書きの練習をしていたんです」

「お嬢さん、偽証は重大な罪だということをわかっていますか?　偽証罪とはなにか、ご存じですか?」

シシーは首を振った。

「裁判所で意図的に嘘をつくことです。懲役刑になることもあります。それがあなたの望みですか?　それとも証言を変えますか?」

シシーの顔は真っ赤になったが、なにも言おうとはしなかった。

「おれは今朝早くシシーといっしょにいましたが、その前に散歩に行っていたことを彼女は知らないんです」ジャックは従妹を安心させるように微笑みかけた。「さっきも言いましたが、おれは朝早く出かけて、あたりを少し散歩してから厩に行き、雨が降ってきたので戻ってきたんです。それから手早く朝食をとって、シシーが起きているかどうか確かめにいきました。その後、読み書きの練習をしていました」

「それでは今朝早く、厩にいたことを認めるのですね？　鍵のかかっていない馬具収納室にナイフがしまわれていた、まさにその場所に？」

「はい。でもおれは馬具収納室には入っていません。馬に会いに行っただけですから。馬のそばにいると、安心するんです」

「だがあなたはだれの姿も見ていないし、だれもあなたを見ていない。そうですね？」

「そうです。早い時間でしたから。少なくとも、ここでは早い。おれの故郷ではもっと早い時間に食事をして、羊の世話を始めますが」

ジャックの顔に不安の色は浮かんでいなかったし、落ち着かない様子もまったく見せていなかった。

「公爵のことも見ていないのですね？」

「見ていないと言いました。だれも見かけていません。玄関から家を出て、湖のほとりを歩いて、馬に会いに行って、雨が降ってきたので戻った。それだけです」

「この家にきてどれくらいになりますか？」

「そうですね――一週間かな？」ジャックは迫りつつある危険に気づいていないかのように、あくまでも冷静そうに見えた。

「わたしが聞いたところによれば、あなたはこの地所の跡継ぎとしてここに連れてこられた」警部は言葉を継いだ。「夜明けと共に起き出して羊の世話をすることを考えれば、なかなかに割のいい仕事だと言えるんじゃありませんか？」

「確かに割はいいのかもしれませんが、おれが自分から望んだわけじゃない。くそいまいましい公爵なんかになりたいと思ったことはありません」

エドウィーナは音を立てて息を吸い、シャーロットは手で顔を仰ぎ、双子はくすくす笑った。

「言葉に気をつけたほうがいいですよ」警部が言った。「ここは田舎じゃないんです。女性の前で罵(のの)り言葉は使いません」

「すみません」ジャックが謝った。「あなたがなにを言いたいのかよくわからないんですが」

「わたしが言いたいのは、ある日突然あなたはオーストラリアの奥地から降ってわいたように現われた。どうにも妙なことに、一家は大騒ぎすることもなくあなたを正統な跡継ぎとして受け入れた。だがなんということか、その数日後には、公爵が背中を刺されて死亡した。わたしは世界で一番頭の切れる男というわけではありませんが、どうにも疑わしく思えて仕方がないのですがね。いかがです？」

「どう考えてもらってもかまいませんよ、警部」ジャックは挑むように警部を見つめた。

「だが言っておきますが、おれは公爵を殺していない」

「これまで耳にしたところによると、あなたと公爵はゆうべ口論をなさったそうじゃないですか。彼があなたの母親を侮辱した。そうですね？　あなたはいきりたち、外へ出て決着をつけようと言った」

「そのとおりです」ジャックはうなずいた。

「だが決闘はしなかったのですね？」

「はい。冷静になって考えてみたら、公爵はひ弱で、簡単に叩きのめせるっていうことがわかったんです。そもそも彼はおれと戦う気もありませんでしたし。ほかのだれかと言い争いになって、おれのことなどすっかり頭から消えてしまったんですよ」

「その言い争いというのは？」警部が尋ねた。

エドウィーナはぐるりと人々を見回したが、だれも口を開くものはいなかった。

「よく覚えていません。たいしたことではなかったのだと思います。セドリックは人を怒らせるのが好きで、わざと神経を逆なでするようなことを言うような人間でしたから」

「そのことについてはわたしがお話しします」遠いほうの戸口から声があがった。顔色こそ悪いものの、きちんと服を着て肩にショールを巻いたアイリーンがそこにいた。

「アイリーン、起き出してくるなんていったいなにを考えているのです？」エドウィーナが彼女に歩み寄った。「すぐに部屋に戻りなさい。あなたは危うく命を落とすところだったのですよ、まったくばかな子だこと」

「わたしは子供じゃないわ、お母さま」アイリーンは落ち着いた口調で答えた。「子供のいる一人前の女性よ。それにわたしなら大丈夫。セドリックになにがあったのか、たったいま聞いたところなの。犯人を見つけるために、わたしも自分にできることをするつもり」

アイリーンはいくらかおぼつかない足取りでこちらに近づいてきた。ダーシーが彼女に歩み寄り、椅子に座らせた。キャサリンとニックは母親の青白い顔を心配そうに眺めていたが、やがてキャサリンは彼女の足元ににじり寄って座った。

「子供たちは自分たちの部屋にお戻りなさい」エドウィーナが告げた。「幼い人が聞くべき話ではありません」

「でも警部はわたしたちに訊きたいことがあるかもしれないわ」キャサリンが兄を見ながら言った。「それにお母さまといっしょにいたいんだもの」そう言って母親の膝に頭をもたせかけると、アイリーンは彼女の髪を撫でた。

「レディ・アイリーンでいらっしゃいますね?」フェアボサム警部が尋ねた。

「ストレルスキ伯爵夫人です。そう呼んでいただきたいと思います」アイリーンの視線は揺るがなかった。「わたしがいまも伯爵夫人であるという事実を母は認めようとしないのですが、離婚は成立していませんので」

「わかりました、伯爵夫人」警部はお辞儀に見えなくもない仕草をした。「わたしはケント警察のフェアボサム警部です。具合が悪いにもかかわらず、ありがとうございます。あなたはとても勇敢な方だ」

「お世辞はけっこうよ。さっさと本題に入ってください」

警部は咳払いをした。「それではあなたの身に起きたことから始めましょう。この家では二件の殺人が行われようとしたらしい。何者かがあなたのお兄さんだけでなく、あなたをも殺そうとした。あなたはゆうべ睡眠薬を過剰に飲み——あるいは飲まされ——医者に胃洗浄をしてもらわなくてはならなかった。そうですね?」

「そのとおりです」

「睡眠薬の過剰摂取は事故だったのですか？　決められた用量以上を飲んだということはありませんか？」

アイリーンの視線は冷ややかなままだった。「ありえません。ゆうべのディナーの席での騒ぎのせいで、わたしはひどく動揺していました。いつもの片頭痛が始まりそうでした。母に聞いてもらえばわかりますが、わたしにはひどい片頭痛という持病があります。深く、長い睡眠をとることでしか、それを防ぐことはできません。そのために、強力な睡眠薬をハーレイ・ストリートの主治医に処方してもらっています。そこでゆうべはその薬を一包飲み、朝になっても起こさないようにとメイドに指示をしました。次に気づいたときには、喉にチューブが入っていて……。このうえなく不愉快で屈辱的な目覚めでした」

「つまりあなたは正しい量の薬を飲まれたわけですね」

「そうです」

「意識が朦朧（もうろう）としていてはっきり覚えていないときに、だれかが二包目を飲ませたということはありえませんか？」

「ぐっすり眠っているあいだになにがあったのか、わたしにはわかりません。さっきも申しあげたとおり、その薬は強力なものです。一回分を飲んだあと、わたしは眠りに落ちました。目が覚めたときには、胃洗浄されていたんです。それ以外のことはなにも覚えていませんから、なにもお話しできません」

わたしは舌を巻いた。もう少しで死ぬところだったというのに、アイリーンの声は力強くてしっかりしている。

警部は咳払いをした。あくまでも反論するつもりらしい。「この合同尋問が終わったら、あなたの部屋に案内していただいて、残っている睡眠薬の数を数えてみましょう。もし一回分足りなくなっていたら、何者かがあなたに過剰摂取させようとしたのだと仮定できます」

「だれがそんなことをするというんです？」アイリーンがきつい口調で訊き返した。「この家にいるのは、いまあなたの目の前にいる人間だけです。わたしにはお金も家もありません。なにひとつ受け継いではいないんです。だれにとっても脅威ではありません」

「あなたのような状況に置かれた人間は、希望を失って落ち込むかもしれませんね」警部は言葉を選びながら言った。

「わたしが自殺を図ったとおっしゃりたいのなら、警部、わたしにとっては子供たちがすべてだと言っておきます。子供たちを守るためなら死ぬまで戦いますし、決して子供たちを見捨てるようなことはしません。それにわたしは歴史のある著名な家の生まれです。義務を果たすように育てられています。わたしの言いたいことはおわかりいただけると思いますが」

部屋はしんと静まりかえり、窓に当たる静かな雨音だけが聞こえていた。

警部は再び咳払いをした。「ゆうべのちょっとした諍いですが——話してくださるとおっしゃいましたね、伯爵夫人？　聞かせてください」

「兄が愚かで意地が悪かっただけです。兄は人を怒らせるのが好きでした。ほんの子供の頃から変わりません。みんなの注目を集めるために、よくばかなことをしていました。母にぞっとするような思いをさせて、自分は笑っているんです」

「それでゆうべの公爵は、どんなばかなことをしたのです？」

アイリーンは背筋をすっと伸ばし、頭を高く掲げて、じっと警部を見つめている。

「オーストラリアから来たばかりの跡継ぎが気に入らないから、この件は自分で処理すると宣言しました。ずっと跡継ぎを作るようにと言っていたのは母なのだから、そのとおりにするつもりだと母に向かって言ったんです。兄は自分の跡継ぎとして養子を取るつもりでした。それも、フランス人従者のマルセルを。当然ながら大騒ぎになって、母はあらゆる手段を使って兄を阻止すると告げました。貴族院にいる父の昔の友人に協力を仰ぐつもりでした」

「それではあなたも公爵が養子を取ることには反対だったのですね？」

「もちろんです。わたしには自分の家に対するプライドがあります。フランス人の従者なんかを養子にして、兄が家族全員の顔に泥を塗ろうとするのを黙って見ていられるはずがないじゃありませんか」

「もしもあなたのお兄さんがそのフランス人従者を養子にしたら、あなたとあなたのお子さんが受け継ぐものが減るわけですよね？」

アイリーンは乾いた冷たい笑い声をあげた。「相続法についてあまりご存じないようね、警部。この地所は限嗣相続されるんです。つまり称号と財産は長男から長男に受け継がれるということ。該当する人間がいない場合は、血のつながりのある親戚のうち、もっとも年上の男性が受け継ぐんです。それ以外の人間はなにひとつ相続できません。兄は家の財産をわたしやわたしの子供たちに使うつもりはありませんでしたから、元従者が新しい公爵になってもいま以上に悪くなることはなかったでしょうね。それどころか、わたしのいまの状況にもっと同情してくれたかもしれない」

警部は不意に振り返り、ジャックを見つめた。「そういうわけですから、公爵をすぐにでも亡き者にしたいという強い動機を持つ人間は、あなたしかいないようだ。今朝早く、地所を散歩していたことを認めた当の人物であり、公爵の背中に刺さっていたナイフの所有者である、まさにその人物であるあなたしか」

「ばかばかしいにもほどがある」ジャックは言った。「言ったじゃないですか。おれは公爵になんてなりたくなかったんだ。おれから連絡を取ったわけじゃない。彼女たちがおれを探しに来たんだ。おれは一生、羊たちを相手に生きていければそれで満足だった。少なくともあそこでは、自分がだれだかわかっていたし、だれを信じればいいのかも知っていた」

「あなたの指紋を採取させてもらいます。この部屋にいる全員の指紋が必要です」

「とんでもない」公爵未亡人が声をあげた。「あなたはわたしたちが人の背中にナイフを突き立てるような人間だと思っているのですか？　妹たちとわたしは年寄りです。たとえ人を殺すような傾向があったとしても、それだけの力があるとは思えません」

「形式的なものです。こちらの若者によれば、あなたは彼からナイフを取りあげ、馬具収納室に置いておくようにと言ったそうですね。ということはナイフの柄にはあなたの指紋が残っているはずだ。もしナイフの刃が、わたしが思っているくらい鋭いなら、だれかを刺すのにそれほど力はいらない——運よく肋骨のあいだを刺せたなら、なおさらです」

「なんということでしょう」シャーロットが手で顔をあおぎながら言った。「わたくしが若い頃は、こういった話は女性の前ではしませんでした。それも、体の部位の名前を口にするなんて」

「あなたの甥を殺した犯人を見つけたいのだと思っていましたが」警部が言った。

「もちろんですとも。でも犯人がここにいるわけがありません」

「妹の言うとおりです」エドウィーナが言った。「あなたは、地所の使用人や村の人間に話を聞きにいくべきなのです。それに指紋のようなものを探しているのなら、決定的な証拠になる足跡にも注目しているのでしょうね？」

「そうだ、それがあった。おれのブーツを見てください。このあたりにはまずこんなものはないはずだ。オーストラリア特有の牧夫用の靴なんだから。死体の周辺を調べて、近くにおれの足跡が残っているかどうか確かめてください」

「そのことですがね」警部が言った。「足跡が残っていたとしても、川の流れがすっかり洗い流してしまっています。それにあなたはナイフ投げの名人だと聞いている——ウィリアム・テル並みだと、そこの少年は言っていた。あなたなら公爵のあとをつけて、離れたところからナイフを投げて殺すことができたでしょう」警部は部屋に集まっている人々を見回した。「この場にいてもらえれば、部下に指紋採取の道具を取ってこさせます。痛みはありませんし、すぐに終わりますよ」
そう言い残し、警部は堂々とした足取りで部屋を出ていった。

最初に口を開いたのはエドウィーナだった。「あれがジョンのナイフなら、当然彼の指紋が残っているでしょう。あのばかな警部はいったいなにを証明しようというのかしら？」

「ナイフに触った人間を除外するために、全員の指紋が欲しいんだと思いますよ」ダーシーが説明した。

「ぼくは触ったよ」ニックが誇らしげに言った。「ジャックに投げ方を教えてもらったんだ。だからぼくの指紋がついているはずだよ」

「子供はとっくに自分の部屋に戻っている時間でしょう」アイリーンは神経質そうに部屋を見回した。「ずいぶんと長いあいだここにいるようだし、こんな話は子供が聞くべきじゃありません。それでなくてもあなたたちは羽目をはずしがちなんだから」

「わたしたちだけで勉強部屋に戻ってもいいの？」キャサリンが訊いた。「ミスター・カーターがあの部屋にいないなら、科学の実験道具でいっぱいいたずらができる」

「あなたたちが勝手なことをするなら、今後は実験は一切せずに、科学の勉強は本だけでするようにミスター・カーターにお願いしなくてはいけないわね」アイリーンは躊躇なく告げた。「それがあなたたちの望み？」

「そんなのいや」双子は声を揃えて答えた。

「それならさっさと行きなさい。お行儀よくするんですよ。お祖母さまもわたしも、ほかに心配しなくてはならないことがたくさんあるんですから」

ふたりは立ちあがり、部屋を出ていった。母親の断固とした態度にいささかショックを受けているようだ。シシーは暖炉の向こう側に目立たないように座ったまま、窓ガラスを伝う雨を眺めている。その視線は時折、ペルシャ絨毯の模様をじっと見つめるジャックに流れた。

巡査が到着し、サイドテーブルで指紋を取り始めた。

ベリンダの番になり、彼女は自分の手をうんざりしたように眺めた。「いやになるわ。ここに来たのが、そもそもの間違いだったみたい。どこに行っても警察がいるんじゃ、面白くもなんともないもの。ロンドンに帰ろうかしら」

ベリンダはジャックが犯人だと考えているけれど、口に出さないだけだとわたしは思った。それも一理ある。ジャックには動機も、機会も、手段もあるのだから。

ベリンダは巡査に向き直った。「その汚らしい黒いものでわたしの指を台無しにしたんだから、もういいでしょう？　帰ってもいいのよね？　これ以上わたしがここにいる理由はないわ。レディ・ジョージアナの忘れ物を届けにきただけなんだし、この一家とわたしはなんの関係もないんだから」

「どういう意味です？」エドウィーナの声が長広間に轟いた。「大叔母のプリムローズのことをお忘れですか？　彼女を通じて、わたしたちは親戚なのではありませんか？　なにより、セドリックと親しかったあなたは貴重な情報を提供できるはずです。わたしたちはロンドンでの彼の暮らしをなにひとつ知らないのです。あなたなら、セドリックの死を望む人物に心当たりがあるかもしれない。ですからどうぞ座っていてください」

エドウィーナの有無を言わせぬ口調に、ベリンダは腰をおろした。わたしはベリンダを見つめ、思わずにやりとした。どんな厄介な状況であれ、ベリンダは言葉巧みに抜け出すのが得意だから、それができないのは珍しい。戸惑っている彼女を見るのは愉快だった。嘘をついて人の家に入り込むことに、慣れすぎてしまっている。今回のことがいい教訓になるだろう。

ダーシーも同じことを考えていたようだ。「ネズミは沈みかけた船から逃げようとするものだ」彼は小声で言った。

わたしはうなずいた。巡査が指紋採取の道具を片付け、寄木張りの床の上を大きなブーツで賑々しく出ていくあいだ、部屋のなかは沈黙が支配していた。

わたしはダーシーに顔を寄せてささやいた。「話したいことがあるの。どうにも筋が通らないのよ」

「なにがだい？」

「いろいろなこと。とりわけ、セドリックの背中に刺さったままになっていたナイフが気になるの。あなたが現場に行って、自分の目で死体を見るなんていうことはできないわよね？」

「警察官がうろうろしているなかに出ていくのは無理だ。そもそもぼくになにを見ろっていうんだい？」

「おかしなところがあるって確認したかっただけなの。彼が横たわっていた様子に妙なところがあるの――死体にジャケットがかけてあったこと以外にも」

ダーシーは窓の外に目を向けた。「疑われることなくこの場を抜け出せるとは、とても思えない。それにいまごろ死体は、警察の車に運び込まれていると思う」

「あなたってあまり助けてはくれないのね」わたしは立ちあがった。「警部と話をしてくるわ」

ダーシーはわたしの手をつかんだ。「本気かい？　捜査は警察に任せたほうがよくないかい？」

「間違った方向に進もうとしているのに、任せるわけにはいかないわ」わたしは全員の目が自分に集まっていることを意識しながら、うしろのほうに立っている警部に近づいた。

「少しよろしいですか？」わたしはほかの人に声が聞こえないところまで、彼を連れ出した。

「なんでしょう？」

「ジャックは粗野で世間を知らないかもしれませんが、ばかではありません。セドリックを殺したかったのなら、ナイフで刺すことはできたでしょう。でも自分のナイフを背中に刺さったままにしますか？　ひと目見れば、彼のものだとわかるというのに」

「彼がナイフ投げの名人であることはわかっています。ナイフを投げて伯父を殺したものの、だれかが近づいてきたので回収する時間がなかったのかもしれない」

「でもセドリックの死体はジャケットで覆われていました。そうするだけの時間があったのなら、ナイフだって回収できたはずです」

「たしかに」警部は認めた。「妙な話ですね。あのジャケットはわたしも気になっていました。どうして上半身をジャケットで覆っておきながら、だれからもよく見える小道に死体を残しておいたりするのでしょう？　それにあなたの言うとおり、背中にナイフが刺さったままにして？」

「犯人はだれかに死体を発見してほしかったんじゃないでしょうか。そして、ジャックが犯人だとわたしたちに思わせたかった」わたしは言った。

「現在の公爵と跡継ぎを同時に排除するわけですな」警部は考え込みながら言った。「ふたりともいなくなったら、だれが跡を継ぐんですか？」

「だれもいません。称号は途絶え、地所は国王陛下に返還されると聞いています」

「すべて国王陛下のものになるということですか？」

「そうだと思います。称号というのは、国王陛下から土地を供与されていることを表わすものです――つまり称号が途絶えれば、国王は土地の返還を要求できるということです。昔はそうなるのが普通でした」

フェアボサム警部は歯と歯の隙間から鋭く息を吸った。「老婦人たちは家を失うということですか？」

「アイリーンと彼女の子供たちも」

警部はため息をついた。「つまり、現状を変えたいと願っている人間はだれもいないということですね」

「そういうことです」

「これで振り出しにもどったわけだ。ジャックがあなたが考えているより、頭が切れる男なら話は別ですが。もしも彼が実際に公爵を殺しておきながら、あからさますぎる証拠を残しておくことで、自分の仕業ではないとわたしたちに思わせるつもりだったとしたら?」

「ありえないことではないと思います」そう答えざるをえなかった。「でも、あのジャケットには絶対になにか意味があります。どうしてジャックが死体にジャケットをかけるんです? ほかのだれであれ、どうしてそんなことをしたんでしょう? 死体を隠したいのなら、手近な茂みまで引っ張っていけばいいことです。ジャケットをかけたくらいでは、隠したことになりません」

「犯人に死体を移動できるだけの力がなかったのかもしれない」

わたしたちは互いを見つめながら、その意味を考えていた。どんなことをしてでもマルセルを跡継ぎにはさせないとエドウィーナは言っていた。けれどだからといって、自分の息子を殺したりするはずがない。そうでしょう?

「もうひとつあります」わたしはためらいがちに言い添えた。「公爵は手紙を投函しに行ったとお話しししました。その手紙が見つかっていません」

「そうですね」

「その手紙も重要だと思います。公爵は自分で投函することにこだわった。このような家ではそういった用事は使用人がするのが普通ですから、異例のことです。彼を殺してでも投函されることを阻止しなければならないくらい、その手紙は重要なものだったのかもしれません」

「続けてください」

警部が明らかに興味を抱いたようだったので、わたしは勇気づけられてさらに言った。

「もちろん公爵がすでにポストに手紙を投函していて、戻ってくるときに犯人と出くわした可能性はあります。今朝、公爵の手紙を集配したかどうか、もししていたらだれに宛てたものだったかを郵便局に確認したらどうでしょう？　ほとんど人が通らないような細い小道にある郵便ポストですから、投函される手紙はごくわずかでしょうし、あればきっと気づいているはずです。それに封筒にはアインスフォードの紋章があるでしょうから、見逃すとは思えません」

警部はうなずいた。「確かめてみる価値はありそうですね。助言に感謝しますよ。ですが、やはりわたしはオーストラリアの若者が怪しいと思う。ナイフの柄にはっきりした彼の指紋がほかの指紋の上に残っていたら、彼を逮捕します。公爵であろうとなかろうと、そんなことはどうでもいい」

巡査のひとりが近づいてきたので、警部は言葉を切った。「遺体を搬送したことを伝えるように言われてきました。それからフェルプスが指紋の採取を終えました。ナイフと照合する際には、警部も立ち会われますよね？　証拠は本部に持って帰りますか？」

「もちろん立ち会うとも」警部はぴしゃりと答えた。「作業をさせてもらえる場所がないかどうか、こちらの老婦人に尋ねてみよう。わざわざセブンオークスまで戻るのはごめんだ」

「食事はどうしますか？　そろそろ昼食の時間です。わたしたちは村のパブに行ってきてもいいですか？」

「ここで食事ができないか訊いてみよう。村まで歩いていって、パブでのんびりと昼食をとっている暇はない。ここの料理人がサンドイッチかなにかを作ってくれるだろう」

「了解しました」サンドイッチでは、おいしいミートパイやソーセージやマッシュポテトの代わりにはならないと思ったのか、若い巡査はがっかりした様子だった。あれで話は終わりなのか、あるいはなにか結論が出たのかどうかもわからず、わたしはその場で躊躇していたが、警部が皆が座っている暖炉のほうへと歩きだしたのでそのあとを追った。

「どうなのです？」エドウィーナが訊いた。「わたしたちは一日じゅうここにいなければならないのですか？　使用人たちはまだ閉じこめられているのですか？　もうすぐ昼食の時間です。いくら腕のいい料理人といえども、五分で昼食を仕上げるのはとても無理です」

「お待たせして申し訳ありません、奥さま」警部が皮肉で言ったのかどうか、わたしには判別できなかった。「これ以上みなさんをお引き止めする必要はありません――とりあえずは。それに使用人たちの尋問もいまごろは終わっているはずです。ですからどこに行かれてもかまいませんよ――ただし、地所からは出ないでいただきたい」

「わかりました」エドウィーナが言った。「執事をわたしのところによこしてください。これでようやくいつもどおり過ごせます。今朝は冷たいコーヒーで我慢しなくてはならなかったのですからね」

「この家にはたくさんの部屋があるようですから、ひと部屋を捜査本部として使わせてもらえませんか？　できれば電話のある部屋がいいんですが」

エドウィーナの眉が吊りあがった。屋敷のなかにフェアボサム警部の本部を置かせたくないと思っているのはわかったが、これだけの部屋数がある以上、断る理由は見つからないようだ。「息子の書斎を使えばいいでしょう」渋々といった口調で提案した。「あの部屋には電話の子機が置いてあります。ただ玄関ホールにある親機につながっていますから、秘密が守れる保証はありませんが」

警部はくすくす笑った。「交換所で女性たちが聞いているんですから、秘密の電話などというものはありえませんよ。ですが、息子さんの書斎を使わせていただけるのなら、ありがたいです。大きな使いやすい机がありますからね」警部はその場を立ち去ろうとしたが、再び振り返って言った。「そうそう、もうひとつお願いがあります。部下たちがそろそろ腹を空かせていましてね。地元のパブまで行く必要がなければ、より早く仕事を片付けることができます。よければ、お宅の使用人たちといっしょに彼らにもなにか食べさせてやってもらえませんか？」

「料理人をさっさと尋問から解放してもらえれば、それだけ早く食事ができます。あなたの部下の方たち——もちろんあなたも——のお腹を満たすだけの料理を用意させます。キングスダウンでは食べ物を切り詰めたりはしませんから」エドウィーナが、警部を使用人と同列に扱ったことにわたしは気づいていた。わたしたちといっしょに食事をするよう誘ってはいない。警察署長にならないかぎり、誘われることはないだろう。

「ありがとうございます。すぐに部下たちを探してきます」

警部が部屋を出ていくやいなや、エドウィーナは立ちあがってわたしに近づいてきた。

「警部となにを話していたのですか、ジョージアナ？　なにか疑っていることがあるのなら、わたしたちにも話してください」

「なにも疑ってなどいません、公爵夫人。なくなった手紙を探したほうがいいと、警部に提案しただけです。セドリックが自分の手で投函したいと考えたくらい重要なものだったなら、あの手紙が鍵を握っているような気がします」

「おそらく弁護士に宛てたもので、従者を養子にする手続きを進めるように書かれていたのでしょう。弁護士もそう言ったでしょうが、まったくばかげた考えです。それ以外に、わざわざ雨のなかを歩いていくほど急を要する用事があったとは思えません。セドリックは戸外の活動を好む人間ではありませんでしたから」エドウィーナは窓の外を見つめ、ため息をついた。「いつもどおりの時間に昼食をとってはいけない理由はありませんね。警察官が屋敷じゅうをうろうろしているなか、料理人がなにを作れるのかはわかりませんが。今日は簡単なもので我慢しなくてはならないでしょうね。ハクステップを呼んで、これから食事がしたいと言ってちょうだい、ジョン」

エドウィーナが呼び鈴に近づくのと同時に、ジャックも立ちあがった。「自分の息子が殺されて、おれが犯人だとみんなに思われているというのに、よくもそんなに落ち着き払って昼食の話ができますね」彼の怒鳴り声が長広間に響いた。

エドウィーナは驚いたように彼に向き直り、柄付き眼鏡（ローネット）ごしにしげしげと見つめた。

「怒鳴り声をあげるなんて。公爵としてふさわしい振る舞いとは言えませんよ、ジョン。あなたは感情をコントロールすることを学ばなくてはいけません。息子を亡くしたことにはもちろんわたしも心を痛めていますし、犯人には腹を立てています。ですがわたしたちはよき手本とならなければいけないのです。顔をあげて、堂々としていなければならないのですよ。一定期間は喪に服しますが、それ以外、この家の営みは普段どおりに行います。蓄音機やラジオはかけませんし、ダンスもしません。黒のスーツを着てくださいね、ジョン。どれがふさわしいかは、ミスター・オマーラが助言してくださるでしょう」

「喪なんてくそくらえだ。なにもかも、見せかけにすぎない。そうでしょう？　家族が死んだことを悲しんでいる人間は、ここにはいないんですか？　それにおれの名前はジャックだ。ジョンじゃない。生き返ったあなたの息子じゃないんです。おれはおれだ。ありのままのおれに慣れてもらわないと困ります」ジャックはそう言うと、足音も荒く部屋を出ていった。

「まあまあ」シャーロットがつぶやき、同意を求めるようにヴァージニアを見た。

「元気のいい若者ね。わたしは好きだわ」ヴァージニアが言った。「ブダペストの騎兵隊の将校を思い出すわ……彼はとても――」

「まったくマナーのなっていない若者です」エドウィーナがぴしゃりと告げた。「ですが、動揺するのも当然です。このような状況ですから、今回だけは大目に見るべきでしょうね」

「本当に彼がセドリックを刺したのだと思いますか？」シャーロットが訊いた。

エドウィーナはため息をついた。「その可能性は否定できないでしょうね。彼がかっとしやすいたちであることはこれでわかったわけですから。ふたりが地所のどこかでばったり会って、セドリックにまた母親を侮辱されたとしたら、彼が怒りに任せてナイフを投げたということはありえるかもしれません。どちらにしても、指紋がはっきりした答えを出してくれて、キングスダウンの暮らしが元通りになることを願いますよ」

ジャックにはそれは不可能だ。今後どういうことになったとしても、ジャックにとっての元通りの暮らしは二度と戻ってこないだろう。

エドウィーナがダーシーとわたしに近づいてきた。「ミスター・オマーラ、あなたが言っていた例の触角とやらを伸ばしていただいてもいい頃合いかもしれません。ようやく静かになりましたし、ロンドン警視庁の上層部の人間に来てもらえるのなら、早いに越したことはありません」

「いま電話をかけるのは、あまりいい考えではないと思います」ダーシーが答えた。「警察が電話の子機が置かれている息子さんの書斎を使うということは、こちらからかける電話をすべて盗み聞きできるわけですからね」

「まさかそんな厚かましいことを……」エドウィーナが言いかけた。

ダーシーは微笑んだ。「彼らは殺人の捜査をしているんです。ぼくたちの行動すべてを監視するのが彼らの仕事です。ぼくたち全員が容疑者なんですから。おわかりだと思いますが」

「本当にばかげた話だこと。それではロンドン警視庁の人間とどうやって連絡を取るつもりですか？」

「この家を出る許可が出たらすぐに、ぼくが直々に行ってきますよ。こういったことは直接話をしたほうがいい」

「急いでくださいね。この事件を解決したいのです。しかるべき方法で、できるだけ早く」

「できるだけのことをしますよ、公爵夫人。皆、あなたと同じくらい真実が知りたいんです」ダーシーは同意を求めるように、ほかの人々を見回した。わたしはうなずいた。

「食事ができるのかどうかを確かめてきます」エドウィーナが言った。「いっしょに来ますか？　シャーロット？　ヴァージニア？」

「こんな状況で言うべきことではないかもしれませんが、実を言うと少し空腹を感じていますよ」シャーロットは低い肘掛け椅子から苦労して立ちあがった。ヴァージニアが彼女の腕を取り、アイリーンは母親につかまった。彼女たちがいなくなるのを待って、三人の〝ムクドリ〟たちが口を開いた。

「ぼくたちは荷造りして、ここを出ていったほうがいいね」エイドリアンが言った。「ぼくらは明らかに招かれざる客だ——ぼくたちが出ていくのがわかったら、ここのばあさんはきっと喜びのダンスを踊るよ」

「それに喪に服す家族の邪魔をしちゃいけない。そうだろう、ジュリアン？」サイモンが言葉を継いだ。「そんなことはすべきじゃない」公爵夫人の声音を真似て言う。

「わたしたちはみんなここに留まらなくてはならないのよ。好むと好まざるとにかかわらず」わたしは言った。「少なくとも、わたしたちがセドリックを殺していないと警察が認めるまでは」

「ぼくたちのだれかが、気の毒なセディを殺したって？」エイドリアンが声をあげた。「あんな大きなナイフをだれかの背中に突き刺すなんて、ぼくには絶対できないよ。血を見るだけで卒倒するのに」

「だれがセディを殺したのかを突き止められるものだろうか」サイモンが疑問を呈した。「これだけの大きさの屋敷だ……だれにも見られずにこっそり忍び込んで、また出ていくのは簡単だ。朝早く、それも今日みたいな日だったらなおさらだ。雨が降っているときは、窓の外を見ることすらないからね」

「でも玄関は一カ所だけだわ。そうでしょう？」ベリンダが訊いた。これまで彼女は、ほかの人たちのうしろで窓のそばにひっそりと座っていた。自分の思い通りにならなかったせいか、まだ不機嫌そうな表情だ。「使用人の区画から入るなら話は別だけれど」

「舞踏会室の一方の壁には、フレンチドアがずらりと並んでいるわ」わたしは言った。「ほかの部屋にもフレンチドアがあったはず」

ベリンダはため息をついた。「もうほとほとうんざりしたわ。あの卑劣なオーストラリア人をさっさと逮捕して、終わらせてくれないかしら。そうすればロンドンに帰れるのに」

「ベリンダ――あなたは数分前まで、彼と結婚しようと画策していたじゃないの！」

「彼が怒りっぽくて、だれかにナイフを投げたりするなんて知らなかったときの話よ」

「彼の仕業じゃないと思うわ。だってだれかを殺すつもりなら、自分のものだってみんなが知っているナイフを背中に刺さったままにしておく？　すぐに見つかるような道の脇に死体を置いておく？　ジャックはたくましい人よ。死体をどこかの茂みに運んで隠しておけば数日は見つからない。それまでに完璧なアリバイを作ることだってできたでしょうに」

「ぼくはきみから目を離さないようにしたほうがよさそうだ」ダーシーが眉を吊りあげた。「きみはずいぶんと腹黒くなってきたぞ」

「ああ、お腹がすいたわ」ベリンダがつぶやいた。「昼食だって言っていたわよね。どなたか、食堂に案内してくれないかしら？」

「ぼくらは、今後当分ありつけそうにない豪華な食事を思いっきり楽しんだほうがよさそうだ」エイドリアンが言った。「またすぐにベークド・ビーンズのトースト載せで生きていくことになりそうだからね」

「セディが遺言でぼくたちになにかを遺してくれているって、期待しても無駄だろうか？」ジュリアンが訊いた。

「昨日までだったら、ぼくも期待していただろうな」エイドリアンが言った。「でもあの生意気で意地の悪いマルセルがセディのお気に入りだってことがわかったから、まずそんな可能性はないだろう。それに彼女たちの話を聞いただろう？　金はすべてこの地所に縛りつけられていて、全部ジャックのものになるんだ」

「彼にもっと親切にしておくべきじゃないかな」サイモンがにやりとした。「裁判になったら、友人が必要になる」

「そのとおり」ジュリアンがうなずいた。「彼を探して、ぼくたちはいつも味方だってことを言っておこう」

ダーシーがなぜかくすくす笑うのが聞こえた。

「あなたたちのことはムクドリじゃなくて、ハゲタカって呼ぶべきね」わたしが言うと、彼らは声をあげて笑った。

「ぼくたちみたいな飢えた芸術家やパフォーマーは、生きていくために必要なことをしなければならないのさ」エイドリアンが応じた。「セディと会って、苦境を脱したと思っていた。彼は、自分の劇場を建てようとしている本物のパトロンで、ぼくたちに戯曲を書かせてくれ、演技をさせてくれ、セットのデザインをさせてくれた……夢が現実になったんだ。彼が殺されたことが残念だよ」彼は黒いズボンのほこりをはらった。「さあ、行こうか。ジャックのところに食べ物を持っていってやろう。彼は体力をつけておく必要があるからね」

三人はそろって部屋を出ていった。ベリンダが立ちあがり、猫のように伸びをすると、彼らのあとを追っていった。

わたしはダーシーを見た。「わたしたちも行きましょうか?」彼が腕を差し出した。

「しばらく抜け出してもいいと思う?」

ダーシーは面白そうな顔になった。「なにをするつもりだい?」

「そういうことじゃないの。あなたに、現場を見てもらいたいのよ。警部は気づかなかったけれど、あそこにはなにかひどくおかしなことがあるの」

「でもきみにもそれがなにかはわかっていない？」

「もう一度あなたといっしょに行けば、わかるかもしれない」

「フェアボサム警部は、ぼくたちはどこでも好きなところに行っていいと言ったよね？　つまり、地所のなかを歩きまわってもいいということだ。きみがまた、犯罪捜査に首を突っ込もうとしているのを歓迎はできないけれどね」

「ダーシー、あなたはジャックと船で数週間いっしょに過ごしているわ。彼に殺人は可能だと思う？」

「可能かって？　もちろんだ。だが実際に彼が手をくだしたかどうかということになると――きみと同じ意見だよ。彼はそこまで愚かじゃない。被害者の背中に自分のナイフを刺したままにしておいたりはしない。それじゃあ、行こうか。だれにも気づかれないうちに、出かけよう」

わたしは部屋を見回し、暖炉の向こう側に座ったままのシシーを見て驚いた。あわてて駆け寄る。「ごめんなさい。あなたがまだいたことに気づかなかったわ。みんなあなたを無視していたのね」

「いいんです。もう慣れたわ」シシーは雄々しく微笑もうとした。「体が不自由になると、その人は見えない存在になるの。みんな、わたしがその場にいないみたいに話をするのよ」

「食堂まで車椅子を押していこうか？」ダーシーが訊いた。

「お願いします」シシーはかわいらしく微笑んだ。「ほかの家族といっしょに食事をする機会はめったにないの。わたしを下まで運ぶのは大変だから」

「いまは従兄がいるから、彼が喜んで運んでくれると思うわよ」わたしが言うと、シシーは顔を赤くした。

シシーは手を伸ばし、わたしの袖に触れた。「ジョージー、彼がやったわけじゃないわよね？ジャックはセドリック伯父さまを殺したりなんてできない」

「そうだといいんだけれど。でもわたしはこれまでにも殺人事件に何度か関わったことがあるの。犯人を見つけるのは簡単じゃないのよ。追いつめられると、ものすごくいい人でも殺人を犯すわ。それにジャックは頭に血がのぼりやすいこともわかっているし」

「でもジャックは遅くとも八時半にはわたしの部屋にいたし、少しもおかしな様子はなかった。数分前に人を殺したばかりの人が、なにもなかったようにごく当たり前におしゃべりなんてできるはずがない」

「あなたはそう思うのね」

ダーシーは置かれていた場所から車椅子を移動させ、玄関ホールのほうへと押し始めた。

「今朝は本当に外にいるジャックを見なかったのね？　それとも彼をかばって嘘をついたの？」わたしは彼女の横を歩きながら尋ねた。

「本当に見ていないわ」シシーは真剣なまなざしでわたしを見つめ、首を振った。

「あなたが窓のそばにいた時間が早すぎたのかもしれないわね」

「そうかもしれない。それとも、彼を見逃したのかもしれない。乳母はいつものとおり七時半に着替えを手伝ってくれて、そのあとエルシーが八時に朝食を持ってきてくれるまで、しばらくひとりでいる時間があったの。八時だってわかるのは、暖炉に小さな時計が置いてあって、きれいな音のチャイムが鳴るからなの。パリに住んでいた頃、お父さまが買ってくれたのよ」悲しげな表情がシシーの顔をよぎった。

「朝食の前や食べているあいだにセドリック伯父さんを見かけることもなかったのね？」

「見なかった。みんなが言うとおり伯父さまが八時に出かけたのなら、熱いうちに食べようと思ってそっちに気を取られていたのかもしれない」

「ほかにだれかを見かけなかったかい？」ダーシーが尋ねた。

シシーは用心深いまなざしを彼に向けた。颯爽とした、どこか危険な香りを漂わせている見知らぬ男性だから、無理もない。

「わたしが見たのは、このあいだここにやってきて、執事を怒鳴りつけていた男の人だけ。覚えている、ジョージー？」

ダーシーは車椅子を押す手を止めた。わたしは彼女に向き直った。

「以前この家にやってきて怒鳴ったりわめいたりしていた若者を見かけたのに、そのことを警部に言わなかったの？」

シシーは唇を嚙み、ダーシーからわたしへと視線を移した。

「言おうと思ったの。でもみんなが話したり、怒鳴ったりしているからチャンスがなくて。それにジャックのことを話したあとだったから、言っても信じてもらえないと思ったし、早い時間だったからたいして重要じゃないかもしれないとも思った。ちょうど着替えを終えたとき、その人が丘を駆けあがってきたの。八時二〇分くらい前だったと思う。息を切らしていて、ここまで必死に走ってきたみたいに見えた。家の近くまで来ると足を止めて、しばらくその場でこっちを眺めていたけれど、しばらくすると向きを変えて帰っていったの。変でしょう？　でもその時間は、セドリック伯父さまはまだ家を出てはいなかったのよ」

「その男は渓谷を通って丘をくだっていったのかい？」ダーシーが尋ねた。

「いいえ。私道を門のほうに歩いていった」

「そのことをすぐに警察に話さなきゃいけないわ」わたしは言った。

「どうしても？」シシーはまた唇を噛んだ。「あの警部はあれこれと問いただして、わたしを混乱させるに決まっている。そもそもあの男の人は事件とは無関係よ——だって時間が早すぎるもの」

「門のほうに歩いていったにしろ、気が変わって家から見えないところまで地所をくだってから引き返したのかもしれないのよ。渓谷でセドリックを待ち伏せしていたのかもしれない」

「どうしてそんなことをするの？」

「彼がウィリアムだから。机の上の書類を動かしたといって、最近セドリックがくびにした従僕なの」

「ひどい話。あんまりだわ」

「それだけが理由じゃないのかもしれない」ダーシーが言った。「セドリックはその男をくびにする理由が欲しかったのか、もしくはその書類のなかにだれにも見られたくないなにかがあったのかもしれない」

「まあ。考えもしなかったわ。ということは、この家の人たちとはまったく関係のない動機があったかもしれないということね。彼はなにか不正なことに関わっていたのかもしれない――例えば脅迫とか」

ダーシーがうなずいた。

「まだあるの。ウィリアムが怒っていたのは、劇場の建設のためにセドリックが取り壊そうとしているコテージのひとつに、彼の両親が住んでいるからなの。これも動機としては充分だわ。そうじゃない?」わたしは色めき立った。「彼は、セドリックと対決するために屋敷に来たのかもしれない。玄関の近くまで来たところで、セドリックが手紙を投函しに行くと言っているのを聞いたとしたら? そこで彼は、屋敷ではなく渓谷でセドリックと会おうと決めた――だれにも見られない場所で」

「でもどうやってジャックのナイフを手に入れたの? そもそもナイフのことをどうして知っていたの?」

「そうね。以前にも馬具収納室に入ったことがあったのかもしれないわ」わたしは彼女の肩に手を置いた。「シシー、この証言でジャックの疑いを晴らせるかもしれない――それがあなたの望みなんでしょう?」

シシーはうなずいた。

「それならセドリックの書斎に行って、警部と話をしましょう」

フェアボサム警部はシシーとわたしの話にじっと耳を傾けた。

「まさかとは思いますが」彼は言いかけて、鋭く息を吸った。「すべて本当の話でしょうな？ あの若いオーストラリア人の若者をかばうための作り話ではありませんね？」

「本当のことです」シシーは答えた。「確かにその男の人を見ました。ただ公爵が家を出たのが本当に八時頃だとしたら、どこかで遭遇するには早すぎる時間でしたけれど」

「その人が地所を横断して、公爵が渓谷を通ってやってくるのを待っていたなら話は別です」わたしは指摘した。

警部はうなずいた。「そして彼には動機がある――公爵は彼をくびにしたうえ、両親をコテージから追い出そうとしていた。彼の名前はわかりますか？」

「ウィリアムだと思います。ここの使用人が知っているはずです。彼がどこに住んでいるかも。最悪の場合でも、彼の両親の家に行けばわかるでしょう」

「まずはあのナイフに残された指紋がだれのものかを確かめますよ。それからあの若者が言っていたとおり、渓谷の足跡を調べます。話してくださってありがとう。助かりました。もし、またなにかを見かけることがあったら……」

「すぐにお伝えします」シシーの頬は鮮やかなピンクに染まっていたが、照れているというよりは興奮しているように見えた。

わたしたちは彼女の車椅子を押して食堂に向かった。エドウィーナたちはすでにテーブルについていたが、ジャックの姿は見当たらない。

「ああ、来たのですね」エドウィーナが言った。「どこに行ったのだろうと思っていたのですよ。エリザベス、あなたもいてくれてよかった。いっしょに食べましょう。フレデリック、ミス・エリザベスがテーブルにつけるように、椅子をひとつ片付けてちょうだい」

わたしたちはシシーを指定の場所につかせてから、テーブルの下座に座った。

「給食のような食事ですみませんね」エドウィーナが言った。「ゆっくり料理をしている時間がなくて、気の毒に料理人がひどく狼狽していたので、ありあわせのものでいいと言ったのです」

〝ありあわせのもの〟というのは、大きなミートパイとカリフラワー、チーズ、マッシュポテトだった。わたしの普段の食事を考えればごちそうだったから、たっぷりと皿によそった。

「ここに来る途中でジョン――ジャックでしたね――に会いませんでしたか？」エドウィーナが尋ねた。「彼のことが心配です。逃げ出すようなばかなことをしていないといいのですが。彼はわたしたちのように義務と名誉を重んじるように育てられてはいませんからね」

「見かけませんでした」わたしは答えた。

エドウィーナはフレデリックを呼びつけた。「旦那さまを探していっしょに昼食をとるように伝えてほしいとハクステップに言ってちょうだい」

ほとんど無言のまま食事をしていると、ハクステップが食堂にやってきた。「奥さま、旦那さまはどこにも見当たりません。コートもなくなっています」

「まあ、なんということでしょう」エドウィーナは喉に手を当てた。「どうすればいいかしら？」

「よければ、ジョージアナとぼくが探しに行ってきますよ」ダーシーが言った。「ぼくの車があります。彼が列車に乗るつもりなら、阻止できるでしょう」

「感謝しますよ、ミスター・オマーラ。あなたの言うことなら、きっと耳を傾けるでしょう」

ダーシーがわたしに向かってうなずき、わたしたちは席を立った。ダーシーのスポーツカーは厩のひとつに止めてあった。走り始めてすぐに、わたしはベリンダが文句を言っていた理由を理解した。ぼろぼろの幌から雨が滴ってくる。

「残念ながら、あまり快適なドライブとは言えないな」ダーシーが言った。「フェアボサムに気づかれる前に、ジャックを見つけられるといいんだが。こんなふうにいなくなったりしたらいったいどう思われるか、ジャックにはわかっていないんだろうか？」

「無実であることをどれほど願っていようと、彼の仕業だという可能性を考えなくてはいけないのかもしれないわ」

雨のなか、フロントガラス越しに左右を見回しながら私道を走った。道路に出ると、ダーシーは村とは反対の方向に車を向けた。「まずは駅だ」線路に沿って駅を目指す。だがプラットホームに人気はなく、次の列車が来るのは三〇分後だと教えられた。

「その列車に間に合うように駅に着くのは無理かもしれない。村からバスは出ているのかしら」

「ジャックのことだ、だれかに乗せてもらうだろうね」ダーシーは車の向きを変えると、村を目指した。村の通りもがらんとしていて、今日は店が早じまいする日なのだと気づいた。一・五キロほど走ったところで今度はファーニンガムを目指し、次にクロッケンヒルに向かったが、その途中でもだれも見かけることはなかった。仕方なくわたしたちはキングスダウンへと戻り始めた。

前庭に入り、車を降りたところで、湖からこちらに向かって歩いてくる人影が見えた。ジャックだ。

「どこに行っていたんだ？」ダーシーが呼びかけた。「きみを探していたんだ。逃げ出したんじゃないかって公爵夫人が心配していた」

ジャックはにやりとした。「いいかげん我慢できなくてね。一杯ひっかけようと思って、村のパブまで行ってきた」

「ひっかける？」

「ビールを飲みに行っていたっていうことさ」ダーシーが答えた。

「そういうこと。どこでもいいから、普通のところに行きたかった。あの村にはいいパブがあるね。ドレイクの農場に新しく雇われたのかってバーテンダーに訊かれたよ。愉快だろう？　新しい公爵だなんて答えたくはなかったな」

「少しも愉快じゃないわ、ジャック。いなくなっていることを警部に知られたら、すごく困ったことになっていたところよ。罪を認めたって思われたかもしれない」

ジャックはうなずいた。「そうだな、きみの言うとおりだ。そこまで考えなかったよ。しばらくここから離れないことには、頭がどうにかなりそうだったものだから。なにもかも、おれの理解を超えているよ」

ダーシーは親しげに彼の肩を叩いた。「さあ、だれかに気づかれる前に家に入ろう。心配しなくても大丈夫だ。ここはイギリスだ――世界でもっとも優秀な警察がある。すぐに解決するさ。約束する」

先に立って階段をあがっていくジャックを眺めながら、ダーシーはわたしに向かって顔をしかめた。〝そう信じられればいいんだが〟とその表情が語っている。

家のなかに入ろうとしたところで、わたしはダーシーの手を取った。「あなたに現場を見てもらういい機会だわ。警察官はだれも見当たらない」

「きみがなにを見せたいのか、ぼくにはわからないよ」ダーシーはそう言いながらも、タグボートに引かれる定期船のように、おとなしくわたしについてきた。「死体はすでに運び出されているだろうし、なにか証拠が残っていたとしても警察官が踏みつぶしてしまっているだろうしね」

湖に近づくにつれ、青空がところどころ顔をのぞかせ始めた。数分後には太陽が顔を出し、鉛色だった湖は青く変わって、穏やかな水面では白鳥が泳いでいた。やがて陰鬱だった景色は、きらきらと輝く風景に変貌した。ダーシーの手は温かくて、握っているだけで安心できて、突如として世界が素晴らしいもののように感じられた。人が幸せになるために必要なものは、それほど多くはないのだ。

湖を過ぎ、ぬかるんだ丘の小道をくだった。大きなブーツの足跡がいくつも残っていて、警察官たちが行ったり来たりしたことを示している。ようやくたどり着いた渓谷は、太陽の光を浴びてとても美しかった。川の水は再び減って、岩の上を楽しげに流れている。死体があった場所を特定するのは難しそうだ。

「ほらね、ここまで来る意味はないと言っただろう？　見るべきものなんてないじゃないか」

わたしは地面に目を凝らした。たくさんの足跡が残ってはいるものの、一時間ほど前まで死体があったことなど、だれも想像すらしないだろう。なにを探していたのか、自分でもわからなかった。

「血痕が残っているとでも思っていたのかい？　雨が全部洗い流してしまったんだよ」

「それだわ！」わたしは彼に向き直った。「妙だと思ったのはそのことよ。彼は大きなナイフで刺されていたのに、血がほとんど流れていなかったの。それにシャツは白いままだった。

刺された人を以前に見たときは、シャツは血で真っ赤に染まっていたのに」

「だれが刺されたのを見たんだい？」ダーシーはいぶかしげに尋ねた。

「シドニーという名の気の毒な人よ。王女さまをもてなしたときのこと」

ダーシーは首を振った。「刺された人を目撃したことを当たり前のように話す女性を妻にしようという男が、ぼく以外にどれくらいいるだろうね。まさかきみは、ディナー・パーティーでその話を持ち出したりはしないだろうね？」

「死体と何度か遭遇したのは、わたしのせいじゃないわ。歓迎したわけでもなければ、死体を探していたわけでもない。向こうがわたしを見つけるのよ」

「ぼくたちの家を訪ねてくる人には警告したほうがよさそうだね。ジョージアナのそばにいる人は無残な死を遂げる傾向があるのですが、それでもよければどうぞ我が家にいらしてくださいってね」

わたしたちは声をあげて笑った。いっしょに過ごす未来の話ができるのは、なんて素晴らしいんだろう。ダーシーは愛しげにわたしを見つめると、顔に落ちてきた髪をはらい、抱きしめてキスをした。「朝からずっとこうしたかった。ようやく、だれも見ていないところでふたりきりになれた」

「わからないわよ。シシーは自分の部屋からなんでも見ることができるんだから」

「危険な目に遭うようなものを見ていないことを祈ろう。自分の身が危ないと思えば、犯人は狂暴になるかもしれない」

「いやだ。そのことは考えなかった。警察に彼女を警護してもらったほうがいいかしら？」

「彼女には弟も妹もいるし、子供部屋には看護師がいるだろう？　看護師はずっとあそこにいるはずだ」

「そうね、でも……警察が早くこの事件を解決してくれればいいと思うわ。みんなを見ながら、どの人が犯人なんだろうって考えるのはいやなものよ。従僕のウィリアムかもしれないわね。もしそうなら、またいつもどおりの暮らしに戻れるのに」

「そうかもしれないね」ダーシーは考えこみながら言った。

「まだわたしの疑問に答えてくれていないわ。刺された傷口からほとんど血が出ていなかったのはどうしてだと思う？」

「ナイフが刺さったままになっていたせいで、あまり出血しなかったのかもしれない。あるいは厚手のウールのチョッキを下に着ていて、それが血を吸ったのかも」

「もうたくさん」わたしは身震いした。「本当に気が滅入るわ。今日は生きていた人が、翌日には死んでいるなんて。命がこんなにはかなくて、軽いものだなんて思いたくない」

そう言っているあいだに太陽がまた雲に隠れ、世界が暗く沈んだ。わたしは震えあがった。

「もう帰りましょう。川の水に洗われながら、ジャケットをかけられて横たわっている彼の姿がまだ見える気がするわ」

「ジャケットをかけられて？」

「それも妙な点なの。脱いだジャケットが、彼の上半身にかけてあったのよ。どうしてかしら？」

「暑くて脱いだわけじゃないだろうしね」

「犯人はどうしてわざわざジャケットをかけたのかしら？」

「犯人がしたことじゃないのかもしれない。だれかが彼を見つけて、見るに堪えなくてジャケットをかけたとか？」

わたしは首を振った。「そんなことをするくらいなら、どうして助けを呼ばなかったの？」

ダーシーは肩をすくめた。「ぼくにはわからない。とにかく、もう帰ろう。あの岩のあいだに建っているのはなんだい？」

「装飾用の建物よ」

「探検してみようか」ダーシーはわたしの手を取った。

「あそこでなにか変なことをするつもりじゃないでしょうね？」

ダーシーは笑って答えた。「あそこは寒すぎるよ。濡れているだろうしね。変なことをするのなら、柔らかい羽根布団の上がいいね」建物に続く険しい道に差しかかると、わたしの手を握るダーシーの手に力がこもった。

「やっぱり寒くて、じめじめしている」ダーシーはあたりを見回しながら言った。それは円形の部屋がひとつだけのギリシャの寺院のような建物で、奥の壁は大理石、まわりをぐるりと柱が取り囲んでいた。柱の一部と奥の壁には蔦がからみついている。気持ちよく晴れ渡った日には素晴らしい眺めなのだろうけれど、いまは雲がまた空を覆っていて、雨が降りだしそうだった。腐った木の葉とかびのにおいがした。

「この機会を利用してきみにたっぷりキスをするつもりだったんだが、ここにはあまり長居したくないね。なんとも気の滅入るところだ。そう思わないかい？」

わたしはうなずいた。「それに、わたしたちがいないことにだれかが気づくでしょうしね」屋敷の高いシルエットが浮かびあがっているのが見えた。「戻ったほうがよさそう」

「天気がよければ、きれいな景色が見えるんだろうけれどね。谷の向こうまで見渡せるよ」

「それに下におりる小道も」ふと気づいた。「渓谷も見えるわ。だれかを待ち伏せするには、ここはうってつけよ」

「セドリックが手紙を投函しに行くことを知っていたのはだれだい？　とっさに思いついたことだったはずだ。セドリックは書斎に行き、手紙を書き、自分で投函しようと決めた。そのことに気づいたのはだれだろう？　そもそもその時間には、まだだれも起きていなかった」

「ジャック以外は」

ダーシーはうなずいて、繰り返した。「ジャック以外は。彼にとってはあまりいい話ではないね」

「シシーもいるわ。七時半には彼女は着替えを終えていた」

「だが彼女は足が悪いから、伯父のあとを追って渓谷まで行き、彼を刺すことはできない。その前にジャックのナイフを手に入れなければならないしね」

「そうね。アイリーンは薬を飲まされていたし、老婦人たちにはだれかを刺すほどの体力はない。残るのは〝ムクドリ〟たちだけよ」

「だが彼らにはセドリックを殺す理由がない」

「そうなると、やっぱり元従僕のウィリアムが怪しいわ。彼が一番可能性のある容疑者だと思わない？　彼なら簡単に木立を抜けてここまで来られるし、セドリックが渓谷に来るのを待ち伏せできる」

　ダーシーは壁にもたれて話をしていたが、不意に向きを変えて壁を見つめた。「よく聞いて」そう言って、大理石の壁を叩く。「なかは空洞だ」壁を眺め、蔦を引っ張った。「最近、この蔦を引っ張った人間がいる。簡単に壁からはがれるだろう？」

「でもなんのために？」

「ぼくの勘が正しければ――」ダーシーは蔦のなかを探った。「――ほらね、思ったとおりだ」彼は真鍮の輪を持ちあげ、壁に作られたドアを押し開けた。

　わたしはぽっかり口を開けた暗い空間を見つめた。「どこかに通じているのかしら？」

「どうだろう。デッキチェアかなにかをしまってあるだけかもしれない。どちらにしろ、長いあいだ使われていないことは確かだ」

「この家には秘密の通路があるって子供たちが言っていたわ。探しているけれど、どうしても見つからないって。子供の空想だとばかり思っていたのに。この規模のお屋敷なら、秘密の通路があってもおかしくないわ」

「内戦の頃、急いで逃げられるように当時の公爵が作ったものだろう」ダーシーが言った。「どこに通じているのか、確かめる気はあるかい？」

「でもなかは真っ暗よ。こんな暗いところを歩けないわ。少なくとも、わたしは遠慮しておく。蜘蛛(くも)やネズミが出たらいやだもの」

「きみは勇敢だとばかり思っていたよ」ダーシーは笑って言った。「ここは、家からそれほど離れていないよ。道は渓谷のなかを蛇行していたから長く感じたけれど、いまぼくたちがいるのは厩のすぐ下だ。それに、たまたまぼくはライターを持っている」ダーシーはライターを取り出し、かちりと火をつけてみせた。小さな炎が揺れる。「なにもないよりはいい」

「それだけじゃたいして明るくないし、家につくまでもたないわ」

「そうか。それじゃあこうしよう」ダーシーは数本の枯れた枝を束ね、まだ葉がついている枝をそこに重ね、間に合わせのたいまつを作ると先端にライターの火を近づけた。炎があがる。「さあ、ついておいで」

即席のたいまつが通路を薄気味悪い赤色に照らすなか、わたしたちは暗闇に足を踏み入れた。白亜をくりぬいた床と壁は滑らかだったが、天井はとても低かったのでかがまなければならなかった。水滴が落ちてきて首筋を伝った。蜘蛛が出たらどうしようと考えずにはいられない。普段のわたしは勇敢なほうだ——蜘蛛がいないところでは。本当は戻りたかったけれど、怖がっていることをダーシーに知られたくなかった。通路はゆるやかにのぼり続けていたが、ダーシーが不意に悪態をついたかと思うと、たいまつを取り落とした。炎が揺れて、消えた。闇がわたしたちを包む。わたしは悲鳴をあげてダーシーにしがみついた。

「指を火傷したよ」ダーシーが言った。

「もう一度ライターをつけて」

カチリという音がしただけだった。「しまった。空だ。補充しようと思っていたんだが。ほら、ぼくの手につかまって。もうそれほど遠くないはずだ」

一歩一歩探りながら進むうち、片足が硬い石のようなものに当たった。

「階段だ」ダーシーの声が妙な具合に反響して聞こえた。「家の下まで来たみたいだ。気をつけて」

わたしたちは手と足を使って慎重に階段をのぼり、小さな踊り場にたどり着いた。向こう側は壁だ。

「どこかにドアがあるはずだ」ダーシーは周辺を入念に探った。「あったぞ」ドアが開き、突然の明るさに目がくらんだ。そこはがらんとした小さな部屋だった。壁は濃い色の羽目板張りで、置かれているのは上部がガラスの展示ケースだけだ。このお屋敷を探索したときに見つけた、蝶の部屋だった。初めてエイドリアンと会ったのがそのときだ。ダーシーに手を引かれて部屋にはいると、ドアが勝手に閉まり、ほかの羽目板部分と見分けがつかなくなった。

「よくできている」ダーシーが言った。「このことをだれが知っているのかを突き止める必要があるね。ただし、ぼくたちが見つけたことを気づかれないようにしなくては」

「フェアボサム警部に話したほうがいい？」

「まだだめだ。まずは、彼がなにをつかんだかを聞いてからだ」

わたしたちはだれにも見られることなく蝶の部屋を出た。廊下を進んでいくと、閉じたドアの向こうから声が聞こえた。

「おれじゃない。おれはやっていない」男が叫んでいる。

「だが、あんたを見た人間がいるんだ」フェアボサムの声だった。

「さっきも話したじゃないか。おれは公爵とかたをつけるために小道を歩いていたんだ。そうしたら彼が倒れているのを見つけた。死んでいた。だれかに伝えようと思ってお屋敷まで走っていったところで、おれの仕業だと思われるかもしれないと気づいたんだ」

ダーシーとわたしはドアに耳を寄せた。

「公爵とかたをつけるというのは、どういう意味だね？」フェアボサムが追及した。

「やつのことをどう思っているかを言ってやるつもりだった。ずっとあのコテージで暮らしてきたおれの両親を追い出すことなんてできないと言ってやろうと思っていた。必要とあらば、マスコミに話を持っていこうと思っていたんだ――やつが自分の領地の人間をどんなふうに扱っているかを。左翼の新聞はその手の話が好きだからね」

「あんたが公爵とやり合わなかったと証明できるのか？　公爵はおまえを笑い飛ばし、やれるものならやってみろと言ったのかもしれない。あんたがなにをしようと、自分の土地なのだからやりたいようにやるだけだと言ったのかもしれない。あんたは激怒した。馬具収納室にナイフがあるのを見ていたから、それを取ってきて彼のあとをつけた。そして隙を見て彼を刺した」

「おれじゃない。誓ってもいい！」ウィリアムの声は危険なほどに高くなった。

「わたしといっしょに署まで来てもらったほうがよさそうだ」

「おれを逮捕するのか？　そんなことできっこない。おれじゃない。証拠なんてなにもないくせに」

「いずれわかることだ。おまえたち、彼を車に連れていけ。しばらく独房に閉じ込めておけば、なにか話す気になるかもしれない」

「あら、ここにいたのね」いらだったような声がした。振り返ると、ベリンダがこちらに近づいてくるところだった。「どこに行ったのかと思っていたわ。殺人犯かもしれない人たちでいっぱいの家に、わたしひとりを残してこっそり出かけるなんてひどいと思うわ」

「エドウィーナに用事を頼まれたのよ」憤然としたベリンダの顔を見て、わたしは思わず笑いたくなった。「それに、いったいだれがあなたを殺すというの？　自分でも言っていたとおり、あなたはこの一家とはなんの関係もないのに」

「やめろ。放せ。あんたたちは間違っている。おれはやっていない！」書斎から聞こえてくる声が高らかに響いた。

ベリンダは興味を引かれたようにその部屋のドアを見つめた。「あれはだれなの？　ジャックじゃないわね。彼はエドウィーナといっしょにいたもの。家系図を見せられていて、死ぬほど退屈していることをどうにかして顔に出すまいとしていたわ」ベリンダは言葉を切ると、手で口を押さえた。「あら、いやだ。人が突然死んでいるんですもの。ここでは言葉に気をつけないといけないわね」

そのときドアが勢いよく開いて、がっしりしたケントの警察官ふたりに体をつかまれたウィリアムが姿を見せた。

「あれはだれ？」半分引きずられ、半分押し出されるようにして玄関を出ていく若者を見ながら、ベリンダが訊いた。

「以前ここにいた従僕よ」わたしは答えた。

わたしたちは玄関ホールを進み、長広間に向かった。

ベリンダは考えこみながら言った。「それじゃあ、セドリックを殺したのは彼だったの？ジャックじゃなかったのね？」

「ベリンダ、だれがセドリックを殺したのか、まだわかっていないの。あの従僕にも、動機があるというだけよ」

「ここはまさに恐怖の館ね」ベリンダは毛皮の襟のついたカーディガンをぎゅっと体に巻き付けた。「今度はきっと、屋根裏部屋に閉じ込められている頭のおかしな伯母を見つけるんだわ。もうこれ以上、一分だってここにはいられない。ロンドンに帰らないと、わたしのほうが頭がどうにかなってしまうわ。お願いだから、わたしはこの事件とはなんの関係もなくて、どうしても家に帰らなきゃならないんだって、あの田舎者の警部に話してもらえない？」

「どちらにしろ、ぼくもロンドンに行かなきゃいけない」ダーシーが言った。「ぼくといっしょに来ればいいよ、ベリンダ」

「本当に？　あなたって天使だわ。本物の天使よ」ベリンダは手を伸ばして彼の頬を撫でた。いまにも彼にキスをしようとしているように見えて、わたしは嫉妬にかられた——ダーシーとベリンダは友人以上の関係だったことがあるのかもしれない。

「どうしてロンドンに行かなきゃいけないの？」わたしは平静を装って訊いた。

ダーシーは声を潜めた。「どうしてだと思う？　ロンドン警視庁の友人に会うためだよ。ここから電話をかければだれかに聞かれてしまうし、なによりこういうことは直接会って話をしたほうがいい」

「それならわたしも行くわ。おじいちゃんに会って、知恵を貸してもらったらいいと思わない？　警察官だった頃、おじいちゃんは殺人事件をたくさん見ているもの。ここに来てもらうように頼んでもいいかもしれない」

「きみのお祖父さんは素晴らしい人だよ。だがキングスダウンで食事をしているところは想像できないな」

「ここのお客さんとしてじゃないわ。わたしの運転手かなにかのふりをしてもらうの。村のパブに滞在するのもいいわね」

「もっと慎重になるべきだと思うよ、ジョージー。ロンドン警察に話をするべきかどうかすら、ぼくは迷っているんだ。きみのお祖父さんは邪魔者扱いされるだろうね。そもそも協力を要請するまでは、この事件はケント警察が担当なんだ」

「でもフェアボサム警部はなにひとつわかっていないわ。かたっぱしから逮捕しているだけだもの」

「怪しい容疑者をふたり見つけているよ。だれが捜査をしたとしても、ジャックとウィリアムは疑われただろうね」

「それでもやっぱりおじいちゃんと話がしたい。どうしてジャケットがセドリックにかけてあったのか、どうして傷口からほとんど出血していなかったのか、おじいちゃんならなにか考えがあるかもしれない。絶対に意味があるはずだもの」

「よくわかるわ、ジョージー。あなたもわたしと同じくらいここから逃げ出したいのね。町で一日過ごせば、気分も晴れるわ。フォートナムでおいしい食事ができるし」

「まずは、この家から出させてもらうように警部を説得しなければならないな」ダーシーは脅かすような口調で言った。

「わたしたちがセドリックの死に関わっているなんて、警部が考えているはずないわ」ベリンダが言った。

「ジョージーは問題ないだろう」ダーシーはちらりとわたしを見た。「警部はジョージーを信用しているからね。だがベリンダ、きみは——残念ながら警部にとってきみは怪しい存在だと言わざるをえない。ロンドンでセドリックと親しかったし、いまはお金に困っていて、セドリックが殺されたとき都合よく靴を届けに来た。そのうえきみが相手にしているのは、状況証拠が大好きな警官ときている。日付が変わる頃には、きみはジャックの隣の独房に入れられているだろうな」

「やめてちょうだい、ダーシー」ベリンダはハンドバッグを彼に向かって振り回しながら言った。「面白くないわ。脅かさないで」

「あなたをからかっているだけよ、ベリンダ」

「わかっているわよ。でもなにもかももっともらしく聞こえるんですもの。ああ、早く本当の犯人を捕まえてくれないかしら。ナイフにはっきりした指紋が残っていて、だれかが自白してくれることを祈るばかりだわ」

「それほど簡単にはいかないでしょうね。でも本当に早く真相がわかってほしいわ。みんなから自分の仕業だって思われるのは、ジャックにとってさぞつらいことでしょうね」

「あなたは彼だって思っていないの？　植民地の粗暴な若者よ。オーストラリアの奥地では、争いごとはナイフで決着させているに決まっているわ」

「わたしは彼が犯人だとは思わない」わたしはきっぱりと告げた。「自分自身を納得させようとしていたのかもしれない。「彼はばかじゃない。あなたなら、被害者の背中にナイフを刺さったままにしておく？　いかにもあなたの仕業だって教えているようなものなのに？」

ベリンダは目を見開いた。「それって、ジャックが犯人だと思わせようとしている人がいるっていうこと？」

「そうよ」

「ジョージー、あなたってものすごく頭がいいのね。男に生まれなかったのが残念だわ。素晴らしい刑事になれたでしょうに」

ダーシーと目が合うと、彼はウィンクをしてみせた。

お茶の時間になる頃には、屋敷は普段の落ち着きを取り戻していた。スコーンとケーキを運んできたメイドたちは、いつでも紅茶のお代わりを注げるようにわたしたちのうしろに控えている。だれもが何事もなかったかのようにおしゃべりをしていて、ウィリアムが警察署に連れていかれたことを知って安堵しているのだとわかった。殺人犯は自分たちの身内ではなかった。外部の人間――それも下の階級の人間だった。セドリックは死んだが、キングスダウンでの暮らしはこれまでどおり続いていくのだ。

「今夜も簡単な食事でいいとミセス・ブロードに伝えました」エドウィーナが、クロテッド・クリームとイチゴジャムをスコーンに載せながら言った。「まったくあの警察官たちは無神経すぎます。使用人はみな、ひどく動揺しています。わたしのメイドは廊下の隅ですすり泣いていました。殺人犯と遭遇するのが怖くて、家のなかを歩けないというのです。いいかげんにしなさいと叱りつけましたよ。殺されたのはわたしの息子なのだから、泣かなければいけないのはあなたじゃなくて、わたしなのだとね。だいたい使用人を殺してなんの意味があるというのです?」

フェアボサム警部が部屋に入ってきたので、エドウィーナは言葉を切った。

「なにかわかりましたか？」彼女が尋ねた。「以前ここで働いていた従僕のウィリアムが連行されたようですね。彼の仕業だということですか？」

「ウィリアムは尋問するために警察署に連行しました」フェアボサムが答えた。「まだ逮捕したわけではありませんし、現在、証拠を調べているところです」そう言いながらも、彼の視線はジャックから離れなかった。「今日は部下のほとんどを家に帰しました。なにかわかったらすぐに連絡しますよ。どうぞゆっくりお茶を召しあがってください」

「ほら、訊いてみて」ベリンダがダーシーの脇腹を突いた。

ダーシーは立ちあがり、警部を追って部屋を出ていった。距離を置いてベリンダがついていく。置いていかれたくなかったので、わたしもあとを追った。追いついたときには、ダーシーはすでに用件を話し終え、フェアボサムがうなずいていた。「かまわないでしょう。あなたはこの家から出てもけっこうですよ。レディ・ジョージアナも。それにあなたのご友人もこれ以上新しい情報はもたらしてくれないようですし。ただご自宅の住所と電話番号は教えていってくださいね。あなたがたおふたりは戻ってこられるんですよね？」

「もちろんです。おそらく一日のうちには」

「ありがとうございます、警部」ベリンダは、普段であれば誘惑しようとする相手にしか見せない魅惑的な笑みをフェアボサムに向けた。効果はてきめんだった。警部は顔を赤くして、照れたように小さく咳をした。

「あなたのような美しい若い女性を、必要もないのにこんな陰鬱な場所に閉じ込めておくわけにはいきませんからね。出席しなければいけないパーティーもあるでしょうし」

警部がセドリックの書斎に戻ろうとしたところで、わたしは勇気をかき集め、大きく深呼吸をしてから口を開いた。「もうひとつ、お話ししておかなければならないことがあります」

「なんですか、レディ・ジョージアナ？」

「死体をご覧になったとき、なにか妙だと思ったことはありませんでしたか？」

「ジャケットがかけてあったことですか？」

「それもありますけれど、傷口からの出血がとても少なかったんです。あれは大きなナイフでした。臓器か血管が傷ついているはずなのに」

警部は顔をしかめた。「なにがおっしゃりたいんですか？」

「わかりません。解剖は行われるんですよね？」

「もちろんです。ですが解剖でなにがわかると言うんです？」

「わたしにもわかりません。でもなにか妙な気がするんです。ロンドンから戻ってきたときには、なにかもう少しつかめているかもしれません」

「あなたには驚かされてばかりだ、レディ・ジョージアナ」警部は顎を撫でながらわたしを見つめた。「血や傷口のことをそんなに冷静に話せるなんて。貴婦人というものは、〝血〟という言葉を耳にしただけで、気を失うのかと思っていましたよ」

「それは、わたしの祖母の時代の話です。いまはわたしたちももっとたくましくなっていますから。世界大戦があったんですよ。痛手を受けなかった家はないと思います」

「あなたの言うとおりだ。わたしも弟をソンムの戦いで亡くしました」

警部はそう言い残し、物思いにふけりながら立ち去っていった。わたしはダーシーやベリンダ、そのほかの人たちのところに戻った。

「そうだわ！」シャーロットが沈黙を破って言った。「どうしていままで思いつかなかったのかしら？今夜、夕食のあとでもう一度交霊会をしましょう。セドリックが戻ってきて、彼を殺した犯人を教えてくれるかもしれない」

「シャーロット、これ以上の茶番がわたしたちに必要ですか？」エドウィーナの声は険しかった。「あなたの妙な思いつきにつきあっている暇はありません」

「このあいだの交霊会で死を予言したじゃありませんか」シャーロットは冷たい声で反論した。「セドリックを殺した犯人が捕まれば、なにもかも解決するんです。それができる一番の人間はセドリックじゃありませんか」

「生きていたときだって、セドリックはたいして役に立たない人だったわ。死んだからといって役に立つとは思えない」アイリーンは毅然としてティーカップをテーブルに置いた。

「アイリーン」エドウィーナがたしなめた。「亡くなった兄のことをそんなふうに言うのは感心しませんね。確かにあなたたちは子供の頃から、あまり仲がよくはありませんでしたけれど」

「セドリックはいつだって偉そうに威張り散らしていたわ。ごめんなさい、お母さま。でもどうしてもわたしは彼のために泣くことはできない。それに忘れてはいないでしょうけれど、セドリックはわたしたちみんなを追い出そうとしていたのよ。あの人は自分のことしか考えていなかった」

「そうだとしてもです。わたしは亡くなった人を悪く言うものではないと教えられて育ちました。それにあの子がどれほどひどい行いをしたとしても、わたしは息子の死を悼みます」

ぎこちない沈黙が広がった。だれもがここにいたくないと思っているのがわかったが、雨が再び激しく降りだしていたので、散歩に逃げ出すこともできない。

「子供たちがどうしているか見てきましょうか」わたしは口を開いた。「下でなにが起きているのか、知りたくてたまらないでしょうから」

「かわいそうに。ひどく動揺していることでしょうね」アイリーンが言った。「あまり知らせないでおくことができれば、それに越したことはないわ」

「ばかばかしい。あの子たちはなにもかも楽しんでいますよ」エドウィーナが言った。「でも、ぜひとも行ってやってくださいな、ジョージアナ」

「ぼくもいっしょに行こう」ダーシーが言った。

「あの部屋を逃げ出したかっただけなの。ぴりぴりしているんですもの」

「公爵夫人はよくもちこたえているよ」最初の階段をのぼりながら、ダーシーが言った。「残ったただひとりの息子を亡くし、娘も失うところだったとはとても思えない」

「フェアボサムはアイリーンの身に起きたことを本当に調べてくれているのかしら」わたしは足を止め、アイリーンの寝室のあるほうに目を向けた。「わたしたちの指紋を採取したわけでしょう？　不審な指紋が残っていないかどうか、アイリーンがゆうべ使ったグラスを調べるべきだわ。残っている睡眠薬の数は数えたのかしら？」

「彼女のメイドがいくらかでも役に立つなら、グラスは洗っているだろうね」

「警部に話をしておいたほうが……」わたしは引き返そうとした。

ダーシーがわたしの肩に手を乗せた。「きみはこの件にのめりこみすぎだよ、ジョージー。肩入れしすぎている。あとは警察に任せて。すべての犯罪を解決するのが自分の役目だなんて思うのはやめるんだ。きみは公爵の娘で、王女の孫だ。きみの仕事は、慈善事業に励み、人生を楽しんで、ふさわしい夫を見つけることなんだ」

「そのどれもわたしは失敗したみたいね」わたしは応じ、ダーシーが笑った。

シシーの部屋ではまだお茶の最中だった。ミスター・カーターと乳母が子供たち三人といっしょにいた。ニックとキャサリンはわたしたちを見ると、興奮して飛びあがった。

「どうなったの？」ニックが尋ねた。「知りたくて死にそうだよ。叫び声が聞こえたし、パトカーにだれかが乗せられるのを見たよ」

「従僕のウィリアムよ」わたしは答えた。「見たことを警部に話したのはいいことだったわね、シシー」

「でもセドリック伯父さまの殺人と彼にどういう関係があるのか、やっぱりわからないわ。

彼がこの家に来たのは八時になるずっと前だったんですもの。彼を見かける少し前に、時計が七時半を打ったのよ」

それが合図だったかのように、時計が四時を知らせた。わたしたちはそろって時計を見つめた。

「これで矛盾がひとつ解決した」ダーシーが言った。「きみの時計は遅れているよ、シシー。いまは四時二〇分だ」

「まあ。あの時計はよく狂うの。いかにもお父さまらしいわ。信頼できる時計すら、贈ってくれなかったのね」シシーは窓の外に目を向けた。「それじゃあわたしが見たのは、セドリック伯父さまを殺したあとのウィリアムだったかもしれないのね?」

「死体を見つけて、あわてて屋敷まで走ってきたって彼は主張しているわ」わたしは説明した。「そのときになって、関与を疑われるかもしれないって気づいたそうよ」

「〝関与〟ってどういう意味?」キャサリンが訊いた。

「関わっているっていうことだ」ミスター・カーターが答えた。「キャサリン、きみはもっと本を読まなければいけない。そうすれば語彙も増える」

「本を読むのって退屈なんだもの。わたしはなにかをするほうが好きなの。たとえば実験とか。実験は面白い。それにシャーロック・ホームズみたいな捜査も。わたしたちを自由にさせてくれれば、きっと手がかりを見つけられると思う。ばかな警察官より先に、事件を解決してみせる」

「それじゃあ警察はウィリアムが犯人だって思っているんだね？　ジャックじゃなくて？」ニックが尋ねた。

「フェアボサム警部はまだ確信していないと思うわ。いまでもジャックを疑っているみたいだし」わたしは答えた。

「ウィリアムだったらいいなんて言うのがひどいことはわかっているけれど、でもそう思っている」シシーの頬は赤く染まっていた。

しばらくおしゃべりをしてから、わたしたちは部屋を出ていこうとした。

「なにかわかったら、また教えに来てくれるよね？」ニックが確かめた。「なにがどうなっているのか、ぼくたちだって知りたいよ。不公平だよ」

「明日わたしたちはロンドンに行くの。だからだれかほかの人から聞いてちょうだいね」

「うらやましい」キャサリンがため息をついた。「わたしたちはここに閉じ込められて、どこにも行くところなんてないんだもの」

「明日は天気がいいといいな」ニックが言った。「そうすれば外に出て、現場を見られる。血痕が残っているかもしれない。なにか手がかりが見つかるかもしれない」

「いいかげんになさい」乳母が言った。「血痕？　行儀のいい子供がいつからそんな言葉を口にするようになったんです？」

「あの子たちは学校に行かせて、当たり前の生活を送らせるべきだな」階段をおりながらダーシーが言った。

「行きたがっているのよ。問題はお金なの。いまはジャックがアインスフォード公爵になったわけだから、彼なら払ってくれるかもしれないわね」

「だがもし……」ダーシーは最後まで言おうとはしなかった。いまは〝もし〟が多すぎる。

「ロンドン警視庁とおじいちゃんがこの事件をさっさと解決してくれて、万事丸く収まることを願うわ。真相がわからなくて、みんなを疑わなきゃいけないなんてすごくいや」

踊り場までおりたところで、ダーシーがわたしの腕をつかんだ。

「どうしたの？」わたしはぎくりとして、危険が迫っているのかとあたりを見回した。

「どうもしないさ。ただこの機会を逃す手はないと思ってね……」ダーシーはわたしを抱き寄せた。

「ダーシー、わたしたち、こんなことしていいのかしら？」

彼はくすくす笑った。「ぼくはチャンスは逃さないタイプでね」

彼の唇が近づいてきたときも、わたしは抵抗しなかった。長広間にいるほかの人たちのところに戻ったときには、うしろめたいような顔をしていたのではないかと思う。ベリンダは気づいたのか片方の眉を吊りあげたが、ちょうどフェアボサムがなにかを言おうとしているところだったので、わたしたちに注意を向けている人はだれもいなかった。

「公爵を殺すために使われたナイフの柄には、だれの指紋も残されていなかったことを報告しておきます」警部が言った。

「指紋がない？」エドウィーナが訊き返した。「だれのものかわからない指紋がなかったという意味ですか？」

「いえ、まったく指紋が残っていませんでした。犯人は犯行のあと、ナイフの柄をぬぐったにちがいありません」

「ナイフの柄をぬぐう時間はあったのに、死体を移動させたり、ナイフを抜いたりする時間はなかったのね」わたしはダーシーにささやいた。「ますます妙なことになってきたわ」

「ウィリアムが自白しないかぎり、進展はないということね」アイリーンが言った。

「いや、実を言えば少し進展がありました」フェアボサムの目がきらりと光ったかと思うと、ジャックに向きなおった。「渓谷を抜ける道に近づいたことはないと今朝あなたは言いましたね？　あなたのブーツの足跡はほかの人たちのものとは全然違うとも？」

ジャックはうなずいた。「そうです」

「あの道であなたの足跡を見つけたと言ったら、驚きますか？　それもはっきりとわかる、つい最近のものが」

ジャックの顔が真っ赤になった。「それなら説明できます。実は村のパブに一杯ひっかけに行っていたんです」

「村のパブリック・ハウスですって？」エドウィーナは雑誌『タトラー』で顔をあおいだ。

「そこらの庶民が行くパブリック・ハウスに？　公爵のあなたが？」

「そこらの庶民が飲むビールが飲みたい気分だったんだ」ジャックは挑むように答えた。

「ずっとここに閉じ込められているからね。檻のなかのニワトリになったみたいだ」

「それはいつの話ですか？」

「一時頃です。正確な時間はわかりません」

「彼が二時頃、あの道を歩いていたことはぼくたちが証明できます」ダーシーが言った。

「そのときにもパブに行っていたと言っていました」

「なるほど」フェアボサムはジャックに向けた視線をはずそうとはしなかった。「なんとも都合がいいですな」

「どういう意味です？」

「あの道に明らかにあなたのものである足跡を見つけたと言ったら、それにはちゃんとした理由があるとおっしゃるわけですね——殺人とは無関係の理由が」

「まったくばかばかしい」ジャックは腹立たしげに立ちあがった。

「気をつけたほうがよろしいですよ」フェアボサムはジャックの顔の前で指を振りたてながら言った。「いまは逮捕しませんが、警官をひとり玄関に立たせておきます。わかりましたか？」ジャックが答えずにいると、フェアボサムはわたしたちを見回した。「みなさんも条件は同じです。ミスター・オマーラとレディ・ジョージアナには、明日出かける許可を出しました。ですが、それだけです。ほかのどなたも、この家から出ないように。おわかりですね？」

だれもなにも言おうとはしなかった。

「さてと、今夜はこれで失礼しますが、明日は朝早くからまた来ますよ」フェアボサムはそう言い残すと部屋を出ていった。彼の大きなブーツが立てる足音が廊下に響いた。

わたしたちは夕食に備え、着替えをするために部屋に戻った。「ミス・ウォーバートン＝ストークの着替えの手伝いをしてきてちょうだい」わたしはクイーニーに言った。「彼女はメイドを連れてきていないのよ。でも、くれぐれも気をつけてちょうだいね」

「心配ないですよ、お嬢さん。子羊みたいにおとなしくしていますから」

「子羊は跳ね回って、いろいろなものを倒すのよ。幸いここに蠟燭はないから、だれかに火をつけることはできないわね」

「あたしがそんなことをしたのは一度っきりです」クイーニーが不満げに文句を言った。「何度もその話をするのって、どうかと思いますね」

クイーニーはちゃんとしたレディーズ・メイドのように、つんと顎をあげて部屋を出ていった。

しばらくすると、深緑色のドレスに身を包み、優雅でありながら落ち着いた雰囲気のベリンダがドアをノックした。クイーニーもときにはまともなことができるのだ！　わたしは黒のドレスを持ってきていなかったので、バーガンディのベルベットのドレスを着るほかはなかったが、こういう状況なので宝石類は身に着けず、黒の長手袋をして黒のベルベットのストールを肩に羽織った。階段をおりながら、ベリンダは再び天井を見あげた。「喪に服すなら、あのニンフとサテュロスをなにかで覆わないとだめね。あの人たち、楽しみすぎよ」

「古代ギリシャ人は、ああいったことに熱中していたみたいだものね」わたしは言った。

「ゼウスは始終なにかに姿を変えて、疑うことを知らない女性のもとを訪れていたわ」

ベリンダは考え込むような表情になった。「どんな姿に変わったら、素敵な出会いがあるかしら？　白鳥ってあんまり素敵だと思ったことがないのよね。ぱたぱたとうるさいんですもの」

わたしは声をたてて笑った。「あなたがいてくれて本当によかったわ、ベリンダ。あなたってすごく楽しくて、普通なんですもの」

ベリンダは驚いたようにわたしを見た。「あなたにはダーシーがいるじゃないの。このうえなく幸せな時間が過ごせているはずよ……夜に部屋を抜け出して、いいことができるわ」

「ベリンダ！」わたしは顔をしかめた。「公爵夫人は王妃陛下の親しいお友だちなのよ。万一陛下の耳にそんな噂が……」

「どうなるっていうの？　あなたをロンドン塔に幽閉したり、頭のおかしなどこかの王子と無理やり結婚させたりなんてできないのよ」

笑うしかなかった。ベリンダはさらに言った。「あなたは二一歳を超えた大人なんだし、親戚の皇太子は不品行なことばかりしているじゃないの」

「そうね、でもバッキンガム宮殿ではしていないと思うわよ」

ベリンダはため息をつきながら、食堂の待合室へと入っていった。「あなたたち王族の義務の観念ときたら。まったく驚くばかりだわ！」

エドウィーナたちはみな喪服に身を包んでいて、わたしたちは黒のドレスを持ってきていないことを謝った。

「こんな事態になるなんて、いったいだれが予想できたというのです？」エドウィーナが言った。その顔に初めて苦悩の色が見て取れた。「よりによってセドリックがあんなことになるなんて……これほどの悲劇がまた襲いかかってくるとは、考えもしませんでした。夫が亡くなっていて、この悲しみを味わわずにすんでよかったと思いますよ。胸が張り裂けていたことでしょうね」

夕食を知らせる銅鑼が鳴り、わたしたちは食堂へと進んだ。わたしの隣に座ったのはジャックだったが、着慣れないディナー・ジャケットが窮屈そうだ。首を絞められているように感じるのか、しきりに蝶ネクタイを引っ張っている。貴族の特権である、絹の首つり縄のことを考えているのかもしれない。

「とても素敵よ」漂う緊張感をほぐそうとして、わたしは言った。

「悪夢に迷い込んだような気分だよ。すぐにでも逃げ出して、次の船に飛び乗って家に帰りたいくらいだ」

「お願いだから、それだけはしないで。間違いなく、あなたが犯人だって思われるわ」

ジャックは絶望したような顔になった。「彼はもう心を決めたんだ、あの刑事は。違うかい？　真相を突き止める気なんてなくて、おれを逮捕するって決めているんだ」

「彼はまだだれのことも逮捕するつもりはないと思うわ。これまでは証拠を調べていただけよ。セドリックの背中に刺さっていたのはあなたのナイフだった。ほぼその時刻に家の外にいたことをあなたは認めたし、道にあなたの足跡が残っていた。どれも重要な手がかりだわ。わたしが刑事でも、あなたを疑ったでしょうね」

「そうじゃないってことをどうやったら証明できるだろう？」

わたしは彼に顔を寄せた。「ここだけの話だけれど、だれかを捜査によこしてほしいってダーシーがロンドン警察の知人に頼みに行くことになっているの。わたしは祖父と話をしてくるわ。祖父は元警察官で、とても賢明な人なのよ」

「ありがとう、ジョージー。きみみたいな人をオーストラリアでは、素敵な女性(シーラ)って言うんだ」

ボウルに豆のスープが注がれたので、わたしは座り直した。料理人が用意した今夜の〝簡単な〟料理は、舌平目、子羊のモモ肉、アップルタルトのクリーム添え、最後がウェルシュ・レアビットだった――フィグとの耐乏生活のあとでは、ごちそうだ。だれもあまりしゃべろうとはしなかった。みんな、大きく感情を揺すぶられて疲れ切っているのだろうと思った。実のところ、わたしは疲労困憊(こんぱい)していた。今夜は早く休もうとエドウィーナが言ってくれることを願った。だがエドウィーナが立ちあがって、男性たちがポートワインと葉巻を楽しむあいだ、わたしたちは別の部屋に行くようにと促したところで、シャーロットが宣言した。「わたくしは失礼させてもらって、交霊会の部屋の準備をしてきます。みなさんは一五分のうちにいらしてくださいね。どうぞ殿方もごいっしょに」

「シャーロット！」エドウィーナがいらだった声をあげた。「そんなばかげたことはおやめなさいと言ったはずです」

シャーロットはすっくと背筋を伸ばし、黒玉の飾りのついたショールを肩にかけた。

「自分の息子が殺された事件を解決したいのだとばかり思っていましたよ、エドウィーナ。あなたは参加しなくてもかまいません。わたくしひとりで霊と話をしてもいいのだけれど、若い人たちが手を貸してくれるのではないかしら。セドリックの霊がなにを教えてくれるのか、きっと聞きたいでしょうからね」

シャーロットは振り返り、問いかけるようなまなざしで順にわたしたちを見つめた。わたしはうなずいたものの、とまどったような顔になっていたと思う。

「わたしはコーヒーを持って、部屋に戻りますよ」エドウィーナが言った。「こういう状況ですからね、今夜はなごやかに過ごすふりをする必要はないでしょう。みなさんもわたしと同じく、今日は疲れているはずですから」エドウィーナはおざなりにうなずいて見せると、コーヒーカップを手に取り、堂々とした足取りで部屋を出ていった。

「一五分ですよ」シャーロットが再びわたしたちに向かって言った。「だれがかわいそうなセドリックを殺したのか、みなさん知りたいですよね？」

「わたしを殺そうとしたのがだれなのかが知りたいわ」アイリーンが言った。「わたしは行きます」

わたしはためらった。どうしても行きたいというわけではなかったけれど、このあいだの交霊会のあとなにがあったかを思うと、好奇心をそそられたことも確かだ。ベリンダが隣にやってきて尋ねた。「あなたは交霊会に参加するの？　すごく面白いと思うわ。セドリックの霊は本当に現われると思う？」

「このあいだの交霊会にあなたはいなかったでしょう？　とても気味が悪かったのよ。ぞっとするような笑い声が聞こえて、そのあとウィジャボードが〝死（death）〟って綴ったの」

ダーシーが刺すような視線をわたしに向けた。「だれかのいたずらだとは思わないのかい？」

「翌日、本当にだれかが死んだのはまったくの偶然だっていうこと？」

ダーシーは笑顔で応じた。「ぼくは霊を信じていないとだけ言っておくよ」

「それじゃあ、あなたは交霊会には参加しないのね？」

「そうは言っていない。ベリンダの言うとおり、すごく面白そうだからね」

セドリックの霊が本当に現われるのかどうかを、だれもが確かめたがっているようだった。わたしたちはそろって廊下を進み、交霊会が行われるレディ・ホーテンスの居間へと向かった。分厚いカーテンが引かれ、ピアノは黒い布で覆われている。やはり黒い布をかけた小さなテーブルのまわりに椅子が並べられていた。テーブルにはウィジャボードと並んで、黒い蠟燭が一本だけ立てられていた。

シャーロットはすでにテーブルについていた。顔を覆うように、黒いレースのショールを頭からかぶっている。席につくようにと身振りで示し、わたしたちはそのとおりにした。ベリンダは期待に満ちた笑みを浮かべている。アイリーンは緊張しているようだ。その気持ちはよくわかった。いまから突き止めようとしているのがわたしを襲ってきた人間であるかのように、わたしもおなじくらい期待と恐怖を感じていた。

「明かりを消してください」シャーロットが言い、ダーシーが立ちあがって照明を消した。残ったのは一本の蠟燭の明かりだけで、部屋はほぼ真っ暗になった。また嵐がやってきていることに、わたしは初めて気づいた。煙突越しに風のうなる音が聞こえ、いっそうそれらしい雰囲気を醸し出している。心臓が激しく打っていた。

「隣の人と手をつないでください」シャーロットが指示した。

言われたとおりにした。ダーシーに手を握られていると思うと、いくらか気分が楽になった。反対側ではベリンダが小さく震えている。

「黄泉の国へと旅立った霊たちよ、いまわれらはそなたたちを呼び戻す」シャーロットが芝居がかった口調で言った。「過ちを正し、真実をもたらすために、われらはそなたたちを呼び戻す」沈黙が続いたが、どこか遠くでささやき声が聞こえたような気がした。「霊たちよ、殺された甥セドリックをわれらのもとに連れてきたまえ」再び長い沈黙があり、やがてシャーロットが言った。「なにかの存在を感じます。セドリック——あなたなの？　わたくしたちの声が聞こえますか？」

答える声はなかったが、煙突から強い風が吹き込んで、蠟燭の炎を大きく揺らした。

「話してちょうだい、セドリック」

黙って座っていると、シャーロットがさらに言った。「彼はまだ霊としての声が出せないようですね。ボードを使いましょう。プランシェットの上に指を置いてください」わたしたちは言われたとおりにした。

「セドリック、聞こえますか？」

プランシェットは腹立たしいほどのろのろとYESに向かって動いた。

テーブルの向こう側でだれかが小さく息を呑んだ。「来ている」〝ムクドリ〟のひとりがつぶやいた。

「セドリック、あなたを殺した人間を知っていますか？」

返事は再びYESだったが、さっきよりもさらにためらっている時間は長かった。

「教えてくれますか？」

プランシェットはCを示した。

全員の視線がシャーロット（Charlotte）に注がれた。そして次がA。

プランシェットはSとRのあいだで迷っているようだったが、結局Sに落ち着いた。さらに時間をかけてTを示し、次がO、そして最後がRだった。

プランシェットから命が抜け出してしまったようだ。わたしたちの指は触れたままだったが、もう動こうとはしない。

「キャスター（castor）？」ヴァージニアが沈黙を破って言った。「いったいどういう意味？」

「ウィジャボードは時々妙なことを言うから」シャーロットが認めた。

「ヒマシ油（キャスター・オイル）？ トウゴマの実（キャスター・ビーン）？ 上白糖（キャスター・シュガー）？」エイドリアンが言った。「でも彼は毒を盛られたわけじゃない。刺されたんだ」

しばらく待ったが、なにも起きなかった。風も収まってきたようで、聞こえるのはわたしたちの緊迫した息遣いだけだった。

「霊はもういません」シャーロットが告げた。


「奇妙な経験だったよ」部屋を出る際、ダーシーがつぶやいた。「あの代物が動いているのが感じられた。ぼくは動かしていなかったのに」

「このあいだもあんな感じだったの」わたしは言った。「気味が悪いわ」

「気味が悪い？ あら、素晴らしかったじゃないの」ベリンダが言った。「ねえ、蓄音機を借りてきて……」

「ベリンダ、亡くなった人がいるのよ。音楽はなしって言われたでしょう？」

「それならせめて、カクテルだけでも飲みたいわ」

「みんな部屋に引き取ったみたいよ」わたしはあたりを見回した。「わたしたちもそうしましょう」

「まだ一〇時なのに？　子供の頃以来、一〇時にベッドに入ったことなんてないわ……少なくとも一人では」ベリンダはそう言って、にやっと笑ってみせた。ダーシーとわたしは顔を見合わせたが、彼はなにか訊きたそうだ。ちょうどそのとき、いかにも執事らしい登場の仕方でハクステップが現われた。

「ミスター・オマーラ、従者をお連れになっていらっしゃらないようなので、着替えの手伝いをするようにフレデリックに命じておきました」

「かまわなかったのに。ぼくならひとりで大丈夫だ」ダーシーが言った。

「いいえ、お気遣いなく。使用人はそのためにいるのですから。お部屋で待たせてあります」ハクステップは階段の下に立ち、のぼっていくわたしたちを見送った。

「それじゃあ、おやすみ」ダーシーはそう言って、もう一方の廊下に歩き去った。クイーニーの姿が見当たらなかったので、わたしはひとりでドレスを脱ぎ、ベッドに潜りこんだ。うとうとしかかったところで、絹を裂くような悲鳴が聞こえた。ベッドから飛び出し、ガウンを引っかける間も惜しんで、廊下に走り出る。悲鳴はすぐ近くからだった。この廊下にはベリンダの部屋しかないはずだ。

その部屋のドアを開けたときには、心臓が口から飛び出しそうだった。

「ベリンダ、大丈夫？」暗闇に向かって呼びかける。

「なんとか」

わたしは照明のスイッチを手探りし、明かりをつけた。落ち着きを取り戻そうとしているかのように、両手で胸を押さえたベリンダがベッドの脇に立ちつくし、ぼさぼさ頭を羽根布団からのぞかせたクイーニーが、いきなりのまぶしさに目をしばたたいている。

「いったいどうしたの？」わたしは尋ねた。

「ベッドに入ったら、だれかの体に触れたの」ベリンダは大きく息を継ぎながら言った。「思いがけず、だれかがわたしのベッドにいたことはこれまでもあったけれど、いまはこんな状況だから死体かと思ったのよ」

「クイーニー！」わたしは声を荒らげた。

クイーニーは恥ずかしそうな顔でベッドを出ると、布団を整えた。

「すいません、お嬢さん。夜遅くなると、あたしがすごく眠くなるのは知ってますよね？ミス・ベリンダの着替えを手伝うようにって言われたんで、そのつもりでこの部屋で待ってたんです。そうしたら羽根布団があんまり柔らかそうで、暖かそうだったんで、ちょっと横になってみようと思ったら、おやまあ驚いたことに、眠っちまったみたいです」

「クイーニー」わたしは彼女を叱りつけた。「もしまたこんなことをしたら、あなたをくびにしなくてはならないのよ。わかっている？」

「わかっています、お嬢さま」クイーニーはぼそぼそと答えた。彼女も本当にその気になれば、わたしのことを正しく呼べることがよくわかった。

29 ありがたいことにロンドンに向かう

翌朝早く、わたしたちは出発した。幸い、夜のあいだに雨はやんでいて、空はすっきりと晴れ渡っている。垂れこめていた運命の陰鬱な雲から抜け出したかのように、屋敷をあとにしたとたん、わたしたちはごく普通におしゃべりを始めた。

「牢屋から出てきたような気分ね」ベリンダがわたしの気持ちを代弁するように言った。「ロンドンに戻るのが待ちきれないわ。そもそもわたしったら、どうしてこんなところまで来る気になったのかしら」

「お金持ちの夫を捕まえるつもりだったのよ」わたしが答えると、ダーシーの口元がほころんだ。

「あなたって残酷なくらい正直ね、ジョージー。レディとしてはどうかと思うわ。ダーシーを捕まえられてよかったわね。たいていの男の人は正直さを好まないもの」

ダーシーとわたしは笑みを交わした。ロンドンに着くまでベリンダは、地中海を航行するヨットや、悪くても郊外の立派なお屋敷でのハウスパーティーに招待されるための様々な計画を、楽しそうに話し続けた。

「気をつけないと、いずれ彼女は困った羽目に陥るぞ」馬屋コテージでベリンダをおろしたあとで、ダーシーが言った。

「困った羽目にはすでに充分陥っていると思うわ。それを楽しんでいるのよ」

「ぼくの言いたいことはわかるだろう？　きみのお母さんと同じ道を歩むことになる」

「母は人生を楽しんでいるわよ」わたしは応じた。「地下鉄の駅でおろしてくれればいいわ。おじいちゃんの家にはひとりで行けるから」

「本当にぼくも行かなくていいのかい？」

うなずいた。「おじいちゃんが気まずい思いをすると思うの。ひとりで行くほうがいい」

ダーシーはぐるりとまわって、車のドアを開けてくれた。「ジョージー、お祖父さんにはキングスダウンに来てほしいと頼まないほうがいい。いい考えとは言えないぞ」

「おじいちゃんには事件が解決できないと思うの？」

「そうじゃなくて……」ダーシーは言葉を切った。彼がなにを言いたいのかはわかっていた。祖父をなんと言って紹介すべきか、考えているのだ。わたしの親戚だと言うわけにはいかない。使用人でも、警察官でもだめだ。ダーシーの言うことはもっともだと思えた。「村の宿屋に泊まってもらえばいいかもしれない」

ダーシーは首を振ってから、わたしの額にキスをした。「四時に会おう」

「幸運を祈っているわ」走り去る彼に呼びかけてから、わたしはエセックスへと向かうため、地下鉄の駅の階段をおりた。わたしの祖父は郊外の二軒長屋に住んでいる。前庭がハンカチほどの大きさの同じ造りの家が並ぶありふれた通りだが、祖父はそこでの暮らしに充分満足していた（女優として最初に成功を収めた頃、母が祖父のために買った家だった）。二二番地の門を開け、前庭の小像の合間を歩きながら、わたしの胸は期待に高鳴っていた。なによりも、祖父に会いたくてたまらない。ドアをノックすると、うなるような祖父の声が返ってきた。「ちょっと待ってくれ。いま行く」

ドアが開き、ロンドンっ子らしい老いた顔がぱっと輝くのが見えた。

「なんとまあ。うれしい客じゃないか！　さあさあ、おはいり。おじいちゃんにハグをしておくれ」

わたしは言われたとおり祖父を抱きしめながら、ざらざらしたその頬と石炭酸石鹸とベビーパウダーのいつものにおいに心が安らぐのを感じていた。

「会えてうれしいわ、おじいちゃん。元気にしていた？」

「まあまあというところかな。胸が少しばかり具合がよくないが、こんなものだろう。おいで、お茶をいれよう」祖父はきちんと片付いた小さな台所へと入っていき、ケトルに水を入れてからわたしを振り返った。「さあ、話してごらん。今日はどうしてわしのところに来たんだ？」

「大好きなおじいちゃんに会いに来るのに理由がいるの？」わたしは愛情をこめて笑いかけ

た。

「もちろんいらんさ。だがおまえが会いに来るときは、たいていなにか困っているときだからな」

「実はそうなの。おじいちゃんのアドバイスが欲しくて」わたしは台所のスツールに腰をおろし、祖父が紅茶をいれているあいだに事件のことを話した。祖父はティーカップをわたしに差し出しながら言った。「おまえがわしに会いに来た理由がわからんな。警察が調べているんだろう？」

「フェアボサム警部はあまり優秀じゃないと思うの。間違った結論に飛びつきそうな気がするのよ」

「それで、わしにどうしろと言うんだ？」

「アインスフォードに来て、現場を見てもらえたらと思ったの」

祖父はくすくす笑ったあとで、咳き込んだ。「わしがかい？　そんなお屋敷に？　ばかを言っちゃいかん。おまえの祖父だと紹介するわけにはいかんだろう？　使用人のふりをして入りこむつもりはないぞ。そもそも、わしが首を突っ込むのは正しいこととは思えん。おまえもだ。おまえは自分のことだけ考えて、事件には関わらんことだ。わしにできるアドバイスはそれだけだ」

「でもかわいそうなジャックにとっては、いい状況とは言えない。そうでしょう？　彼に不利なことがたくさんあるのよ」

祖父は鳥のように、首を片方に傾げた。「彼がやったかもしれないとは考えないのか？」

「なんのために？　ジャックは公爵にはなりたくないのよ。ここに来たくはなかったの。セドリックのことをほとんど知らないし、彼を殺す理由がないわ」

祖父はわたしの顔を見つめていたが、わたしがさらに言葉を継ぐとその表情が変わった。

「理由があるっておじいちゃんは思っているのね？　セドリックは確かにジャックのお母さんのことを侮辱したけれど、母親を侮辱されたからって人を刺したりはしないものよ」

「イタリアではよくあることだと聞いているがね。となると問題は、公爵の死を願うもっともな理由があるのはだれかということになるな」

考えてみた。「一番考えられるのはウィリアムだと思う。すでに勾留されている若者よ。従僕の仕事をくびになっているし、セドリックは彼の両親のコテージを取り壊すつもりだった。それに事件の日の朝、地所にいるところを目撃されているの」

「なるほど。完璧じゃないか。事件解決だ」

「ただ犯人はジャックのナイフを使っているのよ。ウィリアムはどうやってそのナイフを手に入れたの？　彼が馬具収納室に入り込んだとは思えない。だれかがジャックに罪を着せようとした気がするの」

「家族のだれかってことかね？　公爵の称号を彼に継がせたくなかっただれか」

「そうだと思う」

「家族は多いのかね？」

「いいえ。公爵未亡人は、まさか自分の息子を殺したりしないでしょう?」

祖父は険しいまなざしをわたしに向けた。「そうかね?」

「まさか!」わたしはぞっとして声をあげた。

「称号と名誉がなにより大切だと考える人間がいる。公爵はフランス人従者を養子にすると言っていたのだろう? 地所に劇場を造るとも?」

考えてみた。セドリックが従者を養子にして家名に泥を塗ることを阻止するために、エドウィーナは自分の息子を殺すだろうか? 馬具収納室にナイフを置いておくようにジャックに命じたのは彼女だ。ナイフのありかはわかっている。でも自分の息子を? わたしは首を振った。

「ありえないわ」

「ほかにはだれがいる? ほかに子供は?」

「アイリーンという娘がいる。ただ彼女は事件当時、意識が朦朧として自分の部屋にいたの――何者かが睡眠薬を余分に飲ませたみたいなの」

「彼女のことも殺そうとしたという意味か?」

「そうだと思う」

「それも家族の仕業だと?」

「年を取った叔母がふたりいるけれど、彼女たちにアイリーンを殺す理由はない。アイリーンはわたしと同じくらい貧乏だし、なにも受け継ぐものはないんだもの。それに、ふたりがあの大きなナイフでセドリックを刺せたとは思えないわ。それだけの力はないし、そもそもナイフがどこにあったのかを知らなかった。なによりセドリックはふたりに住む家を提供していたのよ。それって恩をあだで返すみたいなものでしょう？」

「家族はそれで全員なのかね？　ほかにはだれがいるんだ？」

「セドリックの取り巻きだった若者が三人──三人とも芸術家気取りなの」

「彼らにはセドリックの死を願う理由はないんだな？」

「自分たちのうちのひとりじゃなくて、従者を養子にするつもりだって聞いたときはひどく落ち込んでいたけれど、でも彼らがどれくらい深刻に受け止めていたのかはわからない。それにナイフで刺すのはあの人たちのやり方だとは思えないわ。荒っぽすぎるんですもの」

祖父は笑みを浮かべ、わたしは紅茶をゆっくりと飲んだ。とても濃くて、とても甘くて、すっと喉を通っていった。

「それだけかね？」祖父はわたしのカップに紅茶をつぎ足しながら訊いた。

「あとは子供たちと家庭教師と乳母。それからもちろん使用人がいるわ。使用人のことはよくわからないけれど、あの家の営みは時計みたいに正確よ」

「となると、やっぱりその若者と勾留されている以前の使用人が残るわけか。フェアボサム警部のやっていることは間違っていないように思えるがな」

「おじいちゃんなら、わたしたちが見過ごしていたなにかに気づいてくれると思っていたのに。でも正直に言って、犯人がウィリアムなら気が楽になるわ。殺人犯かもしれない人間がいる家に滞在するのは、不安だもの」

祖父は指を振りながら言った。「それが、おまえに関わってほしくない理由でもある。その家のだれかが犯人で、おまえがあれこれ調べていることを知ったら、次の被害者はおまえかもしれない」

「まあ、そんなことあるはずないわ」そう言いながらも、一理あると思わざるをえなかった。人をひとり殺している人間は、さらなる殺人を重ねても失うものはなにもない。

「そこにはもう戻らないことだというのが、わしのアドバイスだ」

「でもわたしを行かせたのは王妃陛下だし、公爵未亡人もわたしにいてほしがっている。逃げ出すわけにはいかない。今夜、ダーシーがまた車で連れていってくれることになっているの」

祖父は訳知り顔でにやりとした。「ふむ、彼も滞在しているのか。聞いていなかったぞ」

わたしは顔を赤らめた。

「彼がおまえを見守っていてくれるなら、大丈夫だろう。だが事件の捜査は警察に任せるんだぞ。どんくさく見えるかもしれないが、わしの経験からすれば、警察は最後にはちゃんと解決するもんだ」

わたしはため息をついた。「わかった。でも教えてくれる？　おじいちゃんの経験では、どうして犯人だっていうことがわかるの？　なにか、その人の仕業だっていうことがわかるような兆候があるの？」

祖父は首を振った。「わしが知っている殺人犯はいたって冷静だった。まぶたをぴくりとも動かさない。なかには、捜査に協力を申し出るような自信たっぷりのやつもいた。うぬぼれているんだ。警察が間違ったことをするのを見て、ほくそ笑んでいる。わしが知るかぎり、その点が犯罪者タイプとほかの人間との違いだ――自分の頭の良さを過大評価していて、世界は自分を中心にまわっていると思っている。ほかの人間はすべて、自分のために存在していると考えているんだ」

わたしはしばし考えてから、首を振った。「キングスダウンにそういうタイプの人はいないと思うわ」

「犯罪者タイプと言ったんだ。捨て鉢になって人を殺すような人間は話が別だ。それしか方法がなくて人殺しをするような人間は、ストレスを感じている様子を見せるかもしれない」

「それらしい振る舞いを見せているのは公爵未亡人のエドウィーナだけだわ。ああ、彼女であってほしくないのに」

「おまえのほうがストレスを感じているようじゃないか。眉間に二本もしわが寄っているぞ。美人が台無しだ」祖父はわたしの髪をくしゃくしゃにした。「さてと、食事にしないか？おいしいコールド・ラムがあるんだ。マッシュポテトとピクルスも出せるぞ。隣の彼女がおいしいキャベツのピクルスを作ってくれたんでな」

「それじゃあ、いまもあの人は〝隣の彼女〟のままなのね？」

「わしを祭壇に連れて行きたがっているようだが、わしにその気はないよ。わしの人生に女性はおまえのおばあさんひとりだけだ。再婚するつもりはない」
祖父はそう言うと、昼食用のジャガイモの皮をむき始めた。

ロンドンからキングスダウンに戻る

祖父の家から帰るときは、いつも心が痛む。祖父がわたしの人生でもっと大きな役割を担うことができればいいのだけれど、わたしたちのあいだには大きな社会的な溝がある。わたしは大人になるまで、祖父の存在すら知らなかったのだ。祖父はわたしから遠ざけられていた。ロンドンに戻る地下鉄のなかで、わたしは社会のルールの愚かしさを考えていた。

約束の時間にダーシーはわたしを待っていた。

「それできみのお祖父さんは事件を解決してくれたかい？」小さなスポーツカーにわたしを乗せながら、彼が尋ねた。

「おじいちゃんは関わりたくないんですって。わたしにも警察に任せるようにって」

「賢明だね」

「あなたはどうだったの？　ロンドン警視庁ではうまくいったの？」

「ぼくもだめだったよ。会おうと思っていた男は、事件の捜査でヨークシャーに出かけていたし、地元の警察から要請がないかぎりロンドン警視庁が手を出すことはないとはっきり言われた」

「徒労に終わったということね」わたしは、ウェストミンスター・ブリッジを渡る車の窓から外を眺めた。「でも少なくともおじいちゃんには会えたし、あなたとふたりきりになることもできたわ」

「キングスダウンに戻るのはやめて、海沿いのどこかのホテルに向かうのはどうだい？　それとも船でパリに行くとか？」ダーシーの目は面白がっているような光をたたえていた。

「どちらも素敵ね。でもわたしたちは殺人事件の捜査のただなかにいるのよ。エドウィーナが待っているし、戻らなきゃいけないわ」

「かの有名なラノク家の義務感というやつか」ダーシーは笑って言った。「だがきみの言うとおりだ。ぼくはジャックに対して責任を感じているよ。嫌がっている彼を連れてきたのはぼくだからね。こんなことになる前は、いかにも場違いなところにいるという顔をしていた」

「わたしも同じ気持ちよ」

「警察が料理人の邪魔をしないでくれているといいんだが。おいしい夕食が待っていることを願うよ。あの家の料理はなかなかだと思わないかい？」

「絶品よ」

うるんだような太陽が沈むなか、わたしたちはロンドンの町をあとにした。木立に埋もれたコテージから煙が立ちのぼり、大きな馬を家に連れ帰ろうとしている農夫とすれ違った。平和で落ち着いた風景だ。こんなところで殺人があったことが信じられない。祖父のアドバイスに従って、わたしは事件のことはなにも考えまいとした。

「あのちょっとおかしな老婦人が、今夜また交霊会をしようと言いだすんじゃないだろうね」ダーシーが言った。「これまでのぼくのウィジャボードの経験からすると、意味のない言葉を綴るのが常だったからね」

「でもシャーロットには霊能力のような力があるみたい。このあいだも興味深い夢を見たのよ。ジャックがやってくる前、屋根に止まったカッコウの夢を見たの。なにか意味がありそうだと思わない？」

ダーシーが生垣の近くで車を止めたので、わたしは彼の顔を見た。「どうして止まるの？」

「もうすぐ家に着くし、そうしたらこんなことをするチャンスがないからね」ダーシーはそう言って身をかがめ、わたしにキスをした。うっとりするような長いキスだった。そしてもう一度。

「近い将来、きみと結婚できるだけの金を手に入れられることを祈るよ。きみを抱くこともできず、こうして待たされていると気が狂いそうだ。貞節な人生を送るには、ぼくの欲望は健全すぎるんだ」

私道を進んで前庭に入ると、銅ブナから小さいふたつの人影が飛び降りて、こちらに向かって走ってくるのが見えた。

「戻ってきたんだね」車のドアを開けたダーシーにニコラスが言った。「もう帰ってこないんじゃないかって思ってたよ。これで、なにが起きているのかを教えてもらえるね。本物の探偵の仕事がしたくてたまらなかったのに、人でなしのカーターが自分の目の届かないところには行かせてくれなかったんだ」

「いまあなたたちは、彼の目の届かないところにいるみたいだけれど。それとも彼は木の上にいるの？」

双子はにんまりした。「カーターは警官に呼ばれたの。わたしたち、即座に逃げ出してきたのよ」キャサリンが答えた。「こっそり話を聞こうと思ったのに、お母さまに見つかって追い出されたの。だれもなにも教えてくれないのよ。子供に聞かせるような話じゃないってお母さまは言うの」

「そのとおりだ」ダーシーが言った。「殺人は面白くもなんともないんだ。命を奪うというのは、人間の行いのなかでも最悪のことなんだよ。それにきみたちのお母さんは、きみたちのことを心配している。殺人犯がこの家にいたら、あれこれ嗅ぎまわっていると危険な目に遭うかもしれない」

「わたしたち、すごくすごく気をつけるから」キャサリンが言った。「わたしたち、嗅ぎまわるのがとっても上手なのよ。そうよね、ニック？　ねえ、教えて、ジョージー。だれの仕業だと思う？」

「わからないわ」元気のいい子供たちにはさまれる格好で家に向かって歩きながら、わたしは答えた。「たとえなにか考えていることがあったとしても、あなたたちには話さない」

「つまんないの」ニックがつぶやいた。「やっぱりぼくたちでこっそり嗅ぎまわるしかないね、キャット」

ガレージの外に黒い車が止まっていることに気づいた。「警部が戻ってきているのね？」

「少し前に来たの。もう一度みんなと話がしたいって、お祖母さまに言っていた。まずは使用人からって。それでカーターも呼ばれて出ていったから、わたしたちはその隙に逃げ出したっていうわけ」

「いますぐ自分の部屋に戻ったほうがいい」ダーシーが言った。「なによりも、きみたちの姉さんから目を離さないようにしないといけない」

「シシーから？　どうして？　シシーはどこにも行けないよ。歩けないんだから」ニックは小ばかにしたように言った。

「彼女は窓から外を眺めている。自分の仕業であることを彼女に気づかれたと犯人が考えるかもしれない。危険が及ぶ可能性があるんだ」

「そうか。そうだね」ニックが言った。「戻ったほうがよさそうだよ、キャット」

「そうみたいね」キャサリンはため息をついた。「でもわたしは捜査をしているほうがいい。あなたはシシーを守っていてよ、ニック。わたしは警部の話をこっそり聞いてくるから。秘密の通路を見つけていればよかったのにね。もしも長広間のうしろに通じていれば、全部聞けたのに」

玄関ホールでハクステップがわたしたちを待っていた。「お帰りなさいませ、お嬢さま、ミスター・オマーラ。いいタイミングです。奥さまが五時半に長広間にお集まりいただきたいとのことです。さあ、いたずらっ子のおふたりは子供部屋に戻ってください。乳母が心配していますよ。ほら、行って!」

「わかったよ、ミスター・ハクステップ」ニックがおとなしく答え、ふたりは部屋に戻っていった。

ハクステップは心得顔でわたしのコートと帽子を受け取った。

一同はすでに長広間に集まっていた。ふたりの姉妹はシェリーのグラスを手にソファに座っている。もうひとつのソファには、アイリーンが母親と並んで腰をおろしていた。〝ムクドリ〟たちは一方の隅にかたまっている。それは背もたれの高い椅子にひとりで座っているジャックも同じだった。不安そうな面持ちだ。エドウィーナがわたしたちに気づいて言った。

「もう一度わたしたちと話がしたいと警部が言うのです。彼の表情からして、なにか重大なことをつかんだようです。従僕だった男が自白したのかもしれません。もし彼が犯人だとしたら、大変意外だと言わざるをえません――真面目な子でしたから。彼が子供の頃から知っているのですよ」エドウィーナは飲み物のトレイを示した。「シェリーをおあがりなさい。ミセス・ブロードのチーズ・クリスプはおいしいですよ」

ダーシーがわたしのグラスにシェリーを注いでくれた。温かいチーズ・クリスプをひと口かじったところで、制服姿の巡査部長と巡査を連れたフェアボサム警部が現われた。

「これはよかった。みなさんお揃いですね」フェアボサム警部は大きな手をこすり合わせながら、わたしたちを見回した。「素晴らしい。みなさんにお知らせがあります……少なくともあなたがたのおひとりは、わたしがこれから言おうとしていることをご存じかもしれませんが」

「なにをおっしゃっているんです？」エドウィーナが辛辣な口調で言った。「あなたがなにを言おうとしているかなんて、どうしてわかると言うんです？　さっさとお話しなさい」

警部はまだ手をこすり続けている。この瞬間をおおいに楽しんでいるように見えた。「よろしい」芝居がかった口調だった。「警察医は予備解剖を行いました。その結果、予想もしていなかったことがわかったのです」ここで大きく息を吸った。「セドリック・オルトリンガムは、背中を刺されたときすでに死んでいたということです」

「だからあんなに出血が少なかったんだわ！」わたしは思わず叫んだ。全員が驚いたようにわたしを振り返った。「なにかおかしいと思っていたんです」

「あなたの言うとおりでしたよ、レディ・ジョージアナ」警部が言った。

「いったいなぜ死んだ人間を刺したりするのです？」エドウィーナが詰問した。

「わたしもそれが知りたいのですよ」フェアボサムは言った。

「では、息子はなぜ死んだのです？　わかったのですか？」

「まだはっきりしたことはつかめていません。毒を盛られたということだけは判明しましたが、それだけです。あなたがたからなにか手がかりをもらえるかもしれない。亡くなる前の夜ですが――彼はあなたがたといっしょに食事をしたのですか？」

「そうです」エドウィーナが答えた。

「同じものを食べた？」

「はい。それどころか、同じお皿の料理を取り分けていますし、同じボトルのワインを飲んでいます」

「夕食のあと、息子さんはなにか食べたり飲んだりしましたか？」

「それはわかりません。息子は怒って食堂を出ていったので」

「息子さんはよく〝怒る〟人だったんでしょうか？」

「毒を盛られることと息子の気性になんの関係があるというのです？」

「あらゆることが関係あります。あなたの息子さんはだれかをひどく怒らせたり、怖がらせたり、いらだたせたりして、その結果殺されることになったのかもしれない」

エドウィーナはその可能性に初めて気づいたように、部屋のなかを見回した。「わたしたちのだれかだと言うのですか？　ここにいるだれかがセドリックに毒を盛ったと？」

「この家にいる何者かだということにまず間違いありません。報告書が届けば、もっとくわしいことがわかるでしょう――あの朝毒を盛られたのか、それとも前の夜だったのか」警部は再びわたしたちの顔を順番に眺めた。「ここにいる人たちはだれも、事件の日の朝、彼を見かけていない。間違いありませんね？」

答える者はいなかった。フェアボサムは巡査に告げた。「従者を連れてきてくれるかね？」

「やっぱりだ」取り巻きのひとりがつぶやくのが聞こえた。「従者と話をすればいいんだ。あいつが怪しいってずっと思っていたんだ」

エドウィーナが声を荒らげた。「長広間で使用人と話をするつもりですか？　わたしたちの前で？　それは不適切な行為です、警部」

「殺人こそ不適切な行為ですよ、公爵夫人。いまはこの家にいるすべての人間が容疑者です――あなたも下働きのメイドも」

「そうですか！」

まもなく巡査が不安そうな面持ちのマルセルを連れて戻ってきた。

「きみは公爵の従者だね？」

「ウィ、ムッシュー」マルセルは自分の足を見つめながら答えた。

「英語は話せる？」

「少しだけ」

「きみの名前は？」

「マルセル・ルクラークです、ムッシュー」

「公爵の従者になってどれくらいだね？」

「だいたい一年です、ムッシュー。公爵は去年、モンテカルロの友人のところに滞在しているとき、ぼくを雇ってくれたんです。公爵の下で働けてすごくうれしかった。公爵はとてもよくしてくれました」マルセルは強いフランスなまりの英語で答えた。

「そうだろうとも」わたしのうしろで取り巻きのひとりがつぶやいた。

フェアボサムは言葉を切った。彼がマルセルの品定めをしていて、その結果に満足していないことは明らかだった。「マルセル、わたしはこれから大切なことをいくつか尋ねる。よく考えて答えてほしい。わかるね？」

マルセルはうなずいた。彼の喉仏がごくりと上下したのがわかった。

「さて、マルセル。事件の前の夜、きみのご主人は何時に寝室に引き取ったかね？」

マルセルは眉間にしわを寄せて答えた。「一〇時頃でした。公爵にしてはすごく早い時間で、びっくりしました」

「早く部屋に戻ってきた理由を言っていたかね？　具合が悪かったとか？」

「〝おまえはいいやつだ、マルセル。ほかの人間の一〇倍の価値がある。だれもかれもごうつくばりばかりだ〟って公爵は言いました。機嫌は悪かったですけれど、具合が悪かったとは思いません」

「公爵は、温かい飲み物か薬を持ってくるようにきみに頼んだかね？」

マルセルは首を振った。

「それではあの夜、公爵がなにかを食べたり飲んだりするのを見たかい？」

マルセルは顔をしかめた。「なにも飲んでいませんでした。薬を飲んでいるのも見ていません。でも鉄分のサプリメントは寝る前に時々飲んでいました」

フェアボサムは巡査部長に命じた。「そのサプリメントを調べるんだ。バスルームに置いてあるほかの薬も全部だ」再びマルセルに尋ねる。「それではきみは、亡くなる前の夜、公爵がなにかを口にするところは見なかったのだね？」

「見ていません。それに部屋に戻ってくる前に、公爵がなにを食べたり飲んだりしたのかも知りません」

「翌朝だが——公爵はベッドに紅茶を運ばせたのか？」

「いいえ、ムッシュー。公爵は早く起きていました。いらいらしているようでした。さっさと着替えると、書斎で手紙を書くと言いました。ブラックコーヒーを持ってくるように言われました」

「持っていったのかね？」

「もちろんです。台所に行ってコーヒーをもらい、公爵の机に持っていきました」

「コーヒーはきみが自分でいれた？」

「とんでもない。料理人がコーヒーをいれて、ぼくに渡してくれました。料理人の台所でぼくがなにかしたりするわけにはいきません」

「料理人がコーヒーをいれる前に、カップを見たかね？」

マルセルは眉間にしわを寄せた。「カップですか？　ほかのカップといっしょに、トレイに積んでありました」

今度はフェアボサムが難しい顔をした。「きみはその足で書斎までコーヒーを持って行ったのか？　どこかに置きっぱなしにしたりはしなかっただろうね？　その隙に、だれかがなにかを入れたとか？」

「ムッシュー――」マルセルはむっとして答えた。「コーヒーが欲しいと公爵に言われたら、すぐに持っていくのがぼくの仕事です。公爵の机にカップを置きました。公爵はせっせと手紙を書いていて、ぼくはすぐに部屋を出ました。公爵がコーヒーを飲むところは見ていません」

「彼が出ていったところは？」

「それも知りませんでした。ぼくは公爵の部屋に戻ったんです。それっきり姿を見かけませんでした。フレデリックが呼びにきて、奥さまが使用人全員と話をしたがっていると言われるまで公爵が亡くなったことも知らなかったんです。それを聞いてぼくはすごく悲しかった。泣きたくなるのをこらえなきゃならなかった。こんな話をしたら、また泣きたくなってきた」

「ふむ、それは……」感情を露にする外国人を前にして、フェアボサム警部は咳払いをした。

「もういいですよ、マルセル」エドウィーナが鋭い口調で告げ、彼が部屋を出ていくとさらに言った。「あの若者には、できるだけ早くこの家を出ていってもらったほうがいいでしょうね。ジャック、あなたに助言するとしたら、信頼できるイギリス人の従者を見つけることですね。気まぐれな外国人ではなくて」

「あら、お母さま、わたしのフランス人のメイドは有能よ」アイリーンが口をはさんだ。「イギリス人の娘は足元にも及ばないくらい、服の扱い方がうまいの」

身のすくむようなエドウィーナの一瞥に、アイリーンは口をつぐんだ。

「それだけですか、警部？」エドウィーナが尋ねた。

「いまのところは。部下たちが、公爵がそこから飲んだかもしれない容器をすべて調べます。死因となった毒が判明したら、捜査の次の段階に進めます」

「これで、わたしの命を狙った事件も真剣に調べてもらえるわね。セドリックに毒を盛ったのと同じ人間が、わたしを殺そうとしたことは明らかですもの」アイリーンが言った。

「残念ですが、あなたの事件について、わたしたちができることはこれ以上なさそうです。最初に睡眠薬がいくつあったのか、あなたは覚えていないわけですから。もちろん、何者かがロンドンの医者から薬を手に入れることは可能でしょうが……あなたの使ったグラスやバスルームには、だれのものかわからない指紋は残されていませんでした」

「あのナイフに指紋が残っていなかったのと同じだわ！」アイリーンは彼の顔の前で指を振ってみせた。「おわかりかしら、警部。わたしたちはとても頭のいい殺人犯を相手にしているんです」

「確かに、周到な殺人犯だ」フェアボサムが応じた。「これまでのところ、なにひとつ過ちを犯していない。だがいつかは尻尾を出す。必ず」

「ということは、あなたが勾留している従僕だった男は容疑者から除外されるということですね」エドウィーナが言った。「家の外の人間が息子に毒を盛れるはずがありませんから」

「彼はすでに釈放しました」フェアボサムが答えた。

わたしはふと疑問が湧いた。みんながいる前で尋ねるのはためらわれたが、訊かなくてはならない。「警部」フェアボサムは部屋を出ていこうとしていたが、わたしの呼びかけに振り返った。「公爵が昨日の朝投函した手紙は見つかりましたか？」

「見つかっていません。あのポストに公爵の手紙は入っていませんでした」

「つまり、あの小道で死んでいる彼を見つけた人間が、手紙を奪ったということになりますね」

「そのようですね。だとすると、手紙はすでに破棄されたと考えるべきでしょうな。なにが書かれていたのかは、いまとなってはわからない。その何者かが、手紙をそのままにしているほど愚かなら話は別ですが。だがいい着眼点ですよ、レディ・ジョージアナ。部下たちにごみを調べさせます」

そう言い残し、警部は部屋を出ていった。

31

「意外な展開だったね」フェアボサムの姿が見えなくなると、ダーシーがわたしに向かって言った。「なにかおかしいと言っていたきみの意見は正しかったわけだ」

「いったいだれがジャックのナイフでセドリックの死体を刺したりしたのかしら。ぞっとするような、悪意に満ちた行為よね」

わたしたちは夕食のための着替えに部屋に戻った。クイーニーはいつになく役に立った。ゆうべのわたしの脅しを重く受け止めたようだ。ありがたいことに、今夜の夕食のあとでまた交霊会をしようと言いだす者はいなかった。わたしたちは応接室の暖炉の近くに座り、気にかかっていることにはあえて触れないようにしながら、あたりさわりのないおしゃべりをした。部屋に引き取ったときには、だれもがほっとしていたと思う。そのあいだもわたしは、セドリックが毒殺されたことがわかって事情は大きく変わったと考えていた。毒を盛るのに力や敏捷(びんしょう)性は必要ない。この家にいる女性ならだれでも、セドリックが食べたり飲んだりしたものに簡単に毒を入れることができるのだ。

翌日は、宙ぶらりんの状態に置かれているような気がして、だれもがなにをすればいいのかわからずにいた。エドウィーナはセドリックのお葬式の手配をしたがったが、遺体がいつ戻ってくるのかわからず、機嫌が悪かった。晴れ渡った風の強い日で、わたしたちが新聞を読んでいるモーニング・ルームに双子が興奮した様子で駆け込んできた。

「お母さま、ジャックが馬に乗りに連れていってくれるっていうの」キャサリンが言った。「新鮮な空気を吸うのはいいことだって、ミスター・カーターも言っている。行ってもいいでしょう？」

アイリーンは顔をしかめてわたしを見た。「あなたもいっしょに行ってやってくれるかしら、ジョージアナ？　ジャックだけだと不安だわ」

「どうして？」キャサリンが訊いた。

「だって……」

説明しかけたアイリーンをニックが遮った。「大丈夫だよ。ジャックが犯人だなんて、もう考えていないよね？　セドリック伯父さんは毒を盛られたんだよ。ジャックのはずがないよ。ジャックはだれにも毒を盛ったりしないよ」

「それに」キャサリンが言い添えた。「毒がしまってある場所を、ジャックがどうして知っているの？」

わたしは立ちあがった。「喜んでいっしょに行くわ。馬に乗るのは大好きよ」ダーシーに尋ねる。「あなたも来る？」

「乗馬の誘いを断ったことはないよ」ダーシーはわたしのあとについて部屋を出た。

わたしたちはギャロップでダウンズを駆けぬけた。双子はどちらもなかなかの乗り手だったし、これほどのスピードで馬を走らせたのはおそらく生まれて初めてだっただろう。丘を駆けおりて家へと戻ったときには、だれもが顔をほてらせていた。

「ここにいるとなにもかもがいたって当たり前なのに、家に戻ったらまたあの疑いのまなざしを向けられるのかと思うと、うんざりするよ」ジャックが言った。「みんな、おれのせいだって思いたがっているんだ。だれも、おれにここにいてほしいとは考えていない」

「ほら、元気を出して」ダーシーが言った。「じきになにもかも解決するさ」

「ぼくたちはあなたにいてほしいと思っているよ」ニックが言った。「あなたのことが好きだもん。それにあなたの仕業じゃないってわかっているし」

「いったいだれの仕業なのか、想像もつかないよ」ジャックが応じた。「きっと、セドリックを追いかけまわしていた、あの妙な男たちのひとりだ」

家をぐるりとまわって前庭までやってきたところで、ニックが興奮した声をあげた。

「見て。警部の車がまた来ているよ。なんの毒だったのかわかったのかな？　それとも犯人を突き止めたのかもしれない」

「そうは思わない」キャサリンが言った。「あの人、あんまり頭がよさそうに見えないもの」

馬丁に馬を任せ、わたしたちは家に戻った。双子はわたしたちの手を取り、待ちきれないように引っ張っていく。全員が再び長広間に集められているのだろうと思ったが、屋敷は静まりかえっていて、警察官の姿は見えない。双子はあたりを見回した。

「馬のにおいがぷんぷんしているよ」

「警部はどこ？」キャサリンが尋ねた。「探しに行きましょう」

「その前に服を着替えなきゃだめだ」ダーシーが忠告した。「馬のにおいがぷんぷんしているよ」

「いやよ」キャサリンが文句を言った。「部屋に戻ったら、もう出してもらえない。乳母もいまいましいカーターもなにもわかっていないんだから。セドリック伯父さんがどんな毒を盛られたのか、わたしたちは突き止めなきゃいけないの」

「乗馬服のままうろうろしているところを見つかったら、困ったことになるわよ」わたしは言った。「ほら、部屋に戻って」

ニックはため息をつくと、キャサリンをひきずるようにして階段をあがっていった。わたしも自分の部屋に戻った。

「なんとまあ。馬のにおいがぷんぷんするじゃないですか」わたしの乗馬ブーツを脱がせながら、クイーニーがこぼした。「これをどうしたらいいんですかね？」

「ブラシをかけて、風にあてればいいんじゃないかしら。わからないわ。メイドはあなたでしょう！」

「馬のことなんてなにも知りませんよ」クイーニーはズボンを脱ぐわたしに手を貸しながらつぶやいた。「近くに寄ったことがあるのは、屑屋の馬だけですよ。ああ、あとは牛乳配達の馬と」

わたしは顔と手を洗い、髪を梳いてから階下におりた。当惑したような表情のフェアボサム警部が階段の下に立っていた。「ああ、こちらにいらしたんですか、レディ・ジョージアナ。公爵未亡人を探しているんですよ。見かけませんでしたか？」

「乗馬から戻ってきたところなんです。だれも見かけていません。セドリックの死因がわかったんですか？」

「イエスでもありノーでもあります。それもあって公爵未亡人と話がしたいんですよ。執事が探しに行ってから、もうずいぶん時間がたちます。わたしも一日じゅうここに立っているわけにはいかないんですがね」

「わたしが探しに行ってきます」わたしは申し出たが、再び階段をあがろうとしたところでハクステップが長広間から出てくるのが見えた。

「申し訳ありません、警部。奥さまは見つかりませんでした」ハクステップが言った。「メイドは朝からずっと奥さまを見かけていないようです。従僕たちに命じて、使われているすべての部屋を探させましたが、見つかりませんでした」

「使っていない部屋はどうなのだね？」フェアボサムが険しい口調で詰問した。

「奥さまが物置や屋根裏部屋に行かれる理由がありません。支度ができたら、いらっしゃるはずですから」

胸のなかで恐怖がじわじわと広がっていく。「警部――彼女の身になにかあったとは思いませんか？　家族のひとりが死んで、アイリーンも殺されかかったんです。オルトリンガム一家に恨みのある人間の仕業だとは考えられませんか？」

「なんということだ。人員を増やして、地所を徹底的に捜索したほうがよさそうだ。あなたは使用人たちに命じて、家のなかをくまなく探してください。お願いできますか、ミスター・ハクステップ?」

「もちろんです」ハクステップが答えた。「心配でたまりません」

わたしたちも捜索に加わった。ほこりよけの布がかけられた部屋に入り、布の下をのぞいた。だが一時間たっても、公爵未亡人は見つからなかった。応援の警察官が到着し、犬を連れて地所を探し始めた。窓の外に目をやると、エステート・カーが止まり、公爵未亡人がおり立ったのが見えた。急いで階段を駆けおりると、エドウィーナがちょうど玄関ホールに入ってくるところで、フェアボサムが彼女に向かってつかつかと歩み寄っていた。

「いったいどこにいらしたんです?」きつい口調で問いただす。「総出であなたを探していたんですよ」

「わたしを探していた?」

「あなたの身になにかあったんじゃないかと心配していたんです」わたしは説明した。

「まあ。わたしはセドリックのお葬式のことで牧師さまと相談するため、牧師館まで行っていたのです。わたしがお葬式のことを気にかけていたのはご存じだったはずです。牧師さまはよくわかってくださいました。だれよりも。いい方です」

「どなたも地所を出ないようにと言ったはずですが」フェアボサムは文句を言った。

「村の教会は、かつてオルトリンガム家のものだった土地にあります。ですから、わたしは地所を出たことにはなりません」エドウィーナは冷ややかに答えた。「それにわたしたちのような家の人間は、決して逃げたりなどしないことをあなたは理解するべきです」やってきたハクステップにコートと帽子を渡しながら、エドウィーナはフェアボサムをにらみつけた。

「それで、いったいなんの用なのです？」

「もう一度みなさんとお話がしたいのです。集めてくださいませんか？」

「息子に盛られた毒がわかったのですか？　なんだったのです？」

「みなさんに一度に説明したいと思います。証拠を隠滅するチャンスを与えたくありませんから」

「そうですか！」エドウィーナは鼻を鳴らした。「まったく理解に苦しむことばかりです、警部。この家の人間が犯罪者のような振る舞いをするなどとほのめかすとは。オルトリンガム家の歴史のなかで、そのようなことが起きたことは一度もありません」エドウィーナはうしろに控えていたハクステップを振り返った。「警部の言ったことを聞きましたね。もう一度全員を長広間に集めてちょうだい」そう言って首を振る。「まるで茶番だわ」

「殺人は茶番ではありません。それでは、一〇分後に行きますので」警部はセドリックの書斎のほうへと歩き去った。

「みなさんを集めるお手伝いをしましょうか？」エドウィーナが茫然としているようだったので、わたしは声をかけた。

「いいえ、いいのよ。ハクステップに任せましょう。あなたはわたしといっしょに長広間に来てくださいな」わたしが差し出した腕にエドウィーナは手をからめた。「あなたはいい子ね。こんなつらいときにあなたがいてくれてよかったと思っていますよ」

わたしたちは長広間に入った。ここが本当に自分の家であることを確かめるかのように、エドウィーナは部屋を見まわした。「どうしてこんなことになったのでしょう、ジョージアナ？　この家のだれかがセドリックに毒を盛ったなどということがありえるのでしょうか？　わたしの身内であるはずがありません。わたしたちの一員ではなくて、外部の人間の仕業であることを祈るばかりです」

わたしはエドウィーナを暖炉のそばの肘掛け椅子に座らせてから、その向かいのソファに腰をおろした。すぐにほかの人たちがやってきた。ダーシーは問いかけるようなまなざしでこちらを見てから、わたしの隣に座った。まるで、現実ではありえないお芝居の次の幕を演じるために、登場人物が舞台に集まってきているようだ。フェアボサム警部が現われたが、口を開く者はだれもいなかった。

「公爵夫人」フェアボサムは小さくお辞儀をした。「息子さんに盛られた毒が判明したのかとお尋ねになりましたね。答えはイエスでもありノーでもあります。公爵の体内からシアン化物が検出されました」

「シアン化物！」エドウィーナが叫んだ。「この家のどこにそんなものがあったのです？」

「驚かれるでしょうが、シアン化物は様々なものに使われています。例えば、蜂の巣の駆除とか。部下たちがこの家と離れを調べているところです。おそらくなにか見つかるでしょう」

「それでは犯人は、シアン化物の使い方を知っている人間ということになりますね」ダーシーが言った。「あれは、危険な薬物だ。気化したものを吸い込んだら、命を落としかねない」

「そこが興味深い点なのです」フェアボサムが言った。「彼の体内からシアン化物が検出されましたが、致死量ではありませんでした」

「それなら、なぜ死んだのです？」エドウィーナが問いただした。

「お答えください、公爵夫人——息子さんは心臓に問題がありましたか？」

「心臓？　いいえ、まったく」

「この家のなかで心臓が悪い人はいますか？」

「実を言うと、わたしがそうです」

「そのための薬を処方されていますか？」

「はい。ジギタリスを。キツネノテブクロを原料とする薬です」

「面白い」フェアボサムはうなずいた。「彼の体内から、その成分も検出されています」

「息子を殺すために、わたしのジギタリスが使われたということですか？」

「こちらも致死量ではありませんでした」

「わからないわ」わたしは言った。「だれかがシアン化物とジギタリスを公爵に飲ませたけれど、どちらも死に至らしめるほどの量ではなかったと言うんですか？　どうして？　彼を殺したかったなら、どうして致死量を飲ませなかったんでしょう？」

「まったくだ。いい質問ですよ、レディ・ジョージアナ。そのうえ、検出されたのはそれだけではないのです。目薬に使われるアトロピンや、そのほかの化学薬品も見つかっています。となると、公爵は体の具合を異常なほどに気にしていたか、もしくは何者かが死のカクテルを彼に飲ませたということになります。健康状態は決してよくなかったようですね――煙草の吸いすぎで肺はダメージを受けていたし、心臓も強くはなかった。そういったことに、毒物と寒い朝に足早に歩いたことが合わさって彼を死に至らしめたのでしょう。功名なやり方ですよ。まあ犯人は、公爵の体内から毒物が検出されるとは思っていなかったようですが」

「心臓発作と判断されるだろうと考えていたのかもしれませんね」ダーシーが口をはさんだ。

「そう思っていたでしょうね」フェアボサムが言った。「倒れている彼の背中に、何者かが大きなナイフを突き立てたりしなければ」

部下のひとりが近づいてきたので、フェアボサムは尋ねた。「どうした、フィンチ?」

フェアボサムは彼と小声で会話を交わしてから、わたしたちに向き直った。「暗室でシアン化物が発見されたようです」

「息子の暗室です」エドウィーナが告げた。「写真にとても興味を持っていましたから」

「容器から指紋が検出されましたので、あなたがたから採取した指紋と照合します。公爵夫人、あなたの薬棚を拝見させていただけますか? 心臓の薬を見せてください」

「もちろんです」エドウィーナはぐったりした口調で言うと、警部を連れて部屋を出ていった。じわじわとしぼんでいく見事な風船を見ているような気がした。思いもよらなかった不愉快な現実に、彼女はあとどれくらい耐えられるだろう。犯人が家族の一員だったとしたら、どうやってその事実を受け止めるのだろう。

まずシャーロットが、よろめきながら立ちあがった。「コーヒーをいただきたいわ。これほどのショックは体にこたえます」

ヴァージニアも立ちあがった。「モーニング・ルームにまだコーヒーが残っているでしょう。ミスター・オマーラがいっしょに来て、わたしたちを元気づけてくれるのじゃないかしら。ここのところ、気が滅入るようなことばかりだったもの」セクシーだと自分では思っているらしい素振りで、ダーシーに向かってまつげをぱちぱちさせながら言った。心優しいダーシーは彼女に腕を差し出すと、いっしょに部屋を出ていった。

わたしはだれもいなくなった部屋にひとり立ちつくし、考えをまとめようとした。心臓発作を引き起こすような功名な毒のカクテル――ここにいる人たちはだれひとりとして、そんなものを作れるほどの化学の知識はない。外部の人間の仕業に違いない。でもいったいだれが、なんのために？

昼食の合図の銅鑼が鳴ったときには、だれもがほっと息をついたと思う。『不思議の国のアリス』のような世界に、普段の生活がつかの間戻ってきた気がした。エドウィーナはモーニング・ルームにはいなかったが、食堂に向かうときに姿を見せた。わたしは彼女に近づいて声をかけた。「お孫さんたちを昼食に呼んできましょうか？」

エドウィーナはようやく夢から覚めたような反応を示した。「なんですか？　ああ、そうね。お願いします。ぜひ。いっしょに連れてきてもらえますか？　悪夢のような出来事ですっかり興奮してしまっているようですからね。子供たちだけにしておくのはよくありません」

わたしはうなずき、階段をあがって子供部屋に向かった。ドアを開けると、双子と乳母があんぐりと口を開けてこちらを見た。

「ああ、お嬢さま」乳母が言った。「いらしてくださってほっとしました。どれほど恐ろしかったことか。子供たちはあんなことを目にするべきではなかったんです」

「あんなことって？」わたしは尋ねた。

ニコラスとキャサリンがわたしに駆け寄ってきた。「警察が来て、ミスター・カーターを連れていったんだ」ニックは目をまん丸にしている。「セドリック伯父さんの暗室にあったシアン化物の容器に、ミスター・カーターの指紋があったんだって」

「大騒ぎだったのよ」キャサリンが言い添えた。「セドリック伯父さまが写真の現像をするのを手伝ったんだってミスター・カーターは言ったの。だから容器に指紋が残っているのは当たり前だって」

「泣いたんだよ！」ニックはうれしそうに告げた。「想像できる？　大人の男が泣くなんて。父さんがいたらあきれただろうね」

「彼は戦争で神経症を病んだのよ」わたしは言った。「塹壕（ざんごう）にいたことのある人は、大目に見てあげなくてはいけないわ」

「そういうことなら納得できます」乳母が言った。「彼は正気じゃなかったんですね。自分のしたことがわかっていなかったんです。かわいそうに。いい人だと思っていました——感じがいいし、礼儀正しいし、子供たちにもとても辛抱強くて。扱いやすい子たちではありませんからね」

「ぼくたちのこと？　ぼくたちは天使だよ」ニックが言った。

「あなたたち天使をランチに連れに来たのよ」わたしは告げた。

「やった。子供部屋での食事にはうんざりしていたんだ」

「シシーはどこかしら？　自分の部屋？」

「そうです。お気の毒に」乳母が言った。「ミスター・カーターのことで大変心を痛めています。いまは、下には行きたくないと思います。彼女の食事をここまで運ばせてもらえませんか？」

「もちろんよ。あとで会いに来ると彼女に伝えてくださいね。さあ、天使さんたち、行きましょう」

ふたりは先に立って廊下を進み、階段を駆けおりた。ニックは手すりの柱を使って最後の数段を飛び降りたが、キャサリンは同じことをしようとはしなかった。いつもに比べてずいぶんとおとなしい。ミスター・カーターの逮捕によるショックが、ニックよりも大きいようだ。実は彼のことが好きだったのかもしれない。

わたしたちが食堂に入ったときには、ミスター・カーター逮捕の知らせはすでに全員に知れ渡っていた。

「お座りなさい」エドウィーナが言った。「あなたたちの家庭教師が警察に事情を聞かれています。ですが、忘れてはいけませんよ。この国では有罪が証明されるまでは、その人は無罪なのです。あなたがたが判断することではありません」

「はい、お祖母さま」子供たちは座りながら答えたが、その視線はすでに料理に注がれていた。

「わたくしの言ったとおりでしょう?」シャーロットが切り出した。「霊はやっぱり正しかったんです。あれはキャスター(Castor)じゃなくて、カーター(Cartor)だったんです。わたくしたちのうちのだれかがプランシェットを押して、RではなくSにしてしまったんでしょう。指がたくさん乗っていましたから、難しいことではありません」

「でもよくわからない」ヴァージニアが言った。「彼は家庭教師よ。雇われているだけ。その人がセドリックとなんの関係があるというの?　わたしたち一家とはまったく関わりがないのに」

エドウィーナは咳払いをした。「関わりがないわけではありません。彼はジョンといっしょにオックスフォードに通っていました。休暇の際、ジョンが一度彼を連れてきたことがあります。とても頭の切れる人でした。ジョンの論文を手伝ってくれたのではないかと思います」

「それだけじゃあ、この家とつながりがあるとは言えないわ」ヴァージニアが言った。

「戦争中、彼はジョンと同じ連隊に所属していました。聞いたところによると、彼は塹壕のなかですっかり取り乱してしまったそうです。ほかの人たちといっしょに突撃することを拒否したと聞いています。彼の臆病な行為に対して、ジョンは射殺を命じたそうですが、その日のうちにジョンは戦死しました。その後、カーターがとらえられていた塹壕に迫撃砲が命中して、カーターは献身的に負傷者や瀕死の重傷者の面倒を見たそうです。ジョンが死んだこともあって、彼に対する告発は取りさげられましたが、カーターは友人だった人間に裏切られたと感じたかもしれません」

「だからといって、彼がセドリックを殺す理由にはならないでしょう?」アイリーンの声は冷たかった。

「戦後、彼は助けを求めてセドリックのところに来ました。仕事に就くための推薦状を書いてほしかったのです。ですが彼の神経はずたずたで、セドリックは手を貸すことができませんでした。その気もなかったのでしょうけれど。その後子供たちに家庭教師が必要になったとき、わたしは彼のことを思い出して来てもらったのです」

「お姉さまの息子を殺すことで、その恩に報いたというわけね」シャーロットが言った。

「たいしたお礼だこと」

「寛大な気持ちになって、すべてが彼の仕業ではないと信じなければいけません」エドウィーナが言った。

ランチを終え、わたしは子供たちを子供部屋に連れ帰った。ジャックとダーシーがいっしょに来てくれた。

「ミスター・カーターは縛り首になると思う?」ニックが尋ねた。

「正気でなかったことが証明されれば、精神病院に入れられるだろうね」ダーシーが答えた。

「ひどい話」いまにも泣きだしそうなキャサリンを見て、わたしの勘が正しかったことがわかった。彼女はミスター・カーターが好きなのだ。

わたしたちはなにがあったのかをシシーに話し、その後ジャックとダーシーが双子をボール遊びに連れ出した。わたしはシシーとふたりで部屋に残り、四人が笑いながらボールを追いかけるさまを窓から眺めた。

「ミスター・カーターがいないと寂しくなるわ」シシーが言った。「彼は親切だったし、脚が悪いからといって頭まで悪いみたいにわたしを扱ったりはしなかった」

「本当に残念ね。ひどい戦争神経症を患った人の頭のなかでなにが起きているかなんて、わたしたちにはわからないんだわ」

「ジャックじゃなくてよかった」シシーは、金色の髪を風になびかせながらニックとキャサリンの前を走るジャックを見つめている。「彼にあんなことができるなんて、絶対に信じられなかった」

「わたしもほっとしたわ」

わたしたちはしばらくおしゃべりをしたが、砂利を踏みしめるタイヤの音が聞こえてシシーはそちらに顔を向けた。「見て、ジョージー。ミスター・カーターが戻ってきたわ」彼女の言葉どおり、警察官に連れられたミスター・カーターが家に入っていった。まだ嫌疑が晴れたわけではなく、正式に告発されるまで自分の部屋に軟禁されるのだと乳母が教えてくれた。彼は弁護士を要請しているらしい。お茶の時間になって階下におりてみると、皆の雰囲気がぐっと上向いているのがわかった。結局、犯人は家族の一員ではなかったのだ。外部の人間、侵入者の仕業だった。人生はまた元通りになるだろう。エドウィーナでさえ、クリームケーキをふたつ食べた。

その夜は風が強く、冷え込んだので、わたしたちは暖炉の近くに椅子を持ってきて座った。エドウィーナは刺繍（ししゅう）を始めた。喪に服しているため、トランプをしたり音楽をかけたりすることはできなかったから、わたしたちは暖炉のなかで躍る炎をじっと眺めていた。不意に、上の階で荒々しい足音が響いた。ドアが閉まる音。切迫した声。やがて若い警察官がやってきた。

「救急車を呼びました」彼は言った。「ミスター・カーターが自殺を図りました」

ダーシーがすぐさま立ちあがり、巡査のあとについて部屋を出ていった。自分も行くべきかどうか決めかねているように、エドウィーナはその場に立ちつくしている。ぞっとするような考えが浮かんできて、ダーシーが残っていてくれればよかったのにとわたしは思った。カーターが自殺を図ったのではないとしたら？　彼は実は無実で、真犯人が彼を殺そうとしたのだとしたら？

救急車のベルの音、さらに荒々しい足音が聞こえ、カーターが運び出されていった。ダーシーはまだ戻ってこない。そのとき、メイドのひとりがアイリーンに近づいた。

「奥さま、お嬢さまの具合がよくないようです。お知らせしておくべきだと思いまして」

「娘が？」アイリーンが訊き返した。「エリザベスの具合が悪いの？」

「違います、奥さま。キャサリンです。吐いているんです。すみません、こんな言葉遣いをして。顔も真っ青です。お医者さまを呼んだほうがいいと思います」

「なんてこと」アイリーンは立ちあがった。

「落ち着きなさい、アイリーン」エドウィーナは娘に手を伸ばした。「家庭教師があんなことになって、興奮しただけでしょう」

「いいえ、違います。本当に具合が悪いみたいです」メイドは言った。「乳母がとても心配しています」

「すぐにハクステップにお医者さまを呼ばせてちょうだい」アイリーンが命じ、急いで部屋を出ていった。エドウィーナがその後を追う。わたしも行きたかったけれど、わたしはこの家の人間ではないし、いっしょに行く口実も見つからなかった。キャサリンが〝興奮しただけ〟とは思えなかった。もっと深刻な事態に違いない。かわいそうなキャサリン。詮索好きで、探偵ごっこがしたくてたまらなくて。なにか犯人を示すような重要な手がかりをつかんだんだろうか？

　どうしていいかわからず、残されたわたしたちはそこに座っているほかはなかった。

「あの子はこってりしたものを食べすぎたに決まっています」シャーロットが言った。「子供たちを大人のランチに同席させるのはよくないと、エドウィーナには言ったんです。わたくしたちが子供のころは、昼食にはパンと牛乳とゆで卵を食べていたものです」

　気がつけば、わたしは恐ろしい知らせがもたらされるのを待つかのように、じっと息を潜めていた。ぐるりと部屋を見回して、ほかの人たちを眺める。

　〝ムクドリ〟がふたりしかいないことに気づいた。ジュリアンとエイドリアン。サイモンの姿がない。彼についてなにも知らないことに思いいたった。わたしたちが知らないだけで、彼もカーターのようにこの一家とつながりがあるのだろうか。ダーシーを見つけなければ。

フェアボサム警部を探さなければ。立ちあがって長広間を出た。広々とした大理石の玄関ホールに出たところで、まずなにをすべきかを考えた。もうお医者さまを呼んだかしら？　フェアボサムはまだこの屋敷内にいる？　ハクステップはどこだろう？　子供部屋に行こうと決めた。頭に浮かんだ疑念を知らせておく必要がある。主階段をあがりながら、穏やかな笑みを浮かべ、こちらを見おろしているニンフとサテュロスとギリシャの神々のことを思った。その顔が突如として悪意に満ちたものに見えた——わたしたちを運命が嘲笑(あざわら)っている。わたしは根が生えたように、その場に立ち尽くした。とっさに手すりをつかまなければ、階段から落ちていたかもしれない。

　ギリシャの神々。子供の頃に読んだ本と、カストル(Castor)とポルックスの絵を思い出した。ギリシャ神話に登場するゼウスの双子の子供だ。シャーロットと彼女が呼び出した霊は正しかったのだ。ほかのことも思い出した……シャーロットはキングスダウンにカッコウがやってくる夢を、そしてわたしたちのなかに危険な黒豹がいる夢を見た。黒い猫(キャット)だ。

　わたしは走りだしていた——階段を駆けあがり、子供部屋を目指して廊下を走る。ドアを開けた。キャサリンがベッドに横たわっていた。目を閉じ、顔は真っ青だ。ニックは怯えたような顔でベッドの端に腰をおろし、シシーは部屋の隅に座っている。大人はだれもいなかった。ニックは部屋に入ってきたわたしをじっと見つめた。

「キャットは死ぬところだったんだ。吐いて、また吐いて。ぞっとしたよ」

　キャサリンが目を開けた。「気分が悪い。水が飲みたい」

「乳母が大麦重湯を持ってきてくれるよ」ニックが言った。

「なにがあったの、キャサリン？」わたしは尋ねた。「なにか悪いものを食べたか、飲んだかしたの？」

「だれかがわたしに毒を盛ったんだと思う。わたしの紅茶に毒を入れたのよ」

「それとも、自分で作った毒を飲んだのかしら？　ミスター・カーターに飲ませた毒を？セドリック伯父さんに飲ませた毒を？」

「キャサリン！」シシーが息を呑んだ。「嘘でしょう。嘘だと言ってちょうだい」

「ただの実験だったの」キャサリンは体を起こそうとした。「うまくいくなんて思わなかった。体に悪いものをありったけ集めて、一滴ずつ混ぜて、セドリック伯父さんの机の上にあった封筒に塗っただけなの」

「キャットのアイディアなんだ。あんなことになるなんて……」

「セドリック伯父さんはわたしたちにつらくあたった」キャットが言った。「お母さまにお金をくれなかったし、わたしたちがこの家にいるのも嫌がった。わたしたちを学校に行かせてくれなかったし、シシーの脚の治療も受けさせてくれなかった。お母さまはいつも泣いていた」

「殺すつもりなんてなかったんだ」ニックが言った。

「ミスター・カーターはどうなの？　彼まで殺そうとしたわけじゃないでしょうね？」

「違うよ。絶対そんなことしていない。ミスター・カーターの近くにも行っていないよ」

「それなら彼は、あなたたちのために究極の犠牲を払ったということね。あなたたちのしたことに気づいて、自分で毒を飲んだんだわ」

「わかってる」キャサリンは泣き始めた。「ミスター・カーターに死んでほしくない」

「救急車で運ばれていったわ。お医者さまが助けてくれるかもしれない。でもあなたたちは警察に本当のことを話さなくてはいけないのよ」

「ぼくたち、刑務所に行くの？」ニックが震える声で尋ねた。「縛り首になるの？」

「きっと、あなたたちの年を考慮してくれるわ。それに本当にだれかを殺すつもりなんてなかったという事実も」

「いったいなにごと？」手に大麦重湯のグラスを持ったアイリーンが戸口に立っていた。

「ぼくたち毒を作って、セドリック伯父さんの封筒に塗ったんだ。伯父さんがそれをなめて、気分が悪くなればいいって思った。死ぬなんて考えもしなかったんだよ。なのにセドリック伯父さんが死んで、ぼくたちは怖くてたまらなくなった。このことは黙っていようって決めたんだ。そうすれば、だれもぼくたちの仕業だなんて思わないからって。でもジョージーが気づいた……ジョージーはすごく頭がいいんだよ」

アイリーンはグラスを置くと部屋に入り、ドアを閉めた。「このことはほかのだれかに話した？」

「いいえ、だれにも」そう答えたとたん、冷たいものが背筋を駆けおりた。長広間で彼女が言ったことを思い出したのだ。子供たちを守るためなら死ぬまで戦う、彼女はそう言っていた。

「その毒はどこにあるの？」アイリーンは落ち着いた口調で尋ねた。

「勉強部屋だよ。硫酸銅ってラベルがついている。棚の奥に隠してあるんだ」

「取っていらっしゃい、ニコラス」

「でも、母さん……」

「言うとおりにしなさい」

アイリーンは冷然として恐ろしく見えた。わたしとドアのあいだに立ちはだかっている。

「どんな判事だって、子供たちは自分のしていることがわかっていなかったって理解してくれるわ」わたしは言った。

「子供たちだけでしたことだって信じてくれたらね」

ようやく謎が解けた。「セドリックを刺したのはあなただったのね。みんながジャックを疑うように仕向けたんだわ」

「汚らわしい、下層階級のオーストラリア人の男」アイリーンは吐き捨てるように言った。「彼が正式な跡継ぎだなんておかしいでしょう？　セドリックはニコラスを養子にするべきだったのよ。ニコラスが跡を継ぐべきだった……オーストラリア人やもちろんフランス人の使用人なんかじゃなくて」

「でもあなたはぐっすり眠っていた。どうやっても起こせなかったのに」わたしはそう言ってから気づいた。「わかったわ。あなたはあの朝、セドリックを刺してから睡眠薬を飲んだのね。熟睡していたのも当然だわ。薬を飲んだばかりだったんだから」

「朝早く町に行って、セドリックが連絡を取る前に弁護士に会おうと思ったの。彼があのばかげた養子の話を本当に進めることができるのか、どうすればそれを阻止できるのかを確かめようと思った。でもだれにもそれを知られたくなかったから、メイドには頭痛がするから起こさないでほしいと言ったの。子供の頃に使っていた秘密の通路からこっそり抜け出したわ」

「それじゃあ、秘密の通路は本当にあったんだ！」ニックが叫んだ。「ぼくたち、ずっと探していたんだよ」

「あの装飾用の建物に通じているのよ」わたしは言った。「渓谷のすぐ上の。あなたはそこでセドリックが倒れているのを見たのね」

「死んでいたわ。手紙を握りしめながら。弁護士宛ての手紙だった。そのままにしておくわけにはいかなかった。死んだ彼の手から取り出すのは大変だった。ぞっとしたわ。助けを呼びに行こうと思って、家に帰りかけたの。でもこれが絶好のチャンスだって気づいた。生垣を通って馬具収納室に行き、ナイフを取って、彼のところに戻った。でもジャケットごしに刺せるほど、わたしは力が強くなかった。だから脱がせたの。みんな、ジャックがやったことだって考えると思ったわ」アイリーンはニックが持って戻ってきた容器を手に取った。

「彼女の手を押さえていなさい」

「なにをするの？」ニックが訊いた。

「もちろんこれを飲ませるのよ。彼女があなたに毒を飲ませようとしたって、みんなには説明する。止めようとしたら、自分でその毒を飲んだって」

「だめだよ、母さん」

「ばか言わないの。このことがわかったら、なにもかもおしまいなのよ。わからないの？ わたしは刑務所に入れられる。あなたたちはどこかの恐ろしい施設に送られる。そんなことになりたい？ さあ、彼女の手を押さえて」

「放して」わたしは叫び、押さえられた手を振りほどこうとした。アイリーンはわたしとドアのあいだに立ちはだかったままだ。

「あなたは生きてこの部屋を出ることはないわ」アイリーンは正気を失っているように見えた。顔を歪め、目を大きく見開いている。「だれにもわたしから子供たちを奪わせはしない」容器を手に近づいてくる。わたしはあとずさった。突然、アイリーンは床にくずおれた。シシーがアイリーンの頭をめがけて時計を投げたのだ。自分のしたことに茫然としているようだった。

「わたし、お母さまを殺してはいないわよね？」

想像がつくだろうが、その後の二四時間は混乱の極みだった。アイリーンは毅然とした態度で連行されていき、双子はだれも傷つけるつもりはなかったのだと泣きながら弁明した。

「シアン化物に触るなんて、いったいなにを考えていたんだ？」ダーシーがふたりに尋ねた。

「きみたちが死なずにすんだのは、運がよかったんだぞ。気化したものをほんのわずかでも吸ったら、死んでしまうんだ」

「セドリック伯父さんの特殊な手袋を使ったんだ」ニックが説明した。「それにほんの一滴だったし。どれもほんの一滴ずつ使っただけなんだ。ちょっとした冗談のつもりだったんだよ。あの毒で本当に具合が悪くなるなんて、思ってもみなかった」

「そのちょっとした冗談がきみたちの未来を台無しにしていないことを祈ろう」

「自分たちで作った毒をわざと飲んだの？」わたしはキャサリンに尋ねた。「死ななくて幸運だったのよ」

「あの毒じゃないの。石鹸を食べたの。わたしも毒を盛られたとみんなが考えれば、わたしたちは疑われないと思って」

「ぼくたち、刑務所に行くと思う?」ニックの顔は血の気がなく、こぼれ落ちそうなほど目を見開いている。

「お祖母さまが弁護士に電話をかけたわ。彼は有能な人よ。するべきことを知っている」わたしは言った。「一一歳の子供が刑務所に送られるとは思わない」

「どこか規律の厳しい学校に送られるかもしれないね」ダーシーが言った。

「やった。学校だ。楽しくなるぞ」ニックが言い、キャットとふたりで楽しげに駆けだしていった。


「これからどうなるんだろう?」ジャックが訊いた。

ダーシーとジャックとわたしは地所を散歩していた。アイリーンがわたしを殺そうとした日の翌日のことだ。エドウィーナは顧問弁護士のミスター・キャムデン＝スミスに即座に電話をかけ、朝早くに彼がやってきた。前庭にロールス・ロイスを止めて、エドウィーナと話し合いをしているところだ。

「わからないわ」わたしは答えた。

気持ちよく晴れ渡った春の日で、そよぐ風にたんぽぽが揺れ、時折青い空に綿毛がふわふわと飛んでいく。凪いだ青い湖を白鳥が滑るように進んでいく。木立では鳥たちがうるさいくらいにさえずっていた。まるでキングスダウンのこの騒ぎを自然が嘲笑っているかのようだ。

「双子は少年院のようなところに入れられるんだろうか？」ジャックが訊いた。「刑務所に行くには、小さすぎるだろう？」

「大丈夫だろうってミスター・キャムデン＝スミスがエドウィーナに話しているのを小耳にはさんだわ。ふたりに殺人の意図がなかったことは明らかだって言っていた。普通の生活を知らずに育ったふたりの聡明な子供が、家庭教師から科学の実験を奨励されて行った子供の実験にすぎず、その結果に怯えていたことは裁判所も理解してくれるだろうって。しっかりと監視してくれて、暇な時間などないような寄宿学校にふたりを別々に行かせると言えば、きっとどんな判事でも同意するでしょうね」

「それじゃあ、ふたりの望みどおりになるわけだ」ジャックが言った。「だが母親のほうは、そう簡単に罪を免れないだろう？」

「アイリーンは実際にだれかを殺したわけじゃない」わたしはそう言ったが、〝でも殺そうとした〟という声が頭のなかに聞こえていた。ぎらぎらした彼女の目を思い出した――子供を守ろうとする雌ライオンのような目。

「おそらく死体損壊の罪に問われるだろう」ダーシーが言った。「セドリックがすでに死んでいることを知っていたと陪審員に信じさせられればの話だが」

「でも彼女はあえておれのナイフを使って、おれに罪を着せようとした。それを見逃すべきじゃないだろう？　ジョージーが真相を突き止めなかったら、おれはいまごろ絞首刑になるのを待っていたかもしれないんだ」

「それはそうね。でも、子供たちに疑いがかからないようにするためだと陪審員は考えると思うわ」

「だがあの時点では、子供たちの仕業だとは彼女は知らなかったはずだろう?」ダーシーが言った。

「同じことよ。弁護士はそう言って弁護するでしょうね。同情を買おうとするのよ。母親は子供を守るためにはどんなことでもするって」

「とんでもない家族だ」ダーシーがつぶやいた。

「かわいそうなエドウィーナ。気の毒でたまらないわ。アイリーンがどういうことになろうと、この家はもうおしまいよ。二度と元には戻らない」

「シシーはどうなるんだろう?」ジャックが不意に声をあげた。「だれもいなくなってしまった」

「お祖母さんがいるわ」わたしは言った。「それにあなたも」

「いまのきみは金持ちの公爵だ。彼女をスイスに行かせて、高価な治療を受けさせることができる」

「本当に?」ジャックの顔が輝いた。「びっくりだ。そんなことをしていいんだ。シシーはまた歩けるようになるかもしれないんだね。彼女はまだ一五歳なのはわかっているけれど、いとこ同士が結婚することについてイギリスの法律はどうなっているんだろう?」ジャックの頬はうっすらと染まっていた。

「合法よ。王族はそんなことばかりしているわ」わたしは笑いながら答えた。

「そんなことを考える前に、きみには学ぶべきことがたくさんあるし、もっと大人にならなければいけないよ」ダーシーが言った。「まずは世の中を知ることだ。牧羊場以外の人生を知らなければならない」

「もうオーストラリアには帰れないんだろうね。好むと好まざるとにかかわらず、おれはここにいなきゃいけないんだ」

「このあたり一帯の領主になるのは、それほどいやなことじゃないと思うぞ」ダーシーは、午後の日光を浴びてきらめくキングスダウンを見渡しながら微笑んだ。

「ミスター・カーターが元気になったら、いままでどおりここにいてもらって、読み書きを教えてもらおうと思うんだ」ジャックが言った。

「きっと元気になると思うわ。間に合うように手当てができたから。面白いと思わない？　彼は戦争では臆病者の烙印(らくいん)を押されていたのに、実は勇敢な人だっていうことを証明したのよ」

「どういうこと？」ジャックが尋ねた。

「彼は、双子が伯父さんを殺したことに気づいて、自分でその罪を背負おうとしたの」

ジャックはうなずき、まずダーシーをそれからわたしを見て言った。

「しばらくここにいてくれるよね？　おれはまだ、どの料理にどのフォークを使えばいいのかわからないんだ」

「喜んでいさせてもらうわ。気の毒なあなたのお祖母さまは、しばらくはわたしたちの支えが必要だと思うの。家族を失ったに等しいんですもの」

「きみはどうする、ダーシー？　いてくれるかい？」

ダーシーはわたしの顔を見た。「どれくらいかはわからないが、しばらくはいるつもりだよ」

恐ろしい数日間を過ごしたあとだったけれど、わたしは希望と幸せが胸のなかでふくらむのを感じた。ダーシーとしばらくはいっしょにいられる。すべて世はこともなし。

エドウィーナが前庭を横切ってこちらに近づいてきた。「ミスター・キャムデン＝スミスがなにもかもきちんとしてくださるそうです。かわいそうな子供たち。かわいそうなわたしの娘。ジャック、わたしがあなたを連れてさえこなければ……」

エドウィーナは最後まで言おうとはしなかった。ジャックが近づいて、彼女の肩を抱いた。

「心配ありませんよ、お祖母さん。乗り越えていけます」

エドウィーナはうなずき、わたしたちに向かって言った。「ミスター・キャムデン＝スミスがなにを教えてくれたと思います？　相続人限定の条項によれば、称号は直系相続人に、それが不可能な場合は、次の相続権のある男性にしか受け継がれないのだそうです。ですから、あのばかげた養子の話はまったく意味のないことだったのです。本当にばかげた、本当に無駄なことでした」

わたしたちは家に戻るエドウィーナとジャックを見送った。わたしもあとを追おうとしたが、ダーシーに引き留められた。

「あわてることはないだろう？　ぼくたちがあのふたりといっしょにいる必要はないし、気持ちのいい夕方だ」

「なにをしようっていうの？」わたしは彼に微笑みかけた。

「エドウィーナは気に入らないだろうが、地元のパブまでぶらぶら歩いていくのはどうだい？」

わたしは笑って、彼の手を取った。

訳者あとがき

貧乏お嬢さまシリーズ第七巻『貧乏お嬢さま、恐怖の館へ』をお届けできることをうれしく思います。

これまで必要に迫られて、あるいは王妃陛下からの依頼を受けて、慣れないロンドンでのひとり暮らしに奮闘したり、ニースで華やかなひとときを過ごしたり、外国の王女さまをもてなしたりと様々な経験を積んできたジョージーですが、本書では王族の血を引く公爵の娘としての面目躍如(めんもくやくじょ)、ケントにあるお屋敷に赴き、田舎から出てきた若者に貴族としての振る舞いを教えることになります。

その屋敷の持ち主であるアインスフォード公爵は、結婚して跡継ぎを作るという貴族としての義務を果たそうとしませんでした。跡継ぎがいなくなれば、家は途絶えてしまいます。なんとしてでも称号と地所を守りたかったアインスフォード公爵の母親エドウィーナは、戦争で亡くなった長男ジョンの息子がオーストラリアにいることを知ります。彼を呼び寄せ、跡継ぎにすることを決心したものの、牧羊場で育ったその息子ジャックが、貴族としての生活になじむことができるかどうかが不安でした。そこで白羽の矢が立ったのがジョージーです。その役目は、彼に貴族としての振る舞いを教え、屋敷での生活に一日も早く慣れるようにすること。盗まれた嗅ぎ煙草入れを取り戻すことに比べれさほどば難しくはないはずでしたが、想像以上に困難な事態が待ち受けていました。当然のことながら、エドウィーナ以外の家族はジャックを認めようとしませんでしたし、自分たちとはまったく違うオーストラリア流のジャックの暮らしぶりにだれもが目を白黒させているうちに、あろうことか殺人事件が起こり、またもやジョージーは巻きこまれていくのでした。

今回の舞台となっているのは、イギリスの庭と呼ばれる美しいケント州に建つ壮麗なお屋敷です。テレビドラマで人気を博した『ダウントン・アビー』を連想なさる方も大勢いらっしゃることでしょう。あのドラマには〝限嗣相続〟という聞きなれない言葉が出てきましたが、本書でも相続が重要な要素となっています。イギリス社会では爵位や財産は世襲で相続されるもので、売却や贈与などで財産が分割されるのを防ぐために、限嗣相続という制度がありました。親族内で相続の順位を定めるのですが、たいていは、直系の長男ひとりが相続することになっていました。（家によって異なりましたから、女性が相続する場合もありました）。その場合、次男以下の息子や娘には相続権がありません。娘しかいない場合には、男系の親族をたどって相続させることになります。その結果として様々なトラブルが生じたであろうことは想像に難くなく、多くの小説やドラマの題材となったのもうなずけます。ちなみに、相続権のない次男以下の男子は、爵位も財産もないただの平民であるため、身を立てるべくあれこれと努力した結果、十八世紀から十九世紀の大英帝国の繁栄を支えたと言われているそうです。貴族男性に対する儀礼称号の〝卿(ロード)〟は、次男以下であっても公爵家と侯爵家では使えるのだとか。それ以下の貴族の場合は、〝オナラブル〟となります。正式にダーシーを紹介するとき、その称号が使われていましたね。貴族には称号以外にも呼びかけるときに使われる呼称があって、夫婦であっても違っていたり、地名だったり、姓だけだったり、名前と姓だったりと、地位によって様々なルールがあります。下の階級の人間が呼びかけるときにはまた別のルールがあり、そういったものを含めた貴族社会のしきたりを身に着けなければならないジャックはさぞ大変だろうと、同情を禁じえません。

さて、本書にも登場しますが、イギリス貴族たちの娯楽のひとつにキツネ狩りがあったことは、みなさんもご存じでしょう。たくさんの猟犬を引き連れ、乗馬用の黒いヘルメットに赤いジャケット姿で馬にまたがって進む人たちの写真を、一度はご覧になったことがあるのではないでしょうか。狩りと言っても銃で撃つわけではなく、馬でキツネを追いまわすことを楽しむスポーツです。訓練を受けた猟犬にキツネを追わせ、参加者は馬でそのあとを追い、最後は犬がとどめを刺します。馬を自由に乗り回す能力が必要ですから、昔は騎士であった貴族にとっては戦闘訓練の意味合いもあったようです。あの印象的な赤いジャケットはなぜかピンクジャケットと呼ばれていて、色あせたものがそう見えたからとか、有名な仕立て屋の名前から取ったものだとか諸説あるようですが、真偽のほどは不明です。残酷だということで、キツネ狩りはイギリスでも二〇〇五年に禁止されましたが、伝統文化であるという擁護論も根強く、最近になってまた復活させようという動きがあるようです。

二〇一八年二月に邦訳刊行予定の次作ではジョージーが初めて大西洋を渡り、アメリカへと足を踏み入れます。今度はどんな事件に巻き込まれることになるのでしょう。どうぞお楽しみに。

コージーブックス

英国王妃の事件ファイル⑦
貧乏お嬢さま、恐怖の館へ

著者　リース・ボウエン
訳者　田辺千幸

2017年5月20日　初版第1刷発行

発行人　成瀬雅人
発行所　株式会社　原書房
〒160-0022 東京都新宿区新宿1-25-13
電話・代表　03-3354-0685
振替・00150-6-151594
http://www.harashobo.co.jp
ブックデザイン　atmosphere ltd.
印刷所　中央精版印刷株式会社

落丁・乱丁本はお取り替えいたします。
定価は、カバーに表示してあります。
 ISBN978-4-562-06066-5 Printed in Japan